文 春 文 庫

菩提樹荘の殺人

有栖川有栖

文 藝 春 秋

目次

菩提樹荘の殺人

アポロンのナイフ

1

遅めの昼食をすませた後、コーヒーを飲みながらパソコンを起動させ、受信メールをチェックする。中身を見る気もしない広告やら迷惑メールやらを五つ削除したら、残ったのは二通だけだ。一つは小説雑誌からのアンケートの依頼、もう一通は最も世話になっている編集者からのもの。

〈有栖《ありす》川《がわ》有栖《ありす》様　今夜は予定どおりです。19時に店で。お目にかかるのを楽しみにしています。珀友《はくゆう》社　片桐光雄《かたぎりみつお》〉

了解した旨を返信して、電源を切った。

そして、文庫本を手にリビングのソファに寝そべる。吉川英治《よしかわえいじ》の『三国志』第四巻。やっと諸葛亮《しょかつりょう》が登場した。このまま家にいたら第六巻まで読みきってしまうことも可能だが、片桐と会ったら夜半まで飲み歩くだろう。今日中に第五巻が読めたらいいところか。

栞《しおり》を挟んでいたページを開いて、すいすいと読み進む。ただ読書のみをして過ごす秋の午後。幸せだ。都会の真ん中のマンションにいながらにして、極上のリゾートに遊ぶ心地がする。安上がりな男ではないか。しかし、これだ。これがしてみたかったのだ。十一月に入って、仕事の切れ目ができた。そそっかしいことに短編の締切を一カ月早く勘違いしていたおかげで――逆でなくて命拾いをした――、思いがけず生まれた空白。私はそれを利用して、かねて考えていた計画を実行に移した。

小説を書くというのは、自分の頭に浮かんだものや溜まったものを、作品に加工して吐き出す作業だ。根を詰めて執筆していると、自分の中から色々なものが抜けていく感触がある。書くほどに痩《や》せていくような感じ。創作に関わっている人間ならば、誰もに覚えがあるだろう。アウトプットを続けるためにはインプットしなくてはならない。

もともと蓄えが乏しかったせいなのか、私は「このままでは物書きとして栄養失調になる」と不安になることが多かった。何か新しいことを経験し、新しい知識を得なくては涸《か》れてしまう。もちろん、専門のミステリに限らずいい小説を取り込み、血肉にしなくてはならない。そう思って買ったまま、積ん読になっている本は百冊どころではない。

そこで、この機会に未読の本の山を減らしていくことにした。この一カ月を読書強化月間にする。最初の十日間は猛烈に読みまくって勢いをつけるため、外界からの情報を完全に遮断してしまう。テレビを点《つ》けず、インターネットにもアクセスしない。ついでに新聞も読まない。そこまでやれば、ふだん読めない本がさくさくと片づきそうだ。そうでもしないと、いつまでも読めない気がする。情報鎖国と称して、五日前から決行した。

黒岩涙香《くろいわるいこう》や読み残していたディクスン・カーといったミステリと、歴史小説やらノンフィクションやら随筆やら学生時代から読んでおこうと思っていた思想書やらを交互にやっつけ、昨日の朝から吉川英治にかかった。やたらと詳しい人が大勢いるのに、私ときたら『三国志演義』について何も知らない。それではまずいだろう、せめて吉川版で、ということで一気に攻めることにしたわけだ。

二時間ほど耽読《たんどく》、近所を散歩して戻ってから、さらに二時間近く読んだ。

戎橋《えびすばし》を渡り、宗右衛門《そうえもん》町の中ほどを左手に折れる。雑居ビルの一階にある料理屋の暖《の》簾《れん》をくぐったら、片桐が靴を脱いでいるところだった。どちらも予定の七時ちょうどの到着だ。四畳半の個室に通され、まずはビールで乾杯した。

「鎖国の方はどんな具合ですか？」

ぎょろりと目を剝《む》くようにして、片桐が訊《き》いてきた。話しだす時に、よくこんな表情になる。

「ええ感じですよ。読書が捗《はかど》ってたまらん」

「ああ、羨《うらや》ましいですね。人生最高の読書の秋ですか。たっぷり充電してください。新作が楽しみだな」

この次に書く作品は、片桐の担当で珀友社から出すことになっていた。

「テレビやネットを断ち切って、飢餓感はありませんか？　新聞も読んでいないんでしょ。世間でどんなことが起きているのか、やっぱり気になると思うんですけれど」

「平気です。政治家の茶番劇や殺伐とした事件のニュースを知らずにすむから、心の平穏が得られる。まぁ、まだ五日目やから。一カ月も続けたら浦島太郎の気分になってきて心配になってくるかな」

「でも、この鎖国、プロ野球のシーズン中は無理ですよね。タイガースの動向が気になるでしょうから」

「その場合は、タイガースを出島にします」

刺身の盛り合わせに箸《はし》を伸ばしながら、片桐はにやにやしている。

「有栖川さんは、もうすでに浦島太郎じゃないかな。つい昨日大きな事件があったんですよ。日本中が震撼《しんかん》しています」

涼しい顔で聞き流そうとしたが、そんなふうに言われたら気になって仕方がない。

「事件って、政界を揺るがすスキャンダル？　それとも犯罪？」

「火村《ひむら》先生のご専門です」

私の友人の名前をさらりと挿入する。殺人事件の現場に飛び込み、名探偵さながらの推理で警察の捜査に貢献する犯罪社会学者の火村英生《ひでお》に対して、彼は並々ならぬ関心を抱いていた。あわよくば本を書いてもらおうとしているのだが、英都《えいと》大学准教授の火村先生にすげなく断わられ、当面その願いはかないそうもない。

「どこで、どんな事件があったんですか？」

「東京都下で通り魔殺人です。二人が殺害されて一人が重傷。最初の被害者が出たのは先月の初めです。二人目が五日前。三人目が三日前」

鎖国に入る前のことだから、一人目の事件は知っている。武蔵野《むさしの》市でアルバイト帰りの女子高生が刺殺され、通り魔の犯行と目されていた。今は新聞を読んでいないが、配達されたものを取り込む際、一面の見出しぐらいは目に入る。言われてみれば二、三日前にも〈通り魔殺人〉という大きな活字を見た記憶があった。

「あの犯人が五日前にも男子高校生を死なせ、三日前にまた女子高生を刺したんです。三人目の被害者は一命を取りとめ、犯人の特徴について話すことができました。その証言内容が、かねて警察がマークしていた人物と一致したので——」

「あ、逮捕されたんや」

ヒラメもカンパチも美味だ。やはり刺身も旬のものがいい。

「ところが逃げられたんです。捜査の手が迫っていることを察した狡猾《こうかつ》な犯人は、まんまと逃走に成功して、いまだに捕まっていません」

通り魔連続殺傷事件の犯人が行方知れずになっているとは物騒なことだ。しかし、それだけで日本中が震撼しているとは大袈裟《おおげさ》ではないのか？

「それやったら捕まるのは時間の問題やないですか。犯人は指名手配されてるわけでしょう？」

「はい。でも、市民からの通報はまったく期待できません。顔写真も名前も伏せたままなんですから」

「何それ？　指名手配やったら――」

そんなけったいな話があるものか、と思ったが、あり得ないことではない。犯人は未成年者なのだ。

「十七歳なんですよ」

「……高校生？」

「都立高校の二年生男子。家庭環境が複雑で休みがちだったようですけれどね。少年の部屋にはナイフのコレクションがいっぱいで、そのうち何本かを持ち出した形跡があります」

それなら大騒動になるのも無理はない。少年であろうとも危険人物なのだから、顔と氏名を公表すべきではないか、といった議論も起きているのだろう。

「ネット上では『顔と名前を晒《さら》せ』の大合唱です。『名前は後回しでいい。犯人の同級生や近所の人間は、社会防衛のためにネットに顔写真だけはアップしてくれ』なんていう声もある。たいていは野次馬根性でわめいているだけで、真面目に言っているとは思えませんが」

「片っ端から通行人を刺して回る子でもないんでしょ？　不安に思う人もいてるやろうけど」

「追い詰められたらどんな行動に出るか予想できません。警察に捕まりそうになったら観念しそうなものなのに、ナイフを持って逃げた、というのが気になるじゃないですか」

ビールが変に苦くなってきた。

「三人も刺してるんですね。被害者は、みんな犯人と同じく高校生。どんな気持ちでやったんやろう」

呟《つぶや》くと、片桐は溜め息をつく。

「逃走の直前、犯人は心を許していた幼馴染《おさななじ》みの友人に電話をかけて、自分が通り魔事件の犯人であることを告げました。『どうしてそんなことをしたんだ？』という友人の問いかけにこう答えています。『刺したのがどこの誰かは知らないけれど、幸せそうにしていたから腹が立った』。――嫌な話でしょう？」

どこまで本当なのか判らないし、当人にもうまく説明できないことなのかもしれない。私自身、十代の頃に世の中のすべてに怒りを覚えるようなこともあったが、行きずりの人を傷つけて憂さ晴らしがしたいとは思わなかった。しかし、それと紙一重の際どいところを通り過ぎた瞬間がなかったとも限らない。幸せそうな同世代の少年少女を襲った心理には、痛ましさも感じる。

「逃げたのはいつですか？」

「昨日の早朝。リュックを背負って、二階の部屋からエスケープです。しっかり見張っていなかった警察の失態が非難されています。社会だけでなく、犯人の少年自身の安全も損なったわけですから」

「足取りは摑めず？」

「はい、皆目《かいもく》判っていません。土地勘があるところに向かったのではないか、と推測されているだけです。該当するのは両親の出身地で、一つは山形。もう一つは名古屋。小学生時代は大阪と神戸にいたので、関西方面の可能性も高いと見られています。それから北海道ですね。『行ってみたい』と憧れていたそうなので」

広範囲に散らばっている。だから日本中が震撼しているのか、と納得しかけたのだが、そうではなかった。

「この少年については、ある噂が流れています。大変な美少年らしい。アポロンのように美しい、と証言した関係者もいます」

抽象的な表現だが、どこか西洋人風の顔貌《がんぼう》なのだろう。

「はっきりとした顔立ちで眉が濃いんです。そして造作が整っている。いや、僕も見てはいませんよ。週刊誌の編集部にいる人間が同級生に写真を見せてもらったら、確かにそんな感じだったそうです」

だからみんな好奇心を刺激されて、派手な騒ぎになっているのだ。恐れているのではなく、面白がっているのだとしたら、くだらない。情報鎖国をしていてよかった、とすら思う。

「ネット上では〈アポロン〉とか〈切り裂き王子〉と呼ばれていて、ファンを自称する者がたくさん現われています。優しいお姐《ねえ》さんが『かくまってあげるから、私のところに逃げてきて』と招いたり。ありがちの反応ですけれどね」

「病んでるな」

「いやぁ、病んでいるふりをするのがはやってるんですよ。そのこと自体、病んでいますが」

私は箸を置き、考え込んでしまう。片桐は訝《いぶか》しげに尋ねた。

「有栖川さん、どうかしましたか？」

「その少年が逃走した時の服装ぐらいは公表されてるんですか？」

「夜明け前にこっそり家を出ていますから、はっきりしたことは判りません。着替えを何枚か持ち出しているので、どれを着ていたか不明なんですよ。モスグリーンのリュックを背負い、リーボックのスニーカーを履いて逃げたようですけど……それが何か？」

違うな。そんな偶然があるはずがない、と思いながら口にしてみる。

「つい三時間ほど前、うちの近所でアポロン的美少年を見かけたんです。齢《とし》の頃は、十代後半から二十歳ぐらい。彼も緑色のリュックを背負ってたな」

大阪は、少年の逃亡先の候補に挙がっていた。まさかと思いながら、黙っていられなかった。

片桐は驚くでもなく、私のグラスにビールを注《つ》ぎ足す。

「もし、それが彼だったら大当たりですね。〈アポロン〉は落ち着いた物腰で、どちらかというと実年齢より上に見られることが多かったそうですよ。それも周囲から浮く原因の一つだったとか。――警察に報《しら》せますか？　たとえ今、どこにいるのか判らなくても」

「いや、そこまでする度胸はないな。アポロンのような美少年という表現が似合う人物を見かけた、というだけやから」

「似顔絵と照らし合わせてもいないのに、なかなか警察に通報できるものではありませんよね。だけど、いるんですよ、思い切りよく一一〇番する人が。警察には『それらしい少年を見た』という電話がひっきりなしにかかってくるそうですよ。アポロンの幻は一日のうちに北海道から沖縄まで飛び回っています。同時に何箇所にも出現する。おかげで全国の善良なる美少年は大迷惑です。十五歳ほど若かったら、僕もひどい目に遭っていたところです」

ビールを霧にして、顔に噴きかけてやろうかと思った。

「ふぅん。そんな災難もあるんや」

「でも、通報されたら、ちょっといい気分だったりして」

少年による通り魔連続殺傷事件を酒の肴《さかな》にするのは気が咎《とが》める。私たちは雑談の話題を転じ、それから仕事の打ち合わせに入っていった。

料理屋を出ると、道路が濡れていた。食事をしている間に、ひと雨降ったらしい。傘を持ってきていなかったので、やんでくれて助かった。

店を変えて飲み、零時過ぎに別れる。帰りのタクシーでラジオのニュースを耳にしたが、依然、少年の行方は杳《よう》として知れないとのことだった。

2

話し疲れたせいなのだ。その夜は、帰宅すると本を読むのも億劫《おっくう》になって、すぐにベッドに入った。溜めてある新聞で通り魔事件がどう報道されているのか見たくなったけれど、簡単に鎖国を破るわけにはいかない。ぐっと堪《こら》えたが、明日の朝刊は開いてしまうかもしれない。そんな予感とともに、あっさりと眠った。

そして翌朝。

八時に目覚めると、まずハムエッグを作り、トーストとコーヒーで朝食をすませた。それからドアポケットに向かい、朝刊を抜き取る。開くかどうか、迷うまでもなかった。

一面の大きな見出しが目に飛び込んでくる。

〈八尾《やお》で女子高生殺害　刃物で刺される〉

ダイニングの椅子にぺたんと腰を降ろして、ざっと読む。昨日の夜、ファンシーショップでのアルバイトから帰宅途中に十六歳の女子高生が何者かに喉を刺された。帰りが遅いことを心配した家族が捜し回り、零時過ぎに空き地で遺体を発見したという。情報鎖国をちょっと解いてみたら、たちまちこんなろくでもないニュースだ。新聞が悪いわけではないが嫌になる。

被害者の写真が出ていた。やや勝気な印象があるが、愛らしい顔をしたロングヘアの少女で、目を細めて笑っている。名前は尾木紫苑《おぎしおん》。この娘は、もうこの世にいないのだ。どんな事情があったのか知らないが、たった十六年しか生きていないのに惨《むご》い最期を遂げてしまい、かわいそうでならない。

社会面にも関連記事が載っていた。昨夜遅くの事件だけに、身近な者によるコメントもなく、まだ情報量は少ない。その記事の隣には、逃走中の少年Aの足取りがまだ判らないことが報じられていた。そんな意図はないのだろうが、あたかも二つの事件がつながっていることを暗示しているかのようだ。

少年Aの逃げた先の候補として、大阪も挙げられていた。彼が大阪府下の八尾市に現われ、性懲《しょうこ》りもなく凶行に及んだ可能性はないのか？　警察に追われている最中《さなか》にそんな馬鹿な真似をするとは考えにくいのだが、つい想像が飛躍してしまう。被害者が高校生であったこと、凶器が鋭利な刃物らしいことを根拠にして。

十時過ぎだ。テレビを点ければモーニングショーでこの事件のことが取り上げられているのではないか。観てみたい、と思ったが踏みとどまった。そう簡単に鎖国解くまじ。

しかし、私の誓いは一本の電話で破られた。

「起きていらっしゃいましたか、有栖川さん？」

大阪府警捜査一課、船曳《ふなびき》班の鮫山《さめやま》警部補だった。とうに起きて活動していたことを知ると、警部補は安堵《あんど》した様子だ。

「まだお休みだったら申し訳ないかな、と心配していたんです。お電話したのは他でもありません。八尾市内で発生した女子高校生殺害事件について、もうご存じですね？」

「はい、新聞で見ました」

「火村先生に乗り出していただくことになりました。先生は現場に向かっているところです。よろしければ、有栖川さんもいらっしゃいますか？」

犯罪社会学者は、もう研究のフィールドを目指しているのか。〈臨床犯罪学者〉の助手として、私にもしばしばお声が掛かるから驚くような誘いではないのだが、今回は心の準備ができていなかった。鎖国で浮世から心理的に距離を置いていたせいだ。

「……行きます。行ってもいいのなら」

「一瞬だけ間が空きましたね。ご無理はなさらないでください」

鮫山に気を遣わせてしまった。

「いえ、大丈夫です。——一つ訊いてもいいですか？」

「何でしょう？」

「東京都下で高校生が立て続けに襲われる事件がありましたね。犯人も高校生で——」

「指名手配されていますね。あの事件と関係があるのか、というお尋ねですか？　それでしたら、まだ何とも言えません。逃走中の犯人が大阪に出現した、と騒がれることを危惧しています」

もう騒ぎが始まりかけているのかもしれない。クールで律儀な話し方をする鮫山だったが、その声に微《かす》かな苛立《いらだ》ちがにじんだように思えた。とんでもない厄介者が遠征してきたことに対する怒りか。日本中の耳目《じもく》が集まれば、捜査本部には無用のプレッシャーが掛かる。班長の船曳警部は発奮するのかもしれないが。

「朝刊をご覧になっただけですか？」

「ええ、情報源はそれしかありませんから」

「テレビでは報道されているんですが、そちらはご存じないんですね」

何が言いたいのか判らない。

「昨夜のうちに、もう一人やられました。こちらは十八歳の男子高校生です。同じように喉を刺されて死亡しているのが、今朝になって見つかったんです」

強い衝撃を受けた。恐怖とともに悲憤が込み上げてくる。こんな暴虐を赦《ゆる》してはならない。

「同一犯のしわざかどうか、まだ断定はできません。しかし、検視したところ創傷が極めてよく似ているんです。近隣の小中学校は、臨時休校の措置を取りました。高校生も一人で歩く者はいません」

凶刃が血に飢えて暴れまくっているのか。一刻も早く止めなくてはならない。警察官ではない身であっても、大人の一員としてそんな思いに駆られる。

「女子高校生が殺された第一現場は最寄り駅から歩いて十分ほどのところです。判りやすい場所なので、そちらにお越しいただけますか。口頭で道順を言います」

メモを取って、復唱した。降りたことのない駅だが、迷わずに行けそうだ。「では、後ほど」と言って電話を切る。

身支度を整えている間、昨日出会った少年の顔がずっと脳裏に浮かんでいた。

電話を受けてからちょうど一時間後、最寄り駅に着いた。改札口を抜けたところで鮫山警部補に携帯電話をかけてみると、「火村先生が現場検証中です」とのこと。そう聞いて、足早に歩きだした。

駅前にはコンビニの他に小さな飲食店が二軒あったが、どちらも呑み屋らしく、店は開いていない。夜は九時を過ぎると人通りがなくなりそうだ。

教えられたとおりに信号を渡って東へと向かう。秋空の下、前方に横たわるのは生駒《いこま》の山並みだ。郊外のはずれまできている。国道から脇道に入ると、田畑が点在していた。

アスファルトの路面の状態がよくないところがあり、大きな水溜まりができていた。通りかかったトラックが盛大に撥《は》ねを上げて、思わず飛びのく。その弾みで田圃《たんぼ》の脇の水路に落ちそうになった。

アルバイト先からの帰り道だったというが、日が暮れてから十六歳の少女を一人で歩かせたくない道だ。私が父親だったら、駅まで車で迎えに行きたくなるだろう。もっとも、そう思ってもしてやれない事情が家族にあったのかもしれないが。

さらに細い道に折れ、少し行くとブルーシートの囲いが見えてきた。警察車両が何台も駐《と》まり、制服警官の姿もある。あそこが第一現場とやらに相違ない。今日もアルマーニのスーツ姿の若い森下《もりした》刑事が私を見つけて、こっそりと手招きする。今日もアルマーニのスーツ姿だ。その彼の背中にくっつくようにして囲いの中に入った。

「有栖川さんがお着きです」

森下の声に、何人かがくるりと振り向いた。ブルーシート内は五十坪ほどの空き地で、疎《まば》らに雑草が生えている。〈売り地〉と〈ここにゴミを捨てないでください。不法投棄をすると警察に知らせます〉の看板が立っていた。粗大ゴミが投げ込まれたりはしていなかったが、空き缶がごろごろ転がっている。捨てる人間が悪いのだが、土地の所有者には掃除をする気がなさそうだ。永らく空き地になったままなのだろう。

「ご足労いただき、すみません」

鮫山警部補がやってきて、硬い響きの声で言った。眼鏡がお似合いで、見た目は謹厳な大学教授風。商学部でマーケティングを教えている、と誰かに紹介したら信用されるだろう。

その後ろから、火村が顔を出した。ジャケットのポケットに両手を入れたまま、こくりと頷《うなず》いてみせる。「よお」というぐらいの挨拶《あいさつ》だ。

「見るべきものは、もう見たか？」

尋ねると、また頷く。

「ああ。と言っても、大して見るべきものはない。遺体はとうに運び出されているし、雨で足跡も遺っていない。凶器その他の遺留品もなし。第二現場に移動しようとしかけていたところだ」

空き地に柵はない。遺体は、道路から一メートルほど入ったあたりの叢《くさむら》に横たわっていたという。近くに街灯がないので、夜間なら通行人の目に触れなかっただろう。家族が被害者を捜し回っていたからこそ見つけられたのだ。

「被害者が路上で襲われたのか、空き地に逃げたところで刺されたのか、判然としません。路上で刺され、よろよろとここまで歩いたのかもしれない。何しろ血痕が雨で流されていますから」

鮫山が言った。

「遠くから運ばれてきた、ということはないんですね？」

「その形跡はありません。ここで刺したか、路上で刺して空き地に引きずり込んだか、です。遺体の隠し方としては、ほんの一時しのぎですね。積極的に隠すつもりはないが、路上に放置するのは避けた、というところでしょう」

傷は喉に一箇所だけ。犯人は刃物を右から左に払っており、右利きであると推測される。

「被害者の死因は出血性ショック死です。正面から襲撃されているので、犯人は返り血を浴びている可能性があり、付近の聞き込みに全力を傾けています」

私は、それが例の少年による犯行なのか否かが気になって仕方がない。せっかちだと思いながら、警部補に訊かずにはいられなかった。

「殺された、えーと、尾木紫苑という女の子は、人から恨みを買っていたんでしょうか？　それとも、通り魔による無差別殺人なのか？」

「まだ捜査を始めたばかりで、事件をどう見るか定まっていません」

それはそうだろうな、と思ったら、鮫山は眼鏡をかけ直して意外な言葉を継ぐ。

「電話でお話ししたとおり、今朝になって男子高校生が遺体で見つかりました。現場はここから一・五キロ北東の公園内。やはり喉を刺されての出血死です。名前は座間剣介《ざまけんすけ》、十八歳。この子は、尾木紫苑と面識がありました。それなりに親密だったようです。互いの携帯に電話番号が登録されていました」

「ボーイフレンドとガールフレンドという程度の関係ですか？」

「確認中です。午後十一時四十一分、座間剣介から尾木紫苑にメールが発信されています。文面は『ごめんな』のひと言でした」

その意味するところは、まだ判っていない。

雲行きが変わってきた。二人の被害者がつながっていたのだとすると、無差別殺人ではないのかもしれない。

「東京の事件との類似点が多いのも気になっているんですけれどね。被害者が高校生である点。刃渡り七、八センチのナイフらしき刃物で喉を切り裂いている点。いずれもあちらの事件と共通しています」

警部補は苦々しげに言う。

「〈切り裂き王子〉ですね？」と言ったら、火村に嫌がられた。

「その呼び方はやめろ。ふざけすぎだろう」

「〈アポロン〉やったらええんか？」

「まだまし——似たようなもんだ」

准教授は渋い顔のまま、警部補に尋ねる。

「その件について、警視庁に照会はしているんですか？」

「はい。あちらさんも興味があるようでした。逃走中のサカマタキヨネについて、詳細な情報を送ってもらうことになっています」

全マスコミが伏せている少年のフルネームを聞いてしまった。坂亦清音と書くそうで、先入観のせいか少し癖のある名前に聞こえる。サカマタキヨネという音が頭の中でエコーした。

その少年の顔写真が見たい、と思った。昨日、言葉を交わした少年と同一人物かどうか知りたい。

「こちらがもういいのなら、第二現場へ」

鮫山警部補に誘導され、私たちは警察車両に乗り込んだ。一・五キロの距離なら歩いてもすぐだが、森下が運転する車で移動する。

　こちらにもブルーシートの囲いが設けられていた。面積は三十平米ほど。場所がよくないので、寂れた感じだ。それでもふだんは幼児の遊ぶ姿が見られるのだろうが、今日は捜査員らしかいなかった。

　シートの中には、複雑な形をした赤い遊具がある。子供たちが四方からよじ上り、滑り台を楽しみ、真ん中を貫くトンネルをくぐって遊べるようになっている。座間剣介はこの遊具の陰で息絶えていたのだそうだ。

「公園内で刺されたことは間違いありません。まさにこの位置で刺されたのかもしれない。地面が血を吸っています」

　現場はすでに捜査員の足跡だらけだったが、死体発見時、犯人のものらしき足跡は遺っていなかった。やはり犯行は降雨中だったと思われる。

「死亡推定時刻ですが、尾木紫苑は昨夜の午後九時から十時、座間剣介は十時から十二時と見られます。尾木が第一の被害者ということです」

　火村は腰を折り、遺体があった場所の周辺を見て回っている。しかし、ここにも手掛かりはなさそうだ。

　変わり果てた座間を発見したのは、犬の散歩にやってきた五十歳の男性で、携帯電話を持っていなかったため二百メートルほど離れたところにある公衆電話から通報している。国道沿いのコンビニのオーナーだ。交番の巡査が駆けつけた時は、片手に愛犬をつないだリード、片手に糞《ふん》を始末するためのスコップを持ったまま、放心したように立っていたという。

「二つの犯行の間には、一時間ほど間隔がありそうなんですね?」

視線は地面に向けたまま、火村が尋ねる。

「はい。尾木紫苑は死後さほど時間がたたないうちに見つかっていますから、死亡推定時刻は広く見積もってもこの範囲内。座間剣介の遺体は発見が遅れた上に雨に打たれもしていましたが、十時より早いとは思えず、零時より遅いとも思えないというのが検視の結果です」

誰が何故に二人の若者を殺害したのか、まだ見当がついていない。判っているのは、殺された順だけなのだ。

3

二つの現場を回った後、私たちはいったん特別捜査本部に向かった。国道2号線に面した八尾警察署だ。

そこで遺体写真や検視結果の詳細に目を通していると、船曳警部がやってくる。見事な禿頭《とくとう》、太鼓腹にサスペンダー。どこにいても目立つ人だ。「どうもどうも」と空気を手刀で切りながら寄ってくる。

「本部の一課長と電話でやりとりしていたもので。いや、マスコミがたくさん押しかけて賑やかなことになってるんです。午前中は八尾空港から飛び立ったヘリコプターが現場上空を何機も飛ぶもんやから、住民から『やめさせてくれ』という苦情が何件も入って往生しましたわ。もちろん、住民を悩ませてるのはヘリの騒音よりも無差別殺人犯が野放しになってることですけれどね」

マスコミが押しかけ、住民が怯《おび》えるのは避けられない。警部は、それとは別のことを嘆く。

「東京から通り魔少年が出張してきたんやないか、と懸念する向きもあります。腹立たしいのは、〈アポロン〉のファンと称するアホがやってきてることです。制服の巡査に『どこへ行ったら会えますか?』と質問する奴までいてる。判ってたら捕まえてるっちゅうんです」

警部は、ぼやきながら机の上の封筒を取り、紙を一枚抜き出した。

「まぁ、ええ男であることは認めますけれどね。近頃の言葉で言うと、イケメンですか」

「公開は?」と火村。

「しません。報道関係にも強く要請しています」

これが見たい見たい、と涎《よだれ》を垂らしている人間が大勢いる。坂亦清音の顔写真のカラーコピーだった。こいつか、と私は食い入るように観た。

表情はない。白いTシャツ姿のバストショットだ。まっすぐにカメラを向いている。すまし顔で、

どこかの誰かが坂亦本人の顔を知らないまま名付けたのだろうが、〈アポロン〉という綽名《あだな》はあながち見当はずれのものではなかった。彫りが深くて整った顔である。濃い眉は凜々《りり》しく、ぱっちりとした目には人を惹きつける力があり、まっすぐ結ばれた口許には気品さえ漂う。全体としては華やかな顔だ。頭髪のカールは天然のものなのだろう。文句のつけようがない美貌ではあるが、魅力的だと言い切れないのが人間の顔の不思議なところだ。ここまで端整だと抽象性すら帯びてきて、どんな人格の持ち主なのか伝わってこないのだ。

写真をにらみながら、私は低く唸《うな》っていた。あまり熱心に観入っているので、火村は不審に思ったのだろう。

「どうしたんだ、その顔に見覚えでもあるのか？」

「別人……のようで、どことなく似た感じがするんや。十中八九は違うんやけどな」

「似てるって、誰と？」

昨日の午後遅く、散歩中に出会った少年のことを話した。〈アポロン〉という綽名がついていてもおかしくはない美少年で、緑色がかったリュックを背負い、旅の途中のように見えた。その彼がはたして坂亦清音なのかどうか、さっきから気になっていたのだ、と打ち明けると、船曳警部に質《ただ》される。

「この写真は、坂亦の特徴をよく捉えているそうです。本人だった可能性もあるんですか？」

十中八九は違う、ということは、本人の可能性もあるということだ。返答に迷う理由の一つは、昨日の少年が鍔《つば》の広い帽子をかぶっていたためである。髪型が判らないし、眉のあたりまで翳《かげ》が掛かっていた。それに、短い会話を交わしてもいるが、会ってから別れるまでせいぜい二、三分で、相手の顔をしげしげと観察したわけでもない。美少年だったという印象ばかり強くて、顔そのものの記憶はぼやけているのだ。

「そういうことですか。このところ、世間では町行く美少年が注目の的ですからね。有栖川さんの思い過ごしかもしれません」

警部は、あっさりと言った。私の返事が、あまりにも頼りなかったせいだろう。

「その子はどんな様子だったんだ？　どんな話をした？」

火村もあまり興味はなさそうだ。念のために、という感じで訊く。

「特に変わった様子はなかった。平日の午後にあんなところでぼんやりしてたから、童顔の大学生やろうと思うた。リュックに中身が詰まっているみたいやったんと、言葉に関西の訛《なま》りがなかったことから、旅行中の大学生なんやろうな、と」

私の散歩コースはいくつかあるが、途中で四天王寺《してんのうじ》に立ち寄って一服することが多い。昨日も境内の休憩所でジュースを飲み、それから六時堂の前の〈亀の池〉にふらりと出た。その中央部を跨《また》いで石の舞台が設《しつら》えられており、ここでは聖徳太子の命日とされる四月二十二日の聖霊会《しょうりょうえ》にそれはそれは雅《みやび》な舞楽が奉納される。

少年はリュックを背負ったまま佇《たたず》み、池を見ていた。石舞台で二つに分けられたうちの左側の池だ。少し離れたところに立って、私も四天王寺のマスコットを眺める。懸命に水を掻《か》いて泳いでいるのやら、池の真ん中の島へ板張りのスロープがあり、そこに上がって甲羅干ししているのやら、観察していると心が和《なご》む。親子の亀――なのだろう――が二段重ねになっている様など、ユーモラスで頰が緩むほどだ。

リュックの少年が財布を出して、小銭を確かめだした。手許が狂って、百円玉を取り落とす。それがこちらに転がってきて、運悪く小さな水溜まりの中で止まった。私は拾い上げ、ハンカチで拭いてから「はい」と差し出してやった。

ハンカチを使ったのは自分の手が汚れたからで、彼の百円玉をきれいにしてやったのはついでだ。しかし、とても丁重なふるまいに感じられたのだろう。少年は「ありがとうございます」と深く一礼する。それがきっかけになって、言葉を交わすことになった。

――亀って、なんか可愛いですね。

標準語のイントネーションだった。ここは初めてなのかと訊くと、池を向いたまま頷く。

――人間にも甲羅があればいいのにな。嫌なことがあったら、頭も手脚も引っ込めて甲羅に立てこもれて楽なのに。

暗く沈んだ口調ではない。むしろ晴れ晴れとした声だった。

大きな荷物だね、と言うと、思い出したようにリュックを足許に下ろす。若者らしい貧乏旅行をしているようだ。高校生にも映るが大学生だな、と思った。

――このへんの方ですか？

身軽な私を見て、見当をつけたのだろう。

――いいですね。こんな池が近くにあって。

亀の池がいたく気に入った様子だ。まだしばらく動きそうにない。私は、じゃあ、とその場を離れた。それだけである。俳優にしたいほど美しい顔をした少年だったが、その夜、片桐から〈アポロン〉の話を聞かされなかったら、それっきり彼のことは忘れてしまっただろう。いや、後日にまた亀の池に通りかかった際、ちらりと思い出すぐらいはしたかもしれない。

そんなことを考えながら黙った私を無視して、火村と船曳が話している。

「坂亦清音が東京都下で起こした連続無差別殺傷事件については、新聞等で報じられていることしか知りません。それだけを根拠に言うんですが、今回の事件との間に関連性は見つけにくいように思います」

「似たところがたくさんありますよ。模倣犯という見立てでしょうか？」

「いや、まだそこまでは言えません」

「なのに坂亦ではないというのは、火村先生の直感ですか？」

警部はサスペンダーに両手の親指を引っ掛けている。

「現場のロケーションが異なっています。どの犯行も郊外で人気《ひとけ》のない場所で行なわれていますが、ニュアンスが違う」

「ニュアンスとは？」

「漠然とした言い方で失礼しました。東京の事件現場は、いずれも武蔵野らしい丘陵地で、二キロ以内に乗降客が多い駅があり、視界に大きな集合団地が見えていたようです。今度の事件は、そのどれにも当て嵌《は》まりません」

「地理プロファイリングですか」

「常識的な推測ですよ。犯人の属性に迫るものではありません」

火村は、プロファイリングの有効性について懐疑的である。

「なるほど。しかし、被害者と凶器には共通点が見られますが」

「そう特殊なものではないでしょう。ところで坂亦は、この近辺に土地勘があったんですか？」

「十一歳から十二歳にかけて、大阪市内の平野《ひらの》区に住んでいました。ここらに土地勘があるようには思えないんですが、当時から自転車の遠乗りが大好きだったそうで、遠征してきたことがあるのかもしれません」

「そんなことがあったとして、逃走中にわざわざ立ち寄るかどうかは疑問ですね。個人的に思い入れがある土地だった可能性もゼロではありませんが」

若白髪が目立つ頭を掻いてから、准教授は続ける。

「坂亦は、『幸せそうだったから』という理不尽な理由で被害者を選んでいますね。尾木紫苑と座間剣介についてもそうだったのか……。彼らは交際中のカップルではなかったそうですが」

「通学路で知り合い、今年の五月から七月半ばまで親密にしていたんですが、夏休み前に喧嘩別れをした、と尾木紫苑の母親が証言しています。座間は娘の交際相手としてふさわしくない、と母親は思っていたので、ほっとしたそうです。しかし、座間は未練があったようですね」

遺体写真とともに見た座間の生前の写真を思い出す。眉間に皺《しわ》の寄った神経質そうな顔をした少年だったが、たった一枚のスナップ写真から人間性を推し量るのは難しい。口許に笑みをたたえているのに目が冷めているため、何を考えているか判らない表情になっていた。

「つきまとっていたというと、ストーカー行為を？」

「警察に相談をするほどのことではありません。しつこく電話をかけてきたり、学校帰りに待ち伏せて話しかけてきたりするぐらいで、それも父親が諭《さと》したら止まったそうです。諦《あきら》めがつきかねていたんでしょう。娘の方も嫌がるだけでなく、振った座間を不憫《ふびん》に思っていた節があります。かといって復縁の可能性はなかったんですよ。尾木紫苑は、インターネットを通じて新しいボーイフレンドを作っていましたし」

その彼氏は京都市在住で、事件との関連は早々に否定されているという。

「被害者らの関係については、まだ聞き込みの最中ですからね。思いがけない事実が浮上するかもしれません」

二人の家庭環境について説明を受ける。尾木紫苑は両親と姉という家族構成で父親は会社員、母親は専業主婦、姉は大学院生。学業はまずまず優秀で、素行に問題はない。男女交際については活発な方だった。

座間剣介も両親と弟との四人家族。父親はリストラにあって失業しているため、現在は看護師の母親が家計を支えている。担任教師による彼の人物評はいささか辛《から》いもので、落ち着きがなく粗野。直情型で問題を起こすこともあるが、警察の世話になるような非行歴はない。やんちゃ坊主の範疇《はんちゅう》なのかもしれない。尾木紫苑は、そういうタイプの男子に弱かったとも言う。

火村は、緩《ゆる》く締めているネクタイを結び直した。あくまでも、緩く。

「座間は、携帯電話のメールを尾木に送っていたそうですね。何を詫びていたんでしょうか？」

「『ごめんな』の意味ですか。判りません。その最後のメールを、尾木が読むことはなかったんですけれどね。理由は二つあります。第一に、十一時四十一分の時点で彼女は死亡していた。第二に、座間からのメールは着信拒否に設定されていた」

私は、二人の会話に割り込む。

「『ごめんな』というメールですが、座間本人が打ったとは限りませんね。その時間に、座間も死亡していたかもしれません。何者かが……というか犯人が打ったとも考えられます」

「どうしてそんなことを?」

火村がすかさず訊いてくる。

「十一時四十一分に座間がまだ生きていたかのように偽装するためや。ほんまはもっと早い時間に犯行は完了してたんやないか。で、十一時四十一分にアリバイを作る」

「いったん携帯を持ち去って、よそでアリバイ作りをしながらメールを打ち、その後で遺体の許に戻しておいた、ということか。チープな工作だな。現場に舞い戻る危険も冒さなくちゃならない」

大したアイディアでもないのだが、難癖をつけられたようで愉快ではない。「申し訳ありませんが」と口を開いたのは船曳だ。

「有栖川さんの御説は成立しそうにありません。座間の携帯には、しっかりと彼自身の指紋がついていました。何者かがメールを打つのに使ったのなら、残留指紋が消えていたはずなんですよ」

納得した。

「座間自身がメールを打ったのだとしたら、死亡推定時刻の幅が縮まることになる」火村が言う。「十一時四十一分から零時までの間に」

「はい。尾木の方も縮められそうです」

船曳は、手帳を見ながら説明してくれる。捜査本部に控えた彼のところには、捜査員たちから続々と情報が入っているようだ。

「尾木紫苑もまた死の直前にメールを送信していました。木村涼香《きむらすずか》というクラスメイトに宛てたものです。絵文字まじりで『今日は疲れた。けど、バイト代が入ってホカホカ。日曜日は遊ぼうね』。送信時刻は九時十八分。それ以後、十時までが死亡推定時刻ということになります」

私は反射的に言う。

「『バイト代が入ってホカホカ』ですか。帰り道で、つい顔がほころんでいたかもしれませんね」

「幸せそうな顔で夜道を歩いていたところ坂亦と遭遇した、と？」

船曳は腕組みをした。火村の反応はと見てみると、机の上の現場写真を手に取って見直しながら——

「尾木が遺体で見つかった後、すぐに現場付近で捜査が始まっているのに、公園は調べなかったんですか？」

不審者が潜んでいないか調べていたら、座間の遺体が見つかったはずだ。これは警察の痛いところを突いたようで、警部は光沢《こうたく》のある頭をポンと叩いた。

「面目ないことに、そこまで手が回っていませんでした。失策です。尾木の遺体が死後数時間たっていたので、犯人が近辺に留まっているとは考えにくく、捜索に遺漏が生じてしまいました」

エラーには違いないが、実際のところ犯人が現場近くをうろうろしていたとは思えず、座間の遺体発見が遅れただけであろう。私はその程度に考えたが、火村は険しい顔をしていた。

4

被害者の遺族や友人たちから話を聞きたかったのだが、精神的な動揺が大きいため捜査員たちが接触するのがやっとで、火村と私が立ち会った面会を求められる状態にない。また、関係者たちのまわりにはマスコミが殺到しており、非公式の捜査協力者である私たちは近寄るのが憚《はばか》られた。捜査本部に待機して情報が集まるのを待つしかない。

現時点で私たちが会えそうなのは、座間剣介の遺体発見者ぐらいだ。森下刑事に案内されて、その男性の家に行ってみることにした。

「少年犯罪は減少しているのに、勘違いしている人が多くて困りますね。最近の若い者は怖い、とか」

運転しながら森下がぼやく。船曳班最年少のはりきりボーイは、若者代表のつもりなのか。

「昔の方がずっと物騒だったんですよね、火村先生？」

真後ろの座席の専門家に同意を求めた。

「森下さんの言うとおりです。未成年者による殺人の件数は、戦後の混乱期を除けば一九六一年がピークです。以降一九八〇年にかけてグラフの線は滝のように落下します。日本の若者は、人を殺さなくなってきている。残忍な犯罪が起きる割合が上昇しているのでもない。性犯罪なんてさらに劇的に減少しています。マスメディアが発達して、よくないニュースが広まりやすくなったことが大きい」

「ですよね」

「ただ、動機が理解しにくい殺人は増えているかもしれない。それだって、いつの時代にもあったもので、世間の騒ぎ方に変化が生じている側面もありますが」

「たとえば、幸せそうに見えた人間を無差別に襲った坂亦清音みたいな事案ですか。確かに理解に苦しみます」

「いつの時代にもあったものですけれどね」

火村が繰り返した。

「ネット上では、相変わらず〈アポロン〉の顔と名前捜しが続いています。少年法の是非やら実名報道のあり方についての議論も盛んです」

それについて犯罪社会学者の意見を求めたそうだったが、ほどなく車は目的地に着く。

座間の遺体を見つけた安納守之《あのうもりゆき》の家は、低いブロック塀で囲われた庭つきの一軒家だった。二階のバルコニーに男ものの洗濯物ばかりが干してある。

門の前に立ったら、玄関脇の犬小屋から大きな白犬がのそりと顔を出した。黒地に青い水玉模様が入った服を着ている。呼び鈴に応じて主人が現われると、うれしそうに尻尾《しっぽ》を振るのが可愛い。

「テレビも新聞もいてへんみたいですね」

安納は、ぶっきら棒に言う。彼が散歩中に遺体を発見したことを嗅ぎつけたマスコミが取材に押しかけていたのかもしれない。

「どうぞ」

私たちは中に通された。白犬の飼い主は、小柄で物静かな感じの男だった。五十歳にしては、やや老けている。独り暮らしのようで、森下が遠慮したのに自分で茶を淹《い》れてくれた。コンビニのオーナーと聞いたが、自分が店頭に立つことは稀で、諸々のわけあって甥夫婦に経営のほとんどを任せているのだそうだ。

独り暮らしには大きすぎるほどのダイニングテーブルを挟み、話を聞くことになった。

まず安納が物憂げに言う。

「大騒動になってますな。さっき店に電話したら、取材の人らが買い出しにくるので、特需が起きてるらしい。そんなことで喜んでられませんけど」

インターホン越しにあれこれ尋ねてくるので、テレビ局の問い掛けに一度だけ応じたそうだ。

「警察で事情聴取された内容の一部をしゃべっただけです。あの人ら、私の声がちょっと録音できたらそれで満足なんでしょうから。そもそも話すほどのこともありませんしね」

いつもの日課で愛犬を連れて散歩に行った。自宅を出たのが午前六時過ぎ。家の前を掃除していた隣人と挨拶を交わしてから西へと歩き、例の公園を通りかかったのは、いくつかある散歩コースの一つだからにすぎない。遊具の陰に倒れている少年を見つけ、慌てて公衆電話から通報した。それが六時十八分。喉に大きな傷が開き、シャツも血で染まっていたために絶命しているのは明らかだったが、気が動転して肩を揺するぐらいのことはした。それ以外によけいなことはしていない。事情説明のため現場にいる義務があると思って公園に引き返し、警察の到着を待った。以上。

「安納さんが遺体を見つけてから公園に戻るまでの間に、誰かが現場に近寄った可能性はありますか？」

森下に問われ、小柄な男はかぶりを振る。

「そんなことは判りません。公衆電話のあったところから公園は見えませんから。もしそんな人がおったら、警察に報せてるんやないですか？」

私もあまり意味のある質問に思えなかった。

若い刑事は、火村が同行しているので気負っているらしい。

「さっき、安納さんのお店で僕も買い物をしましたよ」森下は言う。「そのついでに店長さんに伺ったんですが、亡くなった二人もよく利用していたそうですね。尾木さんについて『スナック菓子をよく買いにきた。感じのいい子だった』とおっしゃっていました。座間君は雑誌の立ち読みが多くて、たまにガムを買っていった、と。安納さんは、二人のことをご存じでしたか？」

「顔は覚えていました。お客さんが思てる以上に、売場に立つ人間は来店客のことをよう見てます。ただ、公園であの子を見た時は、誰か判りませんでした。死に顔は別人のようになってましたから」

「二人について、何か印象に残っていることなどありますか？」

「いいえ」と即答する。「どちらも大勢いてるお客さんの一人というだけです。話をしたこともありません」

「どんな子だったのか、噂を聞いたことなどは？」

「何も聞く機会なんかありませんよ。同じ年頃で、同じ学校に行ってる子供でもおったら別ですけど」

ここで安納が、ちらりと火村を見た。犯罪学者と紹介された彼のことが気になっているらしい。そのタイミングを待っていたかのように、准教授が尋ねる。

「今朝の散歩に出る時点で、尾木紫苑さんが殺害された事件のことをご存じでしたか？」

「はい」

「昨夜のうちに？」

「いいえ、朝刊で読みました。昨日の夜、パトカーが走り回っているので、何かあったみたいやな、とは思うてましたけど。酔って疲れて帰ってきたので」

昨夜は学生時代の仲間四人と阿倍野《あべの》で飲み、遅くなったので同じ方面に帰る三人でタクシーの相乗りをして帰ったのだという。安納が家に着いたのが零時半。パトカーのサイレンを気にしながら、風呂にも入らずすぐに寝た。早起きの癖がついているので五時半には目覚め、朝刊で殺人事件のことを知ったが、いつもどおり犬の散歩に出た。

「刃物を持った殺人犯と出くわすことを恐れたりはしませんでしたか？」

「全然。夜道で女の子が刺されたからというて、私みたいなのが犬を連れて歩いてて襲われるとは思いません。いざとなったらうちの犬、咬《か》みますしね」

「なるほど」

火村が納得したようなので、安納はほっとした様子で茶を啜《すす》る。湯呑みを置くと、舌が滑《なめ》らかになった。

「少年犯罪が増えたり、凶悪化したりしているわけではない、という説もありますけど、ほんまのところはどうなんですか？　東京の方でもひどい事件があったやないですか。あの犯人が大阪にきたと怖がってる人もいてるようですけど」

火村は、ついさっき森下に答えたとおりに語った。安納は半信半疑のようだ。

「統計上ではそうなってるんですか。しかし、実感としては物騒な感じがします。少年法も改正されたでしょ」

二〇〇〇年十一月に法律の一部が変わり、十四、五歳の少年も刑事処分の対象となるなど厳罰化が進んだ。そのことについて、火村の見解を聞いたことはない。

「未成年者は立ち直る可能性が高いから、やたら厳しく罰したらええというもんやない、というのは理解できます。けど、甘やかすと図に乗るのも若い連中ですよ。ちゃんと罰を与えんと、世の中、わけが判らんようになる」

議論をしにきたのではない。火村は誘いに乗らず、曖昧《あいまい》に頷いていた。それを賛同と取ったのか、安納はさらに言う。

「逃亡してる通り魔ですけど、氏名も顔も公表せずに指名手配って、おかしな話ですね。善良な市民を危険に晒してまで、人殺しの更生ばっかり心配してやるやなんて筋が通りません。少年法で決まってるんでしょうけど、そら法律が間違《まちご》うてる」

少し興奮してきたようだ。少年犯罪について、ふだんから一家言を持っていたのかもしれない。

「指名手配された少年については氏名や顔写真を伏せる、という法律の規定はありません。当該少年が特定できないようにしなくてはならないのは、家庭裁判所の審判に付された少年もしくは少年時代に犯した罪で家庭裁判所から公訴を提起された者についてのみです」

「えっ？」と安納は驚きの表情を見せた。知らなかったらしい。いや、実のところ私も法律を正確に理解していなかった。そうか、だからさっき火村は「公開は？」と船曳に尋ねたのか。

「それやったら早《はよ》う公開するべきです。ものには優先順序があるやないですか。……とか先生に言うても仕方ありませんね」

溜め息をつく安納に、火村は何も応えなかった。

「簡単に人を殺すやなんて、ほんまに恐ろしい。まして十七歳やそこらで。どうかしてるわ」

最後は安納の独り言になった。

黙ったままの火村の横顔を見て、私は思う。彼が犯罪学の道に進み、犯罪捜査に加わって〈臨床的〉にその研究をするようになった動機は、自分自身が人を殺したいと本気で思ったことがあるからだ、という。彼と私は同じ大学に通い、二十歳で知り合った。殺人を考えたことがある、と聞いたのも大学時代のことだ。それがいつのことかは知らないが、十代で体験したことは間違いない。つまり彼は、少年犯罪の未遂者なのだ。殺意に悶《もだ》えただけなのか、犯行計画を具体的に練ったのか、決行に及びかけてやめたのかは判らないが。

ドッグウェアを着た白犬に見送られて家を出た。

5

安納守之の甥が店長を務めるコンビニは、車で五分ほど走ったところにあった。森下がこっそり来意を告げると、三十代前半に見える店長――名札には外山《とやま》とある――は私たちをバックルームに案内する。売場に声が洩れないように気をつけながら、そこで被害者らについて話を聞いた。

「座間という男の子が、尾木という女の子につきまとっていることは知っていました。同じ学校の生徒が話しているのを耳にしたからです。コンビニには、そんなふうに町の噂が集まったりもするんです。ただ、深刻なものではなかったみたいですよ。あの子は見た目はちょっと怖そうなんですけど、悪い子ではありません。鞄が当たって商品が落ちたら当たり前のように棚に戻してくれたし、身体が不自由なお客さんを気遣っているところを見たりしました。買い食いしたお菓子のカスや袋を店の前にちらかしたり、行儀の悪いところはありましたけれど、それぐらいはよくあることです」

一方の尾木紫苑については、「感じのいい娘さん」とだけ評した。仲がよかった頃、二人で店にきたこともあるという。

「ご夫婦でここを任されているんですね。安納さんが店に立つこともあるんですか?」

在庫や返品を詰めた段ボール箱の山を一瞥《いちべつ》してから、火村が世間話っぽく尋ねる。

「たまに。週に一度、それも二時間ぐらいですね。椎間板《ついかんばん》ヘルニアやら何やら、いくつか持病があるから養生しています。コインパークも持っているので、そこからの収入を足すと悠々自適で暮らせるんです」

「独り暮らしだし、本当に悠々ですね」

「家族とは別居中なんですよ。そこはアンハッピーです」

安納には、まだ十歳の息子がいるのだが、学校生活に適応できずに不登校になった。かねて夫婦仲は冷えていたため、妻は息子にふさわしい環境に移って母子で暮らすために夫を置いて転居してしまったのだそうだ。夫婦仲はもともとよくなかったらしい。

「今日、安納さんとお話しになりましたか？」

「二度ほど電話で。騒動の渦中に巻き込まれて、戸惑っているみたいです」

「ご迷惑をおかけしています」

森下が言うと、店長は白い歯を見せて笑う。

「お手柔らかに願いますよ。叔父はかなり神経質になっています。遺体の第一発見者になったというだけで、警察に疑われるんじゃないか、と案じているんです」

「そんなことはありません。刑事ドラマの見すぎですよ」

「刑事さんにとっては日常でも、一般市民にすれば異常事態ですからね。僕にまで『俺にはアリバイがある』なんて弁明するから呆れました。『昨日は遅くまで友だちと飲んで一緒に帰ったから、完璧なアリバイがあるんや』と言っていました。それは証明されたんでしょうか？」

「裏を取る必要もないことだと思いますよ。安心するようにお伝えください」

森下の言葉に、外山は「そうします」と応えた。

あまり商売の邪魔をしては申し訳ない。話を切り上げ、遅い昼食用に弁当でも買おうとしたら、おにぎりやサンドイッチ類まですべて売り切れていた。これが特需か。

数分走ったところにファミリーレストランがあった。森下は「ここにしましょう」と駐車場に車を入れる。空腹を堪えていたのだ。奥まったテーブルに着き、揃ってランチを注文した。そこしか空いていなかったのだが、火村にとって幸いなことに喫煙席だった。

「まずいな」

さっそく愛飲するキャメルをくわえながら火村が言うので、何のことかと思ったら
――

「満席に近いのは、報道関係者で商売繁盛しているからだ。ほら、それらしいのが大勢いるだろ。ここで捜査会議を開くわけにはいかないな」

そうは言うものの、他の話題で時間を潰《つぶ》す気にはならない。声を低くして話すことになった。

「警察は、あくまでも坂亦清音の名前と顔の公表を控えるつもりなんですか？」

火村に訊かれて、森下は照れたように笑う。

「僕には何とも言えません。上の人が判断することですから。ただ、これは言えますね。坂亦……って、この名前を迂闊《うかつ》には口にできませんね。警視庁は、例の少年が犯行を重ねるとは考えていませんでした。逃亡するのが精一杯だろう、ということです。だから名前も顔も隠したんですけれど、もしもこの八尾市で起きた二件が例の少年の犯行である公算が高くなったら、明日にでも名前と顔写真を公表するかもしれません。社会防衛の観点から」

そして、家裁の審判に付されれば、また名前や顔はベールで覆われるのか？　どこか喜劇的だ。

「例の少年に自殺の恐れがある場合も、それを防止するために公表するべきやないですか？」

私も訊いてみた。この場では森下が警察代表だ。

「そういう意見も出ているはずです。実際、実名と顔の秘匿《ひとく》は無理やと思います。さっき火村先生がおっしゃったとおり、逃走中の犯人について少年法は規定していませんから」

「どこかのマスコミが公表しますよ」火村が言った。「公表しないのは自主規制であって、罰則はないんですからね。ネットが早いか、マスコミが早いかの競争でしょう。少年に関する情報を堰《せ》き止めているダムは、もう決壊寸前です」

「さっきの安納さん、罪を犯した未成年者の人権を保護しすぎる、とご不満みたいやったなぁ。しかし、罪を犯した人間の名前や顔を知ったからというて、誰にどんな利益があるんやろう。近影が手に入らん場合、マスコミは犯人の中学生時代の写真を捜してきて晒すけど、あれなんか形式的すぎる」

私が呟くと、火村は煙草の灰を落としながら「ある」と言う。

「あるって、何が？」

「犯罪者の名前や顔を知ったからといって、誰かが利益を享《う》けるとは思わない。しかし、逮捕された場合は、公表される方がいい。社会にメリットがある」

「そうかな」と私は逆らってみる。「逮捕されたら、あとは司法の裁きに任せたらええやないか。名前や顔を公表しても大衆の好奇心を満たすだけ、という意見もあるぞ」

「一部の人権派の主張だな。そうした方が犯罪者の更生がしやすい、というわけだ。しかし、犯人の身元を完全に明かすことには大きな意義があるんだ。隠すことのデメリットの方が大きい」

「凶悪殺人犯の名前や顔が伏せてあっても、特に不都合は感じんけどな。あれは社会的制裁で、懲罰の一環かと思うてたんやけど、違うのか？」

「まったく違う。——誰かを逮捕するという行為は非常に重い。強制的に身柄を拘束して取り調べをするんだからな。よく考えてみろよ、アリス。逮捕者の名前も顔も公表しない社会というのは、警察がいつどこの誰をしょっ引いたかが隠匿される社会だ。最も人権が危うくなる事態じゃないか。公権力は監視されなくてはならない。犯罪者の名前や顔を伏せることは、犯罪者自身のみならず、善良な市民にも不利益を発生させる」

「そうですね」

フォークでカルボナーラを巻き取る手を止めて、森下は何度か頷く。

「民主警察ならば、逮捕した人間の素性をちゃんと明かして責任を取れ、責任が持てないような逮捕はするな、ということですか」

火村は料理に手をつけていない。

「犯罪社会学において、少年犯罪は大きな研究課題です。少年犯罪を卒業論文のテーマに選んだゼミ生の一人が、ある時ぽつりと言いました。『未熟な少年が殺人などの重大事件を起こすと、大人たちは驚いたり恐れたりしますけれど、それもおかしな話ですね。成人して、より分別がついた人間が殺人を犯す方が驚きや恐怖の対象になるはずなのに』と」

「先生はどう答えたんですか？」

「質問ではなかったし、郵便局への道順のように教えられることでもない。学生自身が考えるべきことなので何も答えませんでした」

それだけ言うと、やっとフォークを取った。

「例の少年がやったと、考えているわけではないんやけど」私は思ったことを吐き出す。

「二人が『幸せそうだったから』という理由で襲われたんやとしたら、尾木紫苑については『バイト代が入ってホカホカ』という状況がある。まぁ、せやからというて満面に笑みをたたえた夷顔《えびすがお》で歩いてたとは限らんけれど。座間剣介についてはどうなんやろう?」

そんなことには興味がないのか、食べるのに集中したいのか、火村は黙々とフォークを使うだけだ。

「どう思います、森下さん?」

「昨夜の被害者の行動については、茅野《ちの》さんや高柳《たかやなぎ》さんたちが洗っているところで、まだ僕は詳細を聞いていません。そのへんは——」

携帯電話が振動したらしい。「ちょっと失礼します」と電話を片手に席を立った。と、森下と入れ違いに誰かがこちらにやってくる。見覚えのある顔だった。

「お食事中、大変失礼します」

がっちりとした体格に不似合いな色白の顔。そこにたたえた人懐っこい笑み。それでいて、どこか油断のならない雰囲気もまとった男。

「お久しぶりです、有栖川さん」

私に挨拶しながら、その視線はもう火村を向いている。

「英都大学の火村英生先生ですね。わたくし、一度ご挨拶をさせていただいたことがあるのですが、お見知りおきでしょうか? 東方《とうほう》新聞社会部の因幡丈一郎《いなばじょういちろう》と申します」

名刺入れを取り出したので、火村は「いただいています」と辞した。

「この事件の捜査に参加なさっているんですね。いやぁ、気がつきませんでした。もしかしたら、と予想はしていたんですが。たまたま入ったレストランでお目にかかれて幸運です」

中座した森下の隣の席が空いている。そこに掛けたいのだろうが、勝手に座るほど厚かましくはない。

「昨日の深夜からこっちにきています。車の中で少し仮眠をとりましたが、ずっと取材で飛び回っています。同じ学校の生徒たちは随分とショックを受けていますね。無理もありませんが」

そばに立たれて落ち着かないが、火村は無視して食事を進める。私たちが皿を平らげる間、色白の記者は勝手にしゃべっていた。

「――という具合で、生きている座間剣介を最後に目撃したのは、午後八時に部屋まで食事を運んだ母親です。以降、家族が気づかないうちに外出したわけですが、何の目的でどこに向かったのかは判っていません。警察は何か摑んでいるんでしょうか？」

情報交換がしたいのだ。私が応じる。

「どうなんでしょうね。私たちも聞いていません。まだ聞き込みの最中ですから」

「ふぅん。座間は、塚本信久《つかもとのぶひさ》という友人と、午後九時七分から十五分にかけてメールのやりとりをしています。内容は共通の友人に関する他愛もないことですが、それについてはご存じですか？」

「いいえ。因幡さんの方がたっぷり情報を持っているみたいですよ。私たちから吸い出せることはないでしょう」

「またまた、つれないなぁ、有栖川さん。〈アポロン〉とのつながりは見つかりましたか？　彼がここらに土地勘があったかどうか、興味があります」

「あったともなかったとも……」

「食後のお飲み物をお持ちしましょう。コーヒーでいいですか？」

頼みもしないのに、ドリンクバーに向かった。私たちのやりとりに周囲のテーブルの客たちが注目している。事件の取材にきている連中だろう。ありがたくない状況だ。

「火村、お前の隠密フィールドワークもそろそろ限界やないか？　因幡の白兎が抜け駆けしそうになってるんで、他社の記者もお前に遠慮なく話を訊いてくるようになるかもしれんぞ」

「俺はさっきからひと言も口をきいていない。だろ？　夜討ち朝駆けをされたって、手土産は渡さない」

『だろ？』って……。向こうは〈啼《な》かせてみよう不如帰《ほととぎす》〉てな心境やぞ。どこまでがんばれるか」

「それしき、がんばると言うに値しない。〈殺してしまえ不如帰〉でないだけ、ありがたい」

コーヒーを二つ盆にのせて、因幡が帰ってきた。「どうも」とだけ言って火村は受け取る。

記者は、やはり立ったままで語りだした。

「尾木紫苑の周辺には、トラブルらしいものは見当たりませんね。座間剣介にしつこくされていたことを除いて。尾木の父親に叱られてからは身を引いたようですが、それは表向きのことかもしれない。よりを戻すチャンスを窺《うかが》っていた、という証言がありますからね」

「誰がそんな証言を？」と私。

「さっき名前の出た友人、塚本信久ですよ。おかしなことになったらまずいので、塚本は『やめろやめろ』と、止めていたそうです。傍《はた》から見ていて、復縁の望みはなかったらしい。ネットを通じて新しい彼氏ができたことを、尾木は周囲に話していたんです。それもうれしそうに」

「それだけでは復縁の望みがない、とは言えないでしょう。当面は難しくても、待ってたらチャンスが巡ってくるかもしれません」

「有栖川さんは辛抱強く待つタイプなんですか？〈啼くまで待とう不如帰〉。気が長いですね。執念深いと言うべきか」

どうでもいいだろう、そんなことは。

「これは私の個人的見解なんですが――」

まだしゃべるのか。

「幸せそうだから刺した、と〈アポロン〉は言いました。美しく生まれながら、彼自身は猛烈に不幸せだと感じているんでしょう。そして、人間を幸福な者と不幸な者に分けて、後者に属する自分は前者を攻撃してもかまわない、と考えているように思われます。そうだとしたら、一連の犯行は不幸族から幸福族への憎悪が生んだ犯罪、一種のヘイトクライムではないでしょうか？」

ヘイトクライム――憎悪犯罪とは、人種や宗教などを異にする集団に対する憎しみから生まれる犯罪のことで、差別や偏見に基づく。私の知識は、それぐらいだ。

「いかがですか、火村先生？」

ここでイエスと答えたら、犯罪社会学者・火村英生准教授のコメントとして紙面に載せたいのだろう。首を突き出すようにして返事を待つ因幡。

「ヘイトクライムの一種かもしれません」

意外にも、火村はイエスと答えた。因幡は相好《そうごう》を崩したが、ただちに釘を刺される。

「私のコメントとして掲載するのはやめてくださいよ。あなたは、意味が判っていないでしょうから」

「おや、どういうことですか？　私の認識に誤りがあれば指摘してください。それを先生のコメントとして頂戴したいですね」

白兎が鬱陶《うっとう》しくなってきたところへ、森下が戻ってきた。

「ご苦労さまです」

軽く挨拶する記者。若い刑事は頭を下げてから、右手で犬を払うような仕草をした。

「因幡さん、すみませんけれど、はずしてください」

残念がるかと思ったら、そうでもない。次の機会を窺うつもりなのだろう。

「かまいませんよ。——先生方、お食事中に失礼しました。今後ともよろしくお願いいたします」

記者が去るなり森下は着席し、テーブルに肘《ひじ》を突いて身を乗り出す。

「坂亦清音を確保しました」

私は「えっ」と出そうになる声を呑み込んで、平静を装った。自分のテーブルに戻っていきながら、まだ因幡がこちらを見ている。

「どこで？」

火村が短く訊いた。森下に対して、いつになく強い口調だ。

「神戸市の王子《おうじ》動物園です。独りでいたそうです。確保したのは本日午後三時三分。現在、身柄を灘《なだ》署に移して取り調べを行なっています」

声を落としての会話だ。私もそれに倣《なら》う。

「今度の事件について話していますか？」

「いいえ、完全黙秘です。生意気に」

言うまでもないが、昨日の夜、ここで犯行を行なった後、翌日の午後三時までに神戸へ移動することはたやすい。胸騒ぎがした。やはり、四天王寺の亀の池で出会った少年がそうだったのか？

「とにかく署に戻ります」

ランチの残りをそのままにして、森下は腰を上げる。その時、「ほんまか!?」という声がした。因幡が携帯電話を握っている。第一声は大きかったが、その後は声を低くして、「それで?」「独りでおったんやな?」など。坂亦逮捕の報せだろう。それと前後して、あちらこちらのテーブルで携帯電話に出る者が現われる。店内は異様な雰囲気になっていった。

「行きましょう」

紙ナプキンで口許を拭《ぬぐ》い、火村が立つ。私たちは急いで会計をすませ、駐車場に向かった。その途中で火村の携帯が鳴る。

「八尾には行っていない。それだけは明言しているんですね?」

捜査本部からの電話らしい。短いやりとりをしただけで、准教授は電話を切った。

「坂亦が少しずつしゃべり始めました。ここの事件に関係ないようです」

「そんなもん、信じられるんか?」私は言った。「この期《ご》に及んで、言い逃れをしてるだけかもしれへんやろ」

「もちろん、まだ信用はできない。ついに観念した様子らしいけどな。——森下さん、お願いがあるんです」

「何でしょう?」

運転席に座り、シートベルトを締めながら森下は訊く。

「私とアリスを、第二犯行現場の公園で降ろしてください」

若い刑事は、ルームミラーの中で妙な顔をした。

「あそこに何かあるんですか？」

「あそこにはないでしょうけれど、付近にあるかもしれない。不確かなことなので、二人で調べてみます。何か判ったら電話を入れますよ」

火村は言葉を濁した。

6

殺人現場になったため、公園を散策する者もいない。まだ捜査員が証拠物件の収集などに当たっていた。昨夜の雨を恨みながらの作業だろう。

ここで私たちに何が見つけられるというのか？　疑問に思っていると、火村は立哨《りっしょう》している巡査に声を掛けた。相手は准教授のことを知っていたらしく、緊張した面持ちで応答する。幸運にも、彼はこの現場に最初に駈けつけた巡査だった。

「すると、あなたが見た時に安納さんは犬を連れ、スコップを片手に立っていたんですね？」

「はい」

それがどうかしたのか、と思って聞いていると、火村は「おかしいな」と呟く。

「犬の糞を始末するためにスコップを持っていたのは判りますが、それだけでは用を成しませんよね。袋が要《い》る」

「はあ、そうですね。しかし、本職が見たところでは、そのようなものは携えておりませんでした」

「もう一つお尋ねします。安納さんが警察に通報した公衆電話は、どこにあるんですか？」

巡査が丁寧に説明してくれた。火村は礼を言って、その場を離れた。

「公衆電話がどうかしたんか？　質問の趣旨が判らんなぁ。安納さんを疑う理由はないやろう。動機がなくてアリバイがある」

安納のアリバイを確認したわけではないが、でまかせとは考えにくい。動機については隠された事実があったにせよ、それを火村が突き止める間はなかっただろう。

「座間剣介は何のために尾木へメールを送ったと思う？」

答えてもらえずに、質問をぶつけられてしまった。急に訊かれたので、頭に浮かんだことが反射的に口を突く。

「自分の未練がましいふるまいが恥ずかしくなったんやないか」

「尾木は、座間からのメールの着信を拒否していた。彼が事件に無関係だったとしても、あのメールは読んでもらえないことを承知で送ったんだ。届かないと判っていながら、死者に向けて送信したとも考えられる。どうしても詫びなくてはならない、という痛切な想いに駆られて」

火村が何を言おうとしているのかが判り、背筋がぞくりとした。

「座間が、尾木を殺したと言うのか？」

「彼女の帰り道で待ち伏せして想いを伝えようとしたところ、つれない反応をされて逆上したのかもしれないし、いきなり切りつけたのかもしれない。計画的な犯行だと思いたくないけれど、その可能性もあるな」

確かに。

「好きな女の子を殺して、自分は後追い自殺か。それが計画的なものやったら、無理心中みたいなもんやな」

「座間の喉には、複数の傷があった。通り魔が執拗《しつよう》に喉を狙《ねら》ったためではなく、自殺者に特有のためらい傷と見てもいい」

痛ましいが、事件の構図としては充分にあり得る。これまでそんなふうに考えなかったのは、〈アポロン〉の幻影に惑わされていたためかもしれない——が、それだけではない。

「もしそれが真相やとしたら、座間の遺体のそばに凶器が遺ってたはずやないか。あれだけ警察が証拠物件を探してるのに、いまだに凶器は見つかってない。これはどういうことや？」

国道沿いの電話ボックスを見つけた。何を調べるのかと思ったら、火村は中に入ることもなく通過する。そして方向を転じて、きた道を戻りだした。

「なぁ、火村先生。今、俺とお前は何をしてるんや？」

「お前は歩いているだけ。俺は凶器を探している」

そういえば、先ほどから忙《せわ》しく視線を動かしていた。

「現場から凶器が消えたのは、安納が持ち去ったためだろう。彼以外の何者かのしわざとは考えにくい。遺体の周囲には、彼の足跡しか遺っていなかったからな。問題は、それをどこに隠したのか？」

どこに、だけが問題ではないだろう。それよりも何故そんなことをしたのかが知りたいものだ。

「安納が遺体を見つけたのは偶然だ。あらかじめ凶器を隠す場所や道具を用意していたわけではない。手にしていたビニール袋の類にナイフをいったん収め、それからどうしたか……」

「空き地や農地がある。スコップを持ってたんやから、どこかに掘って埋めたのかもな。それやったら簡単には見つからん」

「時間的に無理だな。家を出たところで隣人と挨拶をしているから、散歩に出掛けたのが午前六時過ぎというのは確かなんだろう。それから公園まで歩き、遺体を発見して、警察に通報したのが六時十八分。その後は現場に戻って巡査の到着を待った。穴を掘ったり埋めたりできるような余分の時間がないんだ」

「国道を通りかかったトラックの荷台に放り投げたら、一時的には隠せるぞ」

「それじゃ駄目だ。隠したものを、任意のタイミングで取り出すことができない」

いったい安納は凶器をどうしたかったのか？　火村が考えていることがまだ理解できない。唯一見当がつくのは、彼が安納の自宅を目指していることだった。

秋の日暮れは早い。東の空が、もう暗くなり始めていた。本気で凶器を捜すなら、私たち二人だけではとても手に負えない。

「安納がビニール袋を持ってなかったというだけで、なんで凶器を隠したやなんて疑うんや？」

「ビニール袋があれば、指紋がついたまま凶器を保管できる。実に都合がいい。ただ隠すだけでは駄目なんだ。座間の指紋がついたままでないと」

そして、それを任意のタイミングで取り出す必要があったという。謎掛けはこのへんにしてもらいたい。

「他殺でないのなら凶器という表現は適切ではないな。座間が自殺に用いた刃物を隠してしまうと、何が起きる？」

質問してきやがる。まどろっこしいが、我慢して答えてやろう。

「自殺が自殺に見えなくなる。安納がしたかったのは、それか？」

「そうだ」

安納宅が見えてきた。本人に会って、直接質そうということか。だが、呼び鈴を押そうとすると、隣家の前で植木に水をやっていた老婦人に「お留守ですよ」と言われた。

「犬を連れてお散歩に」

取材陣が去ったので、愛犬のために日課に出たのだ。

「出掛けたところですか？」

火村が尋ねると、東の方を指差す。

「ええ、ついさっき、あっちに歩いていきました。走ったら追いつけそうですよ」

「ありがとうございます。——行くぞ」

かくしてランニングが始まった。黄昏《たそがれ》が訪れていて、前方を行く人影は輪郭も定かでない。一人追い抜き、二人追い越し、さらに走るとようやく犬を連れた男の後ろ姿が見えてきた。

「安納さん！」

火村が呼び止める。飼い主と犬が同時に振り向いた。

「少しお話が……。どこか適当な、場所は、ありますか？」

呼吸を整えながら言う。安納は怪訝《けげん》そうだったが、「この先にも公園が」と答えた。

三角形の緑地に切り株を模した椅子が置いてあるだけのスペースで、公園と言うほどのものでもない。それでも座り込んで話すには恰好《かっこう》の場所で、うまい具合に椅子は三脚あり、三角形に配置されていた。私たちは向き合って座る。

「お話とは？」

安納は促す。火村に疑われていることを知らないはずだが、察するものがあるのだろうか？　すでに消沈した様子だ。

「お疲れのようですね」

「長い一日でした」

私たちの真ん中で、犬は脚を畳んで座る。顔は飼い主を向いていた。

「単刀直入に伺います。座間剣介の遺体のそばに落ちていた刃物を拾いましたね？」

返事をためらっていたので、犯罪学者は背中を押す。

「もう話してくださってもいいでしょう。心の準備ができていなかったとしても、あなたがすべきことは決まっている。ビニール袋に入れて保管しているものを警察に提出してください。住民を安心させるために一刻も早く」

相手が応えないので、火村はさらに言う。

「今朝あなたが歩いた道をたどってみましたが、刃物を大急ぎでうまく隠せるような場所はなかった。ということは、いったん自宅に持ち帰ったんでしょう。ポケットに入れて、というわけはないから、持ち帰る方法は一つしかない。――この犬の名前は？」

「シロです」

シンプル極まりない。

「可愛い犬ですね。あなたは、シロを利用した」

シロに刃物をくわえさせて運んだのかと思ったが、早朝とはいえ、そんなことをしたら誰に目撃されるか判ったものではない。

「刃物を隠そうとしたが、公園の植え込みや道端の叢ではすぐに見つけられそうだ。いったん自宅に持ち帰ってから通報したらどうか？　家を出る際に隣人と会っているので、時間的に辻褄《つじつま》が合わなくなる。だからあなたは、刃物をシロのドッグウェアに隠すことにした。そうではありませんか？」

安納は、俯《うつむ》いて愛犬を見ている。

「あなたが事情聴取を受けている間、尾木紫苑の命を奪った凶器は捜査員の目と鼻の先にあった。シロが懐《ふところ》に忍ばせていたんです。警察官に解放されたあなたはシロとともに帰宅する。その途中で凶器を隠すといった冒険をしたとは思えない。そのまま家に帰って――凶器はまだ自宅ですね？　今、持ち歩く必要はありませんから」

私はシロを見つめる。座り込んでしまったので、その懐に何か隠しているようにも見えるのだが、さすがに気のせいだろう。

「なんで私がそんなことをするんです？　血のついたナイフやなんて恐ろしいもんを家に持って帰るやなんて」

力なく笑って、安納は顔を上げた。

「座間剣介をかばうためですか？　そんなことをする義理は微塵《みじん》もないんですけれどね」

「ええ、かばうためではありません。悪意からの行為ですよ」

それを聞いたところで、安納は大きく頷いた。

「すべてお見通しですか。いや、私は言い逃れをしてるわけやない。犯罪学の先生とお話しする機会なんか二度とないやろうから、お手並みが拝見したいだけです。ええ、確かに先生がおっしゃったとおりのことをしました。ナイフは折り畳み式のものやったんで、安心してシロの服に入れることができましたわ。ゲーム終了ですか。シロを家へ連れて帰ったら、ナイフを持って警察に出頭します」

シロは飼い主を見上げて、尻尾を振っている。自分の名前が出るとうれしいのだろうか。

「尾木紫苑が何者かに襲われて死亡したことは、朝刊で知っていましたね。朝、公園で座間剣介の遺体を見つけた時、あなたは何が起きたのかを理解したんです。二人の間でトラブルがあったことはコンビニで耳にしていたでしょうから。座間の傍らにあったナイフを――」

「硬直した手で軽く握っていたんです。座間は」

「なるほど。より判りやすかったわけだ。――あなたは警察に通報する義務を果たすと同時に、悪意をもってナイフを隠した。座間剣介に対する悪意です。そうすることで座間は殺人事件の犯人ではなく被害者になる。そう仕向けずにはいられなかった」

「なんでや？」

私は、性急に訊いた。

「まだ判らないのか、アリス？　ありのままの状態で遺体が見つかれば、座間が尾木を殺害してから自殺した可能性を誰もが考える。尾木さんを殺した後、少年Aが自殺か？〉だ。座紫苑さんと少年Aが遺体で見つかる。マスコミはどう報じるだろう？〈尾木間の氏名と顔写真は伏せられる。これが安納さんには認めがたかった」

「そうです」当人が言った。「無惨に殺された娘さんは名前も顔も社会に晒されるのに、殺した方のプライバシーは守られる。理屈に合わんやないですか。道理に反する。それで私は……」

口ごもってしまった。胸を張って主張するだけの覚悟はなかったようだ。

「少年犯罪について語る時、あなたは実に苦々しげでした。そんなことをする者を憎悪しているかのように」

ヘイトクライムの一種かもしれない、と火村が因幡に言った意味が判った。その憎悪とは、罪を犯した少年に対して安納守之が抱くものだったのだ。

「いささかの事情があるんですよ」

安納は、切れ切れにその事情とやらを話した。彼の息子が学校に通えなくなったのは、粗暴な同級生によるいじめが原因だった。それが止められなかったことを安納は深く悔いるとともに、素行のよからぬ少年たちすべてを憎むようになる。どうしてそんな連中をかばう法律があるのか？　どうして社会は被害者はほったらかしてワルの更生にばかり熱心なのか？　安納の中で、憎悪が根を張り育っていった。

「いったん被害者として名前や顔が公《おおやけ》になれば、もう取り返しはつきません。後日に〈第二の被害者と思われた少年Aが、尾木紫苑さん殺害の犯人だった〉と報じられても、すでに流れたものは消せない。まるで完全犯罪です。あなたが望んだとおりになります。計画を完遂してどんなお気持ちですか？」

「私は……」

そう言ったまま、安納はしばらく絶句していた。

「……何をしたんでしょう？」

「ご自分がなさったことです。今さらそんな言い方はない。『ナイフを一日ほど隠すだけだ。犯人の指紋がついたまま大事に保管するんだから実害はなく、悪戯《いたずら》みたいなもの』と軽く考えたわけではないでしょう。子供――」

最後のひと言は呑み込んだ。〈子供ではあるまいし〉と続いたのだろう。

「一日たったら警察にナイフを持っていって、たっぷり叱られるつもりでした。そんな自己犠牲を払ってもするに値する行為やと思うたんですけど、間違いでした」

ゆっくりと立ち、「帰るぞ」とシロに言う。犬はクウンと愛らしく鳴いた。

「警察に出頭するので、付き添っていただけますか？　甘えてすみません」

「ご一緒します」

三人と一匹で、暮れなずむ道を引き返す。

また事件が解決した。少年時代に殺人を犯しかけた〈臨床犯罪学者〉によって。誰にどんな殺意を抱いたのか、彼は語らず、私は訊けない。語り、訊くチャンスをどこかで逃したのだろう。

7

翌日の朝刊で、座間剣介の呼び方は〈十八歳の少年〉に変わっていた。昨日の夕刻を境に、彼は名前と顔を失った。

安納守之のしたことも報じられている。その記事には、彼の顔写真が添えられていた。最も大きな記事は〈アポロン〉逮捕の続報だった。もちろん顔写真は載っていないので、四天王寺で亀を見ていた少年と同一人物なのかどうか、いまだに判らない。

王子動物園で坂亦清音を発見し、身柄を確保したのは警邏《けいら》中の巡査二人だった。このお手柄で彼らは表彰されることだろう。

巡査たちが見つけた時、〈アポロン〉はリュックを背負ったまま、ベニイロフラミンゴをぼんやり眺めていたという。全身を紅《くれない》に染めた飛べない鳥を。

雛人形を笑え

1

すっかり春らしくなった三月半ばの昼下がり。

私、有栖川有栖《ありすがわありす》は行きつけの喫茶店で、校正刷《ゲラ》に赤い水性ボールペンを走らせていた。来月号の〈小説新世紀〉に掲載される短編の著者校正である。いくつかミスの指摘があったが、どれも簡単に修正できるものばかりだった。

三十分もすれば完了して肩の荷が一つ降りたが、晴れ晴れとした気分にはなれない。夏に出版予定の書下ろし長編の構想がまるで浮かんでいないせいだ。

――どうしたもんかな。できたら四月中には着手したいんやけど。

まだ焦る時期ではないにせよ、悠然とかまえていられるほど私は楽天家ではない。いや、「実は相当なオプティミストだ」と人間観察に長《た》けた友人は言うのだが、彼が何を根拠にそう言うのかが判らない。本人が自覚していないだけで、実際はそうなのだろうか？　人間にとって自分自身は深い謎だ。

「いやぁ、嘘！」

「どないしたん？」

離れた席で、若い女性の二人連れが頓狂な声を発した。横目で見ると、片方がテーブル越しにスマートフォンを示している。

「ほら、これ」

「ええっ、どういうこと？」

「私、この子わりと好きやったのに。なんでやろう？」

「怖いね」

声が大きすぎると思ったのか、二人は口許に手をやって、ひそひそ声になった。彼女らを驚愕させるニュースがあったらしい。芸能人が事件か不祥事を起こしたのだろうな、と想像した。そんなことならあまり興味は湧かない。

——けど、麻薬所持や不倫騒動ぐらいでは『怖い』と言わんな。有名人が犯罪に巻き込まれでもしたんかな。

などと思ったが、自分の携帯電話を取り出してニュースを確認するほどのことでもない。何があったかは別にして、こういう街角の会話から奇怪な事件につながっていくミステリは書けないものか、という方に思考は流れていった。

女性の二人連れは「そろそろ行こか」と言って勘定をすませ、早春の陽光の下へと出て行った。

私は温《ぬる》くなったコーヒーを飲みつつ、なおしばらく小説のことを考えていた。アイディアという名の神様は降りてきてくれはせず、ゲラをショルダーバッグにしまって腰を上げる。

陽射しが気持ちよかったので、このところの運動不足の解消を兼ね、歩きながら考えることにした。私のマンションの周辺には大きな坂道が何本かあり、上ったり下りたりすると結構な運動量になるのだ。

――トリックが思いつかん。火村《ひむら》が手掛けた事件の中に、参考にできそうなものはないかな。

そう思いかけて、いかんいかんと打ち消した。犯罪社会学者の友人、英都《えいと》大学の火村英生《ひでお》准教授がフィールドワークと称して警察の捜査に協力するのに何度も立ち会い、彼の名探偵ぶりを見てきたが、それを創作に盛り込むのは自らに禁じている。現実の事件を下敷きにすると差し障りが生じかねないし、フィクションを書く気概を失ってしまいかねないからだ。

――トリックなぁ。

上の空になっていたら、後ろからきた自転車に追突されそうになった。最近、自転車と歩行者がぶつかって起きる死亡事故が問題になっているが、歩道ぐらいのんびり歩かせてもらいたい。

織田作之助《おださくのすけ》の文学碑が建つ口縄坂《くちなわざか》を下り、愛染坂《あいぜんざか》の脇にある石段を上って大江《おおえ》神社の境内に差し掛かったあたりで、喫茶店での会話を思い出した。彼女らが何に驚いていたのか気になり、携帯電話でニュースを調べてみることにする。

と、電源が入っていない。何かの弾みで切ってしまっていたらしいが、のべつ幕なしに携帯電話をチェックするタイプではないので、まるで気がついていなかった。

留守録に一件の着信がある。火村英生からのものだった。何の用事だろう、と折り返しながら、もしやと予感がした。

六回ほど呼び出し音が続いてから、彼が出た。ざわついた場所にいるらしく、後ろで「それ、鑑識に回しておけ」などという声が飛んでいる。やっぱり、と思った。

「犯罪の現場にかかったみたいやな」

彼のフィールドだ。

「ああ、京都から飛んできてお前の家からそう遠くはないところにいる。二時間ほど前にかけたらつながらなかった。どこかに遠出してるのか？」

「いや、近所の喫茶店で仕事をしてた。うっかりオフにしてただけや。――殺人事件でまた大阪府警に呼ばれたわけか」

府警の鮫山《さめやま》警部補から彼に電話が入ったのが正午前。大学が春休み中なので迷わず現場に向かい、大阪市中央区の現場に着いたのが午後零時半だったという。今は二時過ぎだから、移動中に私へ殺人現場に誘う電話をかけていたのだ。

「警察の現場検証はだいたい終わった。俺はまだここにいるから、くるならこい」

くるならこい、ときた。現場の住所を聞くと、ものの十五分ほどで行けるところだ。

近いから、というわけでもないが、「行く」と応えた。

電話を切ってから、どんな事件なのか聞いていないことに気づく。行ってみれば判ることで、警察が火村に声を掛けたということは、殺人事件なのだろう。

ゲラを部屋に置きに戻るのも面倒に思えて、そのまま地下鉄の駅に向かった。谷町《たにまち》線で四天王寺前夕陽ヶ丘《してんのうじまえゆうひがおか》から谷町六丁目へ。乗り換えなしでたった二駅だ。

地上に上がってから携帯電話で地図を呼び出し、場所を確かめる。歩きながらついでにニュースを見ると、大阪市内で起きた殺人事件について報じられていた。

「これか」

思わず声が出た。喫茶店の女性たちが驚いていたのも、火村が捜査に乗り出したのも、これに違いない。

漫才師のメビナさん（雛人形《ひなにんぎょう》）殺される

大阪市内の自宅で発見

メビナという名前は知らない。（雛人形）とあるのはコンビ名だろうか？　メビナの本名は矢園歌穂《やぞのかほ》、二十二歳。私は、最近の若手漫才師にいたって疎《うと》いので、どれだけの知名度があるのかも判らないのだが、記事の中に〈人気上昇中のコンビ〉とあったし、喫茶店の女性たちの反応からして、それなりに注目されているようだ。

メビナこと矢園歌穂の顔写真があった。髪型はくりくりにカールしたロングヘア。吊り気味の目に力があって、姐御《あねご》風の美人だ。挑むようなまなざしが気の強さを示しているのと同時に、微笑んだ口許には愛嬌が漂っていた。まったく見た覚えがない。

漫才コンビ・雛人形について予備知識を仕入れようかとも思ったが、そんなことをする間もなく現場に近づいていた。界隈は大阪の中心部でありながら幸運にも空襲の戦禍を免れていて、古い家屋がたくさん残っており、そんな街並みを〈好評分譲中〉の垂れ幕を垂らしたタワーマンションが見下ろしている。このあたりを歩くのは久しぶりで、都心回帰が進んで随分と大きなマンションが増えていた。

もう近いな、と角を曲がってみると、道路の真ん中に規制線が張られて野次馬の姿が見えた。テレビ局のリポーターらしき者も何人かいる。ワイドショーの中継のようだ。

さて、どこから現場に入ろうかと思っていたら、顔馴染《かおなじ》みの森下《もりした》がするすると寄ってきて手招きをした。いつもアルマーニのスーツに身を包んだ若手刑事である。

「有栖川さん、こっちです」

古い町屋の間の路地へと私を誘導し、突き当たりを左に折れると木戸があった。それをくぐって細長い庭を抜けたら、そちらにも木戸。

「この向こうが現場です」

いくら天下の大阪府警とはいえ、よその家の敷地を無断で横切ったりはできないから、家主の許可を得ているのだろう。と思ったら、この隣家は矢園歌穂の祖父のものだという。

「年代物の家ですけど、このあたりのことですから地価だけで一億円はするでしょう。被害者のお祖父《じい》さんはそれを空き家にして、ハワイ暮らしをしているそうですよ」

羨《うらや》ましい話だ。

「もったいない。ハワイで余生を送るんやったら、こっちは処分したらええのに」

「奥まってるので、売りたくてもなかなか売れないんやそうです。買い手がつくまで駐車場にしておくこともできない。電話でそう聞きました」

矢園歌穂は二十歳までに両親を亡くしており、兄弟もいないので祖父が最も近い肉親らしい。警察がハワイに連絡を取ったところ、間の悪いことに祖父は庭仕事の最中に脚立から落ちて脚を骨折して入院中だった。だから、孫娘が殺されたという報を受けても日本に飛んで帰ることはできず、警察は電話で話を聞くしかなかった。

裏木戸を抜け、猫の額ほどの庭に出る。申し訳程度に庭木が植わっていて、煉瓦《れんが》で囲われた花壇には雑草しか生えていない。

祖父宅は老朽化した日本家屋で築五十年は経過しているように見受けられたが、こちらの家はコンクリート造りでよほど新しい。狭い庭に面した大きなサッシ扉はカーテンが開かれていて、中が丸見えだ。火村と船曳《ふなびき》警部が立ち話をしているところだった。禿《とく》頭《とう》に太鼓腹の警部が先に私の到着に気づく。

「ご苦労さまです、有栖川さん。外があんまり賑やかなんで、裏から入っていただきました」

「殺されたのは、人気のあった漫才師さんらしいですね」

私の言葉に、森下が反応する。

「まだ人気爆発とまではいってなかったんですけれどね。お年寄りの表現を遣うなら、目下売り出し中という感じですか」

その言い方は、警部のお気に召さなかった。

「おい、森下。目下売り出し中っていうのは普通の日本語やないか。お年寄りの表現やないぞ」

「すみません」と低頭する部下に、警部は両手を腰にやって「うむ」と頷《うなず》き、それから私に尋ねてきた。

「最近の若い漫才師のことはよう知らんのですけど、有栖川さんやったらご存じなんでしょう、雛人形とやらも？」

「いいえ。私もその方面には暗くて」

「ははぁ、そうですか。若い連中の間で人気が出てきたばかり、というところですかな。森下はよう知ってましたが、火村先生もご存じやなかった」

白いジャケットを羽織った犯罪学者は、黒い手袋を嵌《は》めた手で三十四歳にしては白髪が目立つ頭を掻《か》く。

「つい先日、ゼミの学生が意味不明の言葉を並べて話していたので、好きなバンドのことでも話題にしているのかと思ったら、『若手の漫才について語り合っていたんです』と言う。この頃の漫才コンビの名前の奇抜さに呆れました。雛人形ぐらいは、まだ判りやすい方かもしれませんね」

「お年寄りやな、火村先生」

学生の話についていけない准教授をからかったら、「お互いにな」と返された。大学時代からの付き合いで同い年だから、そういうことになる。

火村の言はもっともなのだが、これだけ漫才師がたくさんいるとコンビ名が重ならないようにするのもひと苦労に違いない。同じ名前は許されないのだから。ミュージシャンも事情は同じなのだろう。火村と逆に私は、最近のバンドの珍奇な名前を聞くたびに、漫才師かよ、と思うことが多かった。

「雛人形は実力派で、将来が楽しみなコンビでした。誰が被害者でも殺人は悲惨ですが、こんなことになって残念です」

森下がコメントした。船曳警部は、また少しふくらみを増したようにも見える太鼓腹をさすって言う。

「奇々怪々な事件でもなさそうなんですけど、芸能人が被害者となるとまわりが騒いで、早期解決を求める声が高まるんです。それで、早々に火村先生にご協力を仰いだ次第で」

大学が休みのこの時期なら手伝ってもらいやすい、という思いもあったのではないか。

「ま、上がってください」

警部に促されて靴を脱ぐ。お邪魔します、と言いかけた。

2

十畳ほどの部屋だった。床はフローリングで、がらんとしている。片隅に小さなテーブルと椅子が二脚。テーブルの上には、緑茶が半分ほど入った五〇〇㎖のペットボトルとグラスが一つのっていた。正面の壁には縦一メートル横二メートルばかりのベニヤ板——ピンク色に塗られていた——が立て掛けてある。

「被害者は高校時代に音楽活動をしていて、ドラムを叩いていたそうです。そのための部屋なんですよ。音楽は飽きたのか、見切りをつけたのか、ドラムセットはとうに処分してしまい、現在は漫才の稽古場として使われていました。あのテーブルと椅子は、質素ながら応接用のスペースだったそうです。『めったに客はこなかっただろう』と関係者は言っていますけれど。ベニヤ板は、被害者がコントの道具を作りかけていたものだとか。死体が横たわっていたのは、あちらです」

部屋の北西の角——地図によるとこの家の玄関は東向きだ——に死体があったという。出っ張った柱のすぐ前あたりだ。犯行の際に被害者と犯人が揉み合いでもしたのか、ペンキの缶が倒れて床の一部をピンク色に染めている。すでに乾き切っているようだが、その中で誰かがもがいたような痕跡が遺っている。

「ベニヤ板を塗ったペンキの缶が倒れています。部屋の隅に置いてあったものを、凶行の最中に被害者が蹴飛ばすか足に引っ掛けるかしたようです。乾いたペンキに芸術的な跡がついていますが、被害者が苦しんでもがいたためにできたと思われます」

被害者はピンク色のペンキまみれだったのだ。死体の下の床もピンクに染まっていたというから、死体の上にペンキが撒《ま》かれたのではない。

「後頭部を鈍器で殴られたようですが、凶器はまだ不明です。額にも生前についた打撲傷がありました。死亡推定時刻は昨夜の午後十時から零時にかけてと思われます」

壁紙は細かい花柄模様で、三色のチューリップが散らしてある。今はくすんでいるが、貼ったばかりの頃は華やかだっただろう。携帯電話で見た矢園歌穂の顔写真やドラムを叩いていたというイメージとは違って、この部屋は少女趣味的だ。

「さっきから話に出ているとおり被害者の職業は漫才師で、芸名はメビナ。オビナという男性と雛人形というコンビを組んでいました。相方の名前はオビナユウダイといいます。帯広の帯に名前の名、英雄の雄に大きいと書きます」

「え？」

芸名と本名の区別がつかなかった。

「帯名という苗字《みょうじ》なんですよ。オビナの相方で女やったらメビナだろう。男雛と女雛で雛人形、という具合にコンビ名ができたわけです」

そういうことか。聞いてみたら単純で判りやすい命名だ。

「死体発見者は、所属していた芸能プロダクションのマネージャーと帯名雄大です。今日は午後一番になにわテレビのロケ番組に出演する予定がありました。それとは別に、朝九時に四ツ橋《よつばし》にある事務所で来月の仕事についての打ち合わせがあったんですが、メビナがこない。携帯に電話しても呼び出し音が鳴るだけ。午後の仕事も入ってるのに、連絡が取れんのは困る。まさか急病で倒れてるんやないやろうな、ということでマネージャーと帯名がこの家に様子を見にきて、彼女の変わり果てた姿を見つけた、ということです」

「玄関の戸締りは？」

「鍵が掛かっていなかったのみならず、引き戸が細めに開いてました。なので、よけい不審に思って上がり込んだんですよ」

四ツ橋からこの家なら、車で十分もあれば着く。打ち合わせにやってこないだけならまだしも、午後一番にテレビの仕事が入っているのに連絡が取れないとなると、自宅へ様子を見に行きたくもなるだろう。

「二人はすぐに警察に通報した、と証言しています。通信指令室がその電話を受けたのが午前九時四十八分」

ここは中央区大手前《おおてまえ》にある大阪府警本部からも遠くない。捜査一課の船曳警部の班は、所轄の東署の捜査員とほとんど同時に臨場していた。

「発見者の氏名と年齢をきちんと申します。被害者の相方だった帯名雄大、二十三歳。マネージャーだった佐野健也《さのけんや》、三十歳。ひととおりの事情聴取を行なった後、いったん両名は事務所に帰しました。火村先生も直接彼らの話をお聞きになりたいでしょうから、後ほど事務所にお連れします。うちの誰かをつけますよ」

その役目は自分だ、と心得ているように森下が頷く。火村はというと、ジャケットのポケットに両手を突っ込んだままペンキで汚れた床を見下ろしていた。

「どうかしたか？」

私の問いには答えず、彼は警部に言う。

「さっきの写真をもう一度見せていただけますか？」

「どうぞ」と警部がスーツの内ポケットから出した数枚のプリントアウトを、火村は黒い手袋を嵌めた手で受け取る。私はそれが見える方に回り込んだ。

矢園歌穂は、仰向《あおむ》けで倒れていた。黒い長袖シャツの上に薄い白っぽいポンチョ、細身の黒いパンツというスタイル——だったのだろう。大半がペンキでピンク色になっている。普段着っぽいが、このまま舞台に出ても通用しそうな出で立《いた》ちだ。

両目を閉じた表情は穏やかで、あまりペンキで汚れていない顔だけ見ればうたた寝をしているようだ。しかし、額の中央には青黒い打撲の痕《あと》があり、不自然に投げ出された四肢の形が異様だ。およそ若い女性のとるポーズではない。

「見るに忍びないな」

私は呟《つぶや》いた。死体は両腕を真横に伸ばしてから肘《ひじ》を直角に上へ折っている。左脚はまっすぐに伸びていたが、真横に投げ出した右脚は膝をこれまた直角に折っていて、奇妙な舞踏をしているようだった。

「美人には似合わんポーズや」

「着衣に乱れがないだけましだろう」

火村がそっけなく言うと、警部がすかさず言い添える。

「性的暴行などの痕跡は一切ありません。傷は後頭部と額のものだけです。激しい格闘を演じたふうやない」

「頭の前後を打っているのがまずいですね。直撃損傷と反衝損傷が二つずつで、脳は致命的なダメージを受けたわけだ」

頭部に強い外力が加わると頭蓋骨の中の脳が慣性で動き、打撃を受けた反対側で頭蓋骨にぶつかってそちら側も損傷する。前後から頭を強く打った被害者の脳は、前後から二度ずつ圧力を加えられて挫滅《ざめつ》した、ということらしい。

「この死体の位置から気がついたことはないか？」

犯罪学者に尋ねられたのは私だ。何か答えなくてはならない。

「そうやな」

しげしげと写真を見ずとも、床のマーキングを参照すればいい。

「伸ばした左脚は、柱から十センチぐらいしか離れてない。ということは、犯人に後頭部を殴られた時、被害者は柱のすぐ前に立ってたことになる。――違うか？」

「まぁ、続けろよ」

　私の推測が合っているとも間違っているとも彼は言わなかった。

「仮にそうやとしたら、被害者は柱の前に立って何をしてたんやろうな。このへんに絵やポスターが飾ってあるわけでもなし」

　火村と警部が、意味ありげに顔を見合わせた。私はおかしなことは口走っていないはずなのに。

「試すようなことをして悪かった、アリス。実は、お前がくる前に警部と話していたことがあるんだ。死体の位置から導かれる仮説について」

「ほぉ、聞かせてもらいましょうか、先生」

　私は胸をそらして腕組みをした。別にふんぞり返るような場面ではないのだが。

「犯行時に、犯人と被害者の立ち位置はどうなっていたか？　最初は、被害者が柱に向かって立っているところを真後ろから殴打されたんじゃないか、と考えたんだ。殴られた被害者は、その弾みで柱に額を打ちつけてから仰向けに倒れた、と。しかし、それだと彼女が柱に向かって立っていた理由がよく判らない。その柱に何かが貼りつけてあったのを剝《は》がした形跡もないしな」

「ペンキの缶を取ろうとしてたんやないか？」

「つかつかと缶に近づいて屈《かが》み、缶を取り上げるだけなら一秒ですむ。犯人が殴りつける間があったかな。むしろこう考えた方が自然だ。——被害者は柱から少し離れた場所に立ち、犯人と正対していた。そこで犯人が激高するようなことがあり、彼女を思い切り突き飛ばす。被害者は柱の角で後頭部を打ち、致命的なダメージを受けた」

「たったそれだけのことで？　あっけない死に方やな」

納得しづらいものを感じたが、警部は火村と同意見だった。

「いやいや、有栖川さん、充分にあり得ることです。先ほどは『鈍器で殴られたよう』とか『凶器は不明』やなんて言いましたけれど、監察医の所見でも柱の角で頭を強打したとみても医学的に問題はないそうです」

それなら最初からそう説明してくれてもよさそうなものだが、まだ可能性がある、という段階に留まっているらしい。あらためて柱を見ると、そう古くもなさそうな染みがあり、被害者が頭を打ちつけた跡にも思えてくる。

「柱から被害者の組織片が採取されることを期待しています。明日までには結果が出ます」

私は、警部に向き直った。

「打ちどころが悪かった、というやつですか。計画的殺人ではなく、アクシデントによる傷害致死」

「仮説が的中していたら、そういうことになりますな」

すかさず火村が訂正を入れる。

「法医学者ではないから断定的なことは言えませんが、さっき言ったとおり頭を前後から打ったのがよくなかったんでしょう。打ちどころじゃなくて、打ち方が非常によくなかった」

なるほどね、と思いながら、私はさらに警部に言う。

「後頭部を打った被害者は、よろけてペンキの缶を倒しながら崩れ落ちたんでしょうね。まず膝を突いて、そのまま前に倒れる。あ、その時に額を床で打ったわけか。辻褄《つじつま》が合いますね」

「そうシンプルでもない」

火村は短く言った。そうではない理由を述べよ、という問題か。先生という人種は出題が癖になっているらしい。

「お前が言いたいことは判った。それやったら額の打撲も説明がつくけど、うつ伏せに倒れてないとおかしいわな。被害者は仰向けで見つかったんやから矛盾する」

そこで警部に質《ただ》さなくてはならない。

「被害者は即死だったんですか？」

「いいえ、死に至るまで、いくらか時間があったものと思われます」

「だとしたら、苦痛でもがいてるうちに仰向けになったとも考えられますね」

火村は釈然としない様子だった。

「確かに、それだと被害者の衣類が前面も背面もペンキだらけだったこととも合致する。

しかし、後頭部に激痛を感じている人間が、わざわざ仰向けになろうとはしないと思うぜ」

「それやったら、突き飛ばされて柱で後頭部を打ったという仮説を捨てて、柱の前に立ってるところを後ろから鈍器で殴られたんやろう。突き飛ばした弾みで死なせたのではなく、れっきとした殺人や」

「いや、犯人に明確な殺意があったとも思えないんだ。犯人は止《とど》めを刺していない。被害者を突き飛ばしたら思いがけず大きなダメージを与えてしまったので、慌てて逃げ出したようでもある」

「前から突き飛ばされたのか、後ろから殴られたのか。お前の脳内のスクリーンには、どんな犯行シーンが上映されてるんや？」

「まだ何も」

歯切れがよくなかったが、フィールドワークを始めたばかりなのだから追及はしないことにした。

「被害者が犯人を招き入れ、ここで話しているうちに口論になって突き飛ばされたんやとしたら、当然、顔見知りの人間ということになるな」

「それは間違いないだろう。テーブルの上のグラスが物語っている」

「グラスは一つしかないぞ」

「もう一つあったはずだ。逃げる際に、犯人は自分が使ったグラスを洗って片づけたか、あるいは持ち去ったのさ」

「言い切るやないか。被害者が一人でお茶を飲んでたのかもしれん」

「その可能性がゼロとは言わないけれど、一人でペットボトルのお茶を飲むのに別の部屋からグラスを持ち出してくる人間は少ないだろう」

いずれにしても被害者が犯人をこの部屋に招き入れたのは確かだ。家の中が物色された形跡もないそうだから。

被害者の交友関係を洗えば、たちまち容疑者が浮上しそうにも思える。その人数がなるだけ少ないことを祈りたい。

3

家中を見分してから、警察車両で雛人形が所属していた芸能プロダクションに向かう。案内してくれるのは森下ではなく、高柳真知子《たかやなぎまちこ》だった。船曳班の紅一点で、パンツルックが似合う当年とって三十一歳。

「私たちの案内役をコマチさんに取られて、彼は不満そうにしていましたよ」

コマチは真知子刑事の愛称だ。私が後部座席から言うと、ルームミラーの中の彼女はにこりともせず応えた。ショートヘアの前髪の間から広いおでこが覗《のぞ》いている。

「森下君は、火村先生から捜査の仕方を学ぼうとしていますから、がっかりしたんでしょう。でも、あいにくなことに私の方が適任だと見られたようです」

強引に割り込んできた車があったが、高柳は軽くブレーキをかけてステアリングの操作で回避する。うまいものだ。

「あなたの方が適任だという理由は何ですか？」

「私の方が漫才に詳しいんです。今回の事件では有益かもしれない、と警部が考えたんだと思います」

硬派な感じがある彼女が漫才ファンとは意外だった。仕事でくたくたに疲れて帰宅した時には、録画していたものやレンタルＤＶＤでリフレッシュするのだとか。彼女のプライベートな一面を初めて垣間見て、いささか親しみを覚えた。

「そういう人って、多いのかもしれませんね。お笑いで疲労回復を図る人」

「ああ」と妙な声を出してから、彼女は遠慮がちに言う。「お笑いという言葉は一般化していますけれど、芸人さん自身が口にするのはいいとして、傍《はた》からそう呼ぶのはちょっと失礼な気がします」

お笑い種《ぐさ》という言葉は嘲《あざけ》りを含んでいる。彼らの芸を低く見ているようなニュアンスがあるということか？　なかなか言葉に敏感だ。

「有栖川さんだけがそう呼んでいるわけでもないのに、揚げ足を取るみたいですみません」

「いや、いいんです。そしたら、代わりにどう呼ぶのが適切なんでしょうね」

「香川登枝緒《かがわとしお》さんは、漫才やコントや落語などの総称として〈笑芸〉という言葉を創られました。お笑いよりはそっちがいいように思います」

私は唸《うな》ってしまった。お笑いという名称に違和感を抱き、伝説的な漫才作家の名前がごく自然に出るところからして、これはかなり熱心な笑芸ファンらしい。

「それでは事務所に着く前に、漫才を愛するコマチさんから雛人形というコンビについて基本的な知識を授けてもらえますか？」

香川登枝緒の名前を知らないであろう火村がリクエストする。長堀《ながほり》通を西に向かう車は松屋町《まつやまち》筋を過ぎたから、目的地に着くまでもう五分ぐらいしかなさそうだ。それを察したか高柳は、かいつまんで説明する。

「所属しているのは俵田《たわらだ》企画といって、吉本興業や松竹芸能とは比べものにならないほど小さなプロダクションです。それでも戦後まもなくに設立された歴史のある会社で、時々いい芸人さんを世に送ります」

何人か例を挙げてから、彼女は続ける。

「帯名雄大が雛人形というコンビを結成したのは高校時代で、素人向けの漫才コンテストで入賞したこともあります。『プロになるつもりがあるのなら、うちにきなさい』と俵田企画の社長から声を掛けてもらい、卒業後にその誘いを受けて契約を結びますが、さすがにプロとしてやっていくのは難しくて、しばらくは仕事になりません。アルバイトをしながらがんばって、人気が出だしたのは一年ほど前からです」

「芽が出たのは帯名が二十二歳で矢園が二十一歳の時か。高校時代からのコンビということは、彼らは同窓生なんですね?」

「あ、違うんです。そうではありません」

違うんです、と言いながら彼女は小さく手を振る。

「雛人形は、一度メンバーが替わっています。もともとは高校の同級生同士で組んでいたんですけれど」

帯名が相方をチェンジしたのだという。矢園歌穂は二代目のメビナだった。

「へえ。相方を替えてから人気が出だしたということは、矢園歌穂がよかったということですか?」

「私は前のメビナをよく知らないので、それは何とも言えません。矢園歌穂はルックスもよくて、舞台映えがする子ではありましたけれど、あんまり漫才がうまいとは思いませんでした。もちろん、彼女のファンもいるんですよ。特に若い女の子に好かれていたみたいですけれど、雛人形の魅力は何といってもネタのよさとオビナのツッコミです。正直なところ、メビナは入れ替えが利くんじゃないでしょうか。初代の雛人形からよく見ていた熱心な漫才ファンによると、オビナがめきめき腕を上げたことで注目されだしたということです」

「ネタがいいと言いましたけれど、漫才の台本というのは専門の作家が書いているんじゃないんですか?」

火村が素朴な質問を挟んだ。

「漫才作家が書いた台本で演じるのは中堅以上になってからで、彼らのような若手は自分たちでネタを考えます。オビナはある雑誌のインタビューで『素人芸が受けて思い違いをしていた。これでは駄目だと反省し、二十歳を過ぎてから死に物狂いでネタを創る勉強をしたおかげで、ようやくまともな台本が書けるようになった』と話していました」

その雑誌とは漫才の専門誌だそうで、そんなものまで購読するのだから彼女の笑芸好きはやはり本物だ。

「どんな漫才をしていたのか、ご興味があるならDVDをお貸ししますよ。お気に召すかもしれません。雛人形単体のものはまだ出ていませんけれど」

殺人事件の捜査で漫才を見るなど前代未聞だが、鑑賞しておくべきかもしれない。火村はどんな顔で見るやら。——しかし、いくらおかしくても大笑いをすることはあるまい。被害者のありし日の姿を見ていたら、演じているのが漫才だけによけいやるせない気持ちになりそうだ。

御堂筋《みどうすじ》と合流するあたりで少し渋滞したが、そこを抜けると事務所のある四つ橋筋はもうすぐだ。コインパークに車を駐《と》め、信号を北に渡って二分ほど歩いたところにあるビルの二階に〈俵田企画〉の看板が出ていた。古びた雑居ビルで、会社の規模が察せられる。

ここにもテレビ局のリポーターらしき連中がいて、路上で缶コーヒーを飲みながら打ち合わせをしていた。彼らの横をすり抜けて、階段で二階へ上がる。

高柳が事務所に入っていくと、近くにいた女子社員が素早く立ってやってきた。その後ろには八つばかりの机が並び、六人の社員が電話の応対に追われている。ひたすら謝っている者あり、逆ギレ口調で相手を詰《なじ》っている者あり、大騒ぎだ。

「警察の方ですか。少々お待ちください」

女子社員は小走りに奥に去り、やがて眼鏡をかけた小柄な男と戻ってくる。マネージャーの佐野健也だった。色は地味なダークブラウンだが形の洒落たスーツをぱりっと着こなしている。

来意は告げるまでもない。死体発見時の様子や矢園歌穂の交友関係などを、もう一度聞きにきたことに加え、高柳は火村と私を紹介した。

「犯罪学とミステリの先生。警察がそんな方を顧問にしているんですか？　えっ、顧問ではない？　よく判りませんね。まぁ、刑事さんが怪しい人を連れてみえるはずがないから結構ですよ。オビナは今、これからのことについて社長と話し合っているんですが、呼んできましょうか？」

「いえ、後でかまいません。まず、佐野さんのお話を伺わせてください」

個別に面談をした方が訊《き》きやすいこともある、と判断したのか、彼女はためらうことなく応えた。

「そうですか。では、そちらの部屋へどうぞ」

飾り気のない応接室に通された。死体発見時のショックがまだ冷めやらぬのか、事後の対応に苦慮しているのか、佐野はひどく疲れた様子だった。周囲の同情を買おうとしているようにさえ見える。

「今朝のことをまた話せばいいんですか？　さっきのリピートにしかなりませんよ」

午前九時から打ち合わせがあるのに三十分たっても矢園が現われず、電話にも出なかったので帯名とともに自宅に様子を見に行き、死体を発見した。彼女の家まで行ってみようと言いだしたのは佐野で、帯名が「俺も」と同行したのだという。

玄関に鍵が掛かっておらず、引き戸がわずかに開いていたことは現場で船曳警部からも聞いた。犯人は、よほど慌てていたのだ。火村は心持ち身を乗り出して確かめる。

「開いていたのは間違いありませんね？」

「はい。オビナも見ていますよ。『不用心やな』と二人で言った覚えもあります」

戸を開けて呼びかけても返事がなかったため、彼らは家に上がり込み、あの部屋で異変を目の当たりにしたのだ。

「見た途端に腰が抜けるほどびっくりして、情けないんですがその場にへたり込んでしまいました。這ったまま進んで、ペンキで汚れた彼女の右手首に触ってみたら、もう冷たくて脈がありません。それで救急車は呼ばず、すぐに警察に通報したんです。ものの五分もしないうちにパトカーがきました。それまでの間、私とオビナは別の部屋で待機していて、そのあたりのものには指一本触れていません。オビナは取り乱して、『これ、しょうもない番組の仕込みやないでしょうね』と私に詰め寄ったりしましたよ。そんなわけないのに」

「帯名さんは遺体に触れなかったんですか？」

高柳が細かい点を確認する。

「ええ、メビナちゃんの手が冷たいのを確かめた時、私は額に殴られた傷みたいなのがあるのに気づいて、事件かもしれんと察したんです。それで『触らん方がええ。このまましとくんや』と強く止めました。なんでかしら床にこぼれたペンキの状態もそのままにしておこう、と」

死体発見の経緯については、それ以上は語ることがないと言う。ここで高柳は「先生から」と質問者の役を譲り、火村は基本的なことから尋ねていった。

「強盗が押し入ったようには思いにくいんです。矢園さんは身辺に何かトラブルを抱えていませんでしたか？」

佐野は、大きく息を吐いた。バースディケーキの蠟燭《ろうそく》を一気に吹き消すように。

「一つだけ思い当たることがあるんですけれど、オビナからお聞きになるのがいいかと思います」

「そうします。が、その前に佐野さんから概略を伺っておきたいのですが」

「失礼しました。捜査に関わる大事なことなのに、質問から逃げてはいけませんね。メビナちゃんが抱えていたトラブルというより、オビナの側の問題かもしれないんですけど。――彼は一年半ほど前に相方を替えています」

それについては高柳から聞いていたし、多くのファンも知るところだろう。しかし、初代から二代目メビナへの交代の裏には、人間臭いドラマがあったという。

「雛人形というのは帯名雄大が高校の同級生と結成したコンビで、最初の相方は小坂《こさか》ミノリという女性でした。二人は演劇部でコメディの面白さに目覚め、やがて興味が漫才にスライドしていったそうです。呼吸がよく合って悪くない組み合わせだったんですけど――」

「相方が替わってから人気が出だしたそうですね。二代目メビナの矢園さんの方がより達者だったということですか？」

「技量で言うと大して違わないと思うんですけれど、矢園の方が舞台映えがよかったのと、売れたいという情熱で勝ってたのかな。人気というのは不思議なもので、お客さんに何がアピールしたのか説明しにくい」

そんなものだろう。小説だって同じで……などと言うと愚痴っぽくなるからやめよう。

「ただ」とマネージャーは声に力を込める。「矢園は一生懸命でした。今度こそ成功して人気者になるんだ、という気迫が伝わってきましたよ。その甲斐あってファンがつきだしたのに……それだけに、こんなことになって不憫《ふびん》でなりません。不憫と言えば、オビナもか。ようやく成功への階段を上りかけたところなのに。『やっと車が買える。免許を取りに行く時間くださいね』と喜んでたのにな」

「二人の関係は良好だったんですね？」

「もちろんですよ。力を合わせて一つの夢をかなえようとしていたんですから」

すでに人気を確立している漫才コンビならともかく、その手前にいた漫才師が相方を失うということは、振り出しに戻ることに等しい。

「矢園さんはそれまで何をしていた人なんですか？」

「漫才師ですよ。〈モーニング・シャワー〉というコンビを組んでいたんですが、そっちは解消です」

雛人形よりマイナーなのだから、まったく聞いたことのない名前だ。そのモーニング・シャワーとやらも俵田企画に所属していたそうだ。

「コンビ替えをした経緯について教えていただけますか？」

「コンビがくっついたり離れたりするのはこの世界の習いです。詳しいことは私も承知していないし、下手なことをしゃべって誤解を招いてはいけませんから、そのあたりは本人から聞いてもらえますか」

佐野は努めて事務的な口調で話しているようだ。私は横から割り込んで、一つだけ尋ねる。

「揉めたんですか？」

「そう訊かれましてもね。『相方、替えよか』『よっしゃ、そうしょう』ではなかったと思いますが、喧嘩をやらかしたわけでもないでしょう。みんな納得の上でお互いのためにそうしたんです」

含みのある言い方で、最後には合意に至ったものの、それまではひと悶着ぐらいはあったのかもしれない。

「捜査は始まったばかりで断定的なことは言えないのですが、さっきも言ったとおり物取りのしわざとは考えにくい状況があります。彼女と険悪な関係だった人物に心当たりはないでしょうか？」

「いやぁ」と頭を掻く。どことなく迷惑そうだ。

「他人の恨みを買っていたとは思えません。まだ周囲からやっかまれるほどは売れてもいないし、何も思いつきません」

矢園歌穂は大きな声で話し、賑やかなことが好きな明るい女性だったという。がさつな一面もあったが、憎めないキャラクターとして通っていたらしい。

「小坂ミノリさんとモーニング・シャワーの相方はどうなったんですか？」

「小坂さんは漫才への興味が薄らいでいたのか、そのままこの世界から足を洗いました。今はどうしているか知りません。モーニングの相方はピンになって漫談へ転向して、悪戦苦闘中です」

このマネージャーから聞くべきことは聞いたと思った頃、相手はドアの方をちらりと見る。

「オビナの声がするな。彼を呼んできましょうか？」

「お願いします」

解放されて佐野は、ほっとした顔でソファから立ち上がった。入れ替わりに入ってきたのは、ニットの帽子をかぶり、ニットのセーターを着た脚の長い男だ。目尻が垂れていて唇が薄い。

「帯名です」

顔に似合わぬいがらっぽい特徴的な声で言い、軽く頭を下げる。その瞬間、私は彼と初対面ではないことに気づいて、はっとした。

会ったことがある。

4

死体発見時の様子は、佐野が話したとおりで何も食い違いはない。矢園は遅刻をする悪い癖があったが、その代わり五分以上遅れる場合は必ず「ごめんなさいね」と律儀に電話をかけてきたという。予定の時間を三十分過ぎても連絡がつかないというのは異常事態だったのだ。

死体発見時の佐野の狼狽《ろうばい》はかなりのもので、部屋から出る際に脚をもつれさせるほどだった。いつもは冷静なのだが、不測の事態に直面するとパニックになりやすい人なのだ、という。

彼と火村のやりとりを聞きながら、私は帯名雄大を観察していた。どこにでもいそうな若い男でありながら、売れ始めた漫才師と知っているせいか、年齢を超えた存在感がある。決して耳に快いわけではないのに何とはなしに魅力的な声は、舞台やテレビカメラの前に立つ者にとっては武器だろう。相手の話を聞きながら小さく頷く仕草には誠実味が感じられた。そんな効果を期待した一種の演技なのかもしれないが。

「最後に矢園さんと会ったのはいつですか？」

「昨日です。吹田《すいた》のショッピングセンターで六時半まで〈営業〉が一本あって、梅田《うめだ》で晩飯を食べてから七時半に別れました。そこまでは佐野さんも一緒です。彼女に変わった様子はなくて、『明日、九時やで』『事務所やな』と念を押し合《お》うたんですけど……」

テレビやラジオへの出演ではなく、寄席に出るのでもなく、呼ばれて余興に行くことを〈営業〉というのはこの業界独特の用語だが、妙な言葉である。

「彼女から何か相談を受けてはいませんでしたか？　誰かとの間にトラブルが発生して困っている、とか」

「いいえ。おかしなファンにつけ回されている、とかいうことも聞いていません」

「相談は受けていなかったけれど、あなたが気にしていたことは？」

「彼女のまわりの人間関係に大きな問題はなかったと思います」

「そのお答えにどれだけの重みがあるかに関わるのでお訊きします。あなたと矢園さんはコンビを組んでいたのだから、ごく近しい間柄だったと察しますが、その親密さに漫才の相方の範囲を超えた部分はありましたか？」

帯名は、二度三度と瞬《まばた》きした。

「持って回った訊き方ですね。要するにあれですか、僕と矢園の間に男女関係みたいなものはあったのかどうか、を先生は尋ねているんですね？　はっきりしていますよ。漫才の相方というだけで、こう言っては失礼かもしれませんけど、矢園のことを恋愛の対象として意識したことはありません。向こうだって同じです」

誤解してくれるなよ、と言いたげだった。

「そうですか。では、矢園さんが付き合っている男性についてあなたに話すようなことは？」

「ありませんでした。もっぱら仕事に関係した話をしていただけです」

私生活では干渉し合わないドライな関係だったことを強調する。その真偽のほどは周囲の証言を集めれば判るだろう。

「矢園さんとコンビを組むようになったのは一年半前からで、それまでは小坂ミノリという女性と漫才をなさっていたと伺いました。パートナーを替えた経緯について聞かせていただけますか？」

「事件と関係があるんでしょうか？」

初めて反問した。あまり突《つつ》かれたくないことがあるのかもしれず、だとしたらなおさら追及しなくてはならない。

「それは何とも言えませんが、私たちは被害者についてよく知らなくてはなりませんから、何でも知りたいわけです」

言い渋っては心証が悪くなると思ったのか、帯名はそれ以上の抵抗はせず、滑《なめ》らかに語りだす。

「高校時代にミノリと漫才を始めて、卒業後この事務所に入りました。自分には才能があるから売れっ子になれるはずだと思っていたのですけど、がんばってもさっぱり売れませんでした。えらい勘違いをしていたことを思い知らされて、一から勉強し直すしかありません。一年半ほど前ですかね。ミノリとどうも呼吸が合わないように感じだして、だんだん我慢ができなくなったんです。それで、すごく言いにくかったけど、僕から『コンビを解消したい』と……」

「あなたから切り出されて、小坂さんはどんな反応を？」

「予想外だったみたいで、『なんで？　私が下手やから嫌になったん？』と詰め寄られました。他のことならいざ知らず、漫才については妥協できません。『腕がどうと違う。なんか合えへん気がするようになってしもたんや。すまん』と頭を下げて、最後には納得してもらえました」

「本当に納得したんですか？　理不尽に思いながら諦《あきら》めただけかもしれない」

火村に意地の悪いことを言われて、帯名はわずかに顔をしかめる。

「耳が痛いですね。けど、片方がそんなふうに思いだしたら漫才なんて続けられるもんやありません。諦めて、納得してくれたと思ってます」

自分に言い聞かせているようでもあった。

「モーニング・シャワーというコンビの片割れだった矢園さんと組むようになったのは、あなたが誘ったんですか？」

「彼女も行き詰まりを感じていたようで、モーニングと一緒にどこかに営業に行った折に、どちらからともなくそんな話になったんです。『コンビを替えて出直したい』と。そうしたら彼女、決断が早いから三日後ぐらいに『うちの相方にはウンと言わせたから』って電話をしてきて……。それで両方のコンビ解消が進みました。もちろん、事務所とも相談した上でのことです」

「コンビを解消と言いますが、あなたは雛人形という名前を変えていない。部外者からすると、小坂さんを切って矢園さんと入れ替えたように見えます」

「切ったやなんて、そんなつもりはありません。矢園が『雛人形いう名前は好きやから変えんとこうや。どうせ私の芸名なんか誰も知らんねやから、明日からメビナでええよ』と言うもんで、そうしただけです」

帯名の名前からコンビ名が生まれたのだから、彼がいる方が雛人形を名乗るのは自然ではある。

「矢園さんはいいとして、そんなことをしたら小坂さんが気分を害するとは思わなかったんですか？」

「了解を取りました」

快諾してもらえたとは言わないところからすると、小坂ミノリはやむなく承知したのかもしれない。帯名と別れたらメビナという芸名に拘《こだわ》るのも虚《むな》しかっただろう。

「矢園さんが二代目メビナになってから、うまくいきだしたわけですね？」

「ミノリが足を引っぱってた、というわけではありませんよ。言うたらナンやけど、矢園が抜群にうまかったんでもない。相方が替わったことで二人とも気持ちがリセットできたことが大きかったんやと思います」

私に経験はないが、そういうことはありそうだ。敬愛する某先輩作家が言っていたことを思い出す。「バンドはいいよな、行き詰まったらとりあえず解散できる。で、再結成しても話題になるしさ」。解散してそのまま消えていくこともあるのだが。

「その後、小坂さんと連絡を取ったりしていますか？」

「しばらく途絶えていましたけど、最近になって一回だけ携帯でやりとりをしました。『がんばってるね。テレビ見たよ』『ありがとう』という程度のメールです」

「小坂さんは何をしているんですか？」

「色々なアルバイトをしながら、何か資格を取ろうとしているそうです」

詳しい近況を知らないところからすると、現在の小坂ミノリにあまり関心がないようだ。冷たいというより、帯名も今を生きることに必死なのだろう。

火村の質問に少し間が空いたところで、高柳が口を開く。

「高校時代に漫才をやろうと言いだしたのは、どちらなんですか？」

まさか漫才ファンとしての興味からの質問ではあるまいから、雛人形というコンビを理解するための問いだと思われる。

「ミノリです」

短い返事に相槌《あいづち》も打たず、高柳は相手を見つめている。もっと丁寧に話してください、ということだ。刑事のまなざしの強さに負けたかのように彼は言葉を継ぐ。

「雑誌のインタビューでぽろっとしゃべったことがあるんですけど、これでも僕、高二まではひたすら陰気な奴やったんです。中学時代は、独り言をぶつぶつ言う癖がむかつくからと、スタンダードないじめにも遭《お》うてます。当然のように女子一同の眼中に入れてもらってなかったはずやのに、世話焼きのミノリだけはかまってくれて……」

彼女は、自分が所属していた演劇部に帯名を勧誘する。部員が足りなくて困っているから助けてほしい、帯名君も演劇をやったら自分の知らない部分を発見できるかもしれへんよ、と。引っ込み思案な帯名にすれば演劇など滅相もなかったのだが、あまり熱心に誘われるものだから、断わるのも億劫《おっくう》になってとりあえず入部した。

「じきに幽霊部員になって、フェイドアウトするみたいに辞めたらええ、と思うてたんですけど。芝居って不思議ですね。舞台には魔法がかかってる。自分でもびっくりしたことに、僕は覚醒したんです」

弾《はじ》けるような演技に、小坂のみならず周囲の誰もが瞠目《どうもく》する。舞台の上でだけ帯名は人が変わってしまうのだ。ことに喜劇的な役は舌を巻くほどのうまさで、憑《つ》かれたようにアドリブを飛ばすこともできた。ただし、芝居を壊さんばかりのテンションは他の部員にとっては迷惑で、結局、彼は部内で浮く羽目になる。

「しょぼん、となって退部を願い出たら、ミノリが言うんです。『帯名君、芝居がどういうもんか判ってないからあかんねん。笑わせたら成功やと思てるみたいやから、お笑いが向いてるわ。コメディではしゃぐより、しゃべくりの漫才がええんと違うかな』。それまで漫才をするやなんて考えたこともなかったのに、言われてみたら面白そうでした。俄然《がぜん》、興味が出てきましたけど、漫才は一人でできません。『相方が要《い》るやないか。そんなこと言うんやったら責任とって一緒に漫才してくれるんか？』と言うと『ええよ』と平気で答えたので、コンビが誕生したわけです。雛人形という名前を発案したのもミノリです。『オビナの隣に人形みたいに可愛い私が立つんやから、メビナやね。二人合わせて雛人形や』で即決です」

　小坂ミノリに導かれて新しい自己と出会い、漫才の道に進んだのだ。その彼女を切り捨てるような仕儀になったことに対して、帯名が一抹の後ろめたさを感じていても不思議はない。そのせいで、彼女について語ろうとする際、ついつい口が重くなったのだろう。

　雛人形が結成されたいきさつは青春映画となって、私の脳裏を流れていく。作家的想像力が働いたせいだけではなく、もう一つ理由があった。

火村から帯名への質問はさらに続いていたが、そのやりとりを聞きながらも心の一部は二年ほど前に飛ぶ。

私は、帯名雄大と小坂ミノリの漫才を見たことがある。

5

空が真っ青に晴れ渡り、まさに薫るような風が吹いていたから五月だったと記憶している。

私は大阪歴史博物館へ何かの特別展を観に行き、有意義な時間を過ごして陽光の下に出た。北東を見れば大阪城、南東には難波宮《なにわのみや》跡公園がある。急ぐ仕事もないし、のんびり日向《ひなた》ぼっこをしたくなった私は、法円坂《ほうえんざか》の交差点を南東に渡った。

難波宮跡公園は史跡だ。乙巳《いっし》の変（六四五年）の後で即位した孝徳《こうとく》天皇は、難波長柄《ながらの》豊碕宮《とよさきのみや》へ遷都する。『日本書紀』に記述があるのにそれがどこなのかは長らく不明のままで、ここ難波宮跡がその地であったことが判明したのは、なんと一九五〇年代になってからである。

その難波宮は天武《てんむ》天皇の時代に焼失するが、聖武《しょうむ》天皇が再建して再び遷都をしたこともある。いずれも短い期間ながら、難波京が存在したわけだ。——余談だが、私のパソコンは〈なにわのみや〉と打つと〈浪速《なにわ》飲み屋〉と変換したりして、無教養にもほどがある。

現在は開放的な公園になっており、前期難波宮にあった八角殿跡や、後期難波宮の大《だい》極殿《ごくでん》の基壇がそれと判るように整備されている。

――などということを案内板で復習し、基壇に上ってみたりしてから、公園の端《はし》の木陰で腰を降ろした。交通量が多い街の真ん中でありながら、視野いっぱいに緑が広がってハイキングにきた気分が味わえる。

遠くで若い男性がクラリネットの練習をしていた。別の方角では、木刀を手にした男女が殺陣《たて》の段取りを相談しているらしい。殺陣は子供の遊びレベルだが、風が運んでくるクラリネットはなかなかうまくて聴き入ってしまう。

――ええなぁ、ここ。最高の風が吹いてるし。

極楽の余り風という言葉を思い出し、私はうっとりしていた。いや、あれは夏の暑い日に吹く涼風のことだったたか。

そこへ美しくない声が割り込んでくる。少し離れたところで男女が軽く言い合っているようで、長閑《のどか》な雰囲気がぶち壊しだ。何を揉めているのか首を捻って見ようとしたら、ちょうど立木の陰になっていた。

「あんた、ほんまアホなんやから」

「アホで結構。君みたいに性格が曲がってるよりましですぅ」

小学生かよ。

口論——というほどでもなさそうだが——が激しくなりそうだったら場所を変えよう、と思っていたら不意に会話がやみ、二人の口調が改まった。

「なんか間がようないな」

「まだあかん？」

「ちょっとずつ早いわ。タメがないから、お客さんが乗ってこられへん」

それだけで彼らが何をしているか理解できた。漫才の稽古をしているのだ。

「休憩しよか」

「しよか」

足音がこちらに向かってきて、木の陰から男女の姿が現われた。どちらも二十歳ぐらいで、ラフな普段着姿だ。舞台衣装のままこんなところで稽古をするはずもないか。

彼らは、さっきから私がここにいたことに気づいていなかったらしく、あっ、という顔になる。目が合うと、小さく頭を下げた。

「漫才の練習ですか。ここやったら気兼ねなくできますね」

機嫌がよかった私は、気安く声を掛ける。

「お寛《くつろ》ぎのところ失礼しました。いてはるのに気がつかなかったんで」

男が、ざらざらして癖のある声で言う。

「かまいませんよ。ひと休みしたら、また聴かせてください。お邪魔ならどこかへ移動しますけれど」

　女が、かぶりを振る。長い髪を後ろで括《くく》り、つぶらな目が仔犬のようで愛らしかった。

「いえ、そんなことをしていただくぐらいやったら、私らが場所を変えます。気になれへんのやったら、いててください」

　二人はそばの芝生に座り込んで、反省点の確認を始める。間に関するものばかりで、男の方が能弁だった。このコンビのリーダーは彼らしい。宴会芸の稽古をしているのではなく、二人が駆け出しのプロだということも判った。

　作家的好奇心が湧いてきて、私は若い漫才師の話に耳を傾ける。男の話は理にかなっていて、それに対する女の反応も興味深い。忙しい時なら適当なところで立ち去っただろうが、その時はたっぷり時間があった。

　とはいえ、私がいない方が稽古がしやすいだろうな、と腰を上げかけたら、二人が先に立ち上がった。そして、男からこんな申し出をされる。

「もしよかったら、ちょっとだけ僕らの漫才を聴いてもらえますか？　それで、ひと言でも感想がもらえたらうれしいんですけど」

「お願いします」

　女は胸の前で手を合わす。大した感想は言えないだろうが、二人に好印象を抱いていた私は承知した。

「そしたら」と彼らは並んで立ち、おどけたポーズで挨拶《あいさつ》する。

「どうも。いらっしゃいません、――（よく聴き取れない）でぇす」

「――（エビナに聞こえた）でぇす。こんにちは」

肝心の名前の発音が不明瞭なのはまずい。まだ基礎ができていないな、と思ったが、すぐ二人の舌は滑らかになり、テンポのいいしゃべくりに引き込まれた。

「僕ら、高校時代の同級生なんです。微笑ましいでしょう」

「お互いに異性とは認識してませんけど」

「せやな。けど、結婚相手より長い付き合いになるで。これからずーっと一緒に漫才するんやから」

「夫婦漫才になるのだけは嫌やからね」

「なれへんから心配せんとき。とにかく夢は生涯一漫才師。完全燃焼して最後は舞台で死にたいと思います」

「生涯一漫才師とか舞台で死にたいとか、なんか古臭い言い回しやね」

「そうか？」

「だいたいこの人は齢《とし》のわりに爺むさいんです。高校生の時からステテコ穿《は》いてたし」

「ええやろ、ステテコぐらい。すかっとして爽《さわ》やかなんや」

「視聴覚室でＤＶＤの再生しようとしてまごついてたし」

「ちょっともたついただけやないか」

「数学も英語も勉強はさっぱりやったのに、日本史だけはえらい得意やったね。この人、おそらく応仁《おうにん》の乱とかリアルに見たんやと思うんです」

「見てへん見てへん」

「同級生やいうて、あんた齢ごまかしてるんと違う？」

「何百歳もごまかせるかいな」

「隣のクラスでは、あんたが卑弥呼《ひみこ》のおしめ洗《あろ》たらしいいう噂が飛んでたわ」

「なんで俺が邪馬台国《やまたいこく》の時代に生きてんねん！」

このへんで私は少しだけ笑った。やはり男の間の取り方がうまい。緩急の付け方が巧みで、女の方は拙《つたな》くはないが、やや一本調子だ。

「死ぬまで漫才やりたい、という俺の熱い想いが判らんか？」

「この前、帰るのが遅なってタクシーに乗ったんです」

「話を急に変えんといてぇや」

「そしたら、運転手さんが年配の人でね。この人みたいなこと言うんです」

「ほぉ」

「『自分は生涯一タクシードライバーや。もう五十年も運転してるんやで』と」

「五十年かぁ。人生そのものやな。どれだけの人の、どれだけのドラマを運んできたんやろう」

「『せやから最後まで運転手でいたい。ハンドルを握って死にたい』って」

「あかんやろ、それは！」

このへんがピークで、ネタの中盤から後半にかけて失速していったものの、さすがはプロの端くれという出来だった。終わったところで拍手すると、二人は照れた様子で「ありがとうございます」と言った。

「面白かった。素人の感想ですけど、ギャグがぶつ切りになってなくて、話に流れがあるところが好きです」

「ほんまですか？　それは僕らが意識してるとこです」

「うれしいこと言うてもらえたね」

青空の下で風に吹かれながら、五分間ほど楽しい時間を過ごした。

ただ、それだけ。「売れっ子になってください」と励ましたが、彼らのコンビ名すら確認しなかった。きっかけがなければ、このささやかな出会いを二度と思い出さなかったかもしれない。

6

俵田企画を出る時、ドア脇のラックに入っていたチラシが目に留まったので一枚もらった。雛人形の恰好《かっこう》――首から下は漫画風のイラスト――をした二人の写真の上で、タイトルの文字が躍っている。

〈雛人形を笑え〉

四月の初めに、アメリカ村のフリースペースで彼らのイベントが予定されていたのだ。幻のステージになってしまったわけで、若い女性漫才師の死をあらためて悼《いた》む。

事務所を後にした私たちは、次の目的地へ向かうため車に乗り込んだ。帯名に連絡を取ってもらった小坂ミノリと会って話を聞く。その車中で、私は売れない頃の雛人形に会ったことを話した。

「有栖川さんは小坂ミノリと会っていたわけですか。奇遇ですね」

高柳が言うのに、火村が真顔で付け足す。

「彼がいかにも暇そうにしていたからモニターを頼みやすかったんでしょう」

当たっているので何も言い返せない。高柳は、さらりと流して話を変える。

「さっきのオビナの話、いかがでしたか？　最後の方に気になる証言がありましたね」

矢園歌穂の男女関係や悩みについては知らないと言っていた彼だが、仕事関係でのトラブルについて尋ねると、マネージャーとあまりうまくいってなかったと言う。刑事たちにそんなことを打ち明ける意味に気づいた様子で、「よくあることですけど」と慌ててフォローをしたのだが。

「メビナは高飛車なところがあり、無茶なことを言う傾向があったように聞こえました。ちょっと売れだしたぐらいで増長したのでマネージャーが苦々しく思っていたところ、何かのきっかけで激高して、思い切り突き飛ばした――ということも考えられます」

「どうかな。二人の仲が険悪だったら、彼女は佐野を自宅に上げないでしょう。ましてや夜遅くに」

火村が常識的見解を述べる。

「夕食の後、急に相談することができたのかもしれませんし、いい感じで和解しかけていたのかもしれません。それで部屋に通した」

「その憶測には根拠がない。たいていのことにたとえ反りが合わなくても芸人とマネージャーという関係なんですから、たとえ反りが合わなくても芸人とマネージャーという関係なんですから、佐野は耐えるんじゃないですか。ひと皮剝《む》いたら粗暴な男という可能性もあるにせよ、それを疑わせるものは感知しませんでした」

高柳も本気で佐野を怪しんでいるのではないらしく、「そうですね」とあっさり認めた。

「でも、佐野健也については念のために洗ってみます。何か出てくるかもしれませんので」

矢園歌穂が夜遅くに自宅に招き入れたのだとしたら、相手はそれなりに親密な人物だ。帯名雄大もその候補ではないか、と思ったので口にしてみた。

「どうでしょう。せっかく雛人形がブレイクしかけている時に、大事な相方に乱暴を働くかどうか。二人の関係は良好だった、というマネージャーの証言もあります」

ごもっとも。

メビナに胡乱《うろん》なファンがついていたこともなかったらしい。もしストーカーまがいの危険人物がいたとしても、そんな奴を被害者が自宅の奥に通すとは考えられなかった。

そもそも矢園歌穂が漫才師メビナとして殺されたとは限らない。プライベートな人間関係の中で、誰かと不穏な状態にあったのかもしれない。また——

「被害者の家は豪邸とはほど遠いけど、土地だけでなかなかの資産や。売れだしたばっかりの漫才師であると同時に、彼女は資産家でもある。そっちの方面でややこしいことになってたのかも」

〈そっちの方面でややこしいこと〉とは、われながら曖昧《あいまい》で雑な表現だが。

「森下君が調べています。ハワイの祖父は『仕事のことは知りませんが、それ以外で周囲に厄介事はなかったはずです。歌穂からは何も聞いていません』と話していましたけれどね」

とすると——

矢園歌穂に恨みを抱いている者の候補として浮上するのは、これから会う小坂ミノリだ。高校時代から苦労を共にしてきた帯名から一方的に相方失格を宣告されて、さぞ傷ついたことだろう。そして、帯名が二代目メビナと組んで半年ほどで人気が出てきたことで悲しみや怒りが薄らぐどころか増幅され、憎しみが帯名ではなく矢園へ向かい、悲劇に至ったのではないか。

これは愉快ならざる仮説だ。二年前の五月に小坂ミノリと会っているといっても、あれしきは道ですれ違ったのと大差なく、顔立ちもよく覚えていない。だが、好もしい印象の女の子だった。彼女が犯人であってほしくない、とも思う。

車は長堀通を東へと戻っていて、高柳は松屋町の交差点でステアリングを右に切って松屋町筋へ入った。ここはおもちゃ問屋や老舗の人形店がずらりと軒を連ねた町で、先月までは各種の雛人形が華やかに店頭を飾っていた。桃の節句を過ぎた今、すべて五月人形や鯉幟《こいのぼり》に入れ替わっている。

大阪人は、ここを必ず「まっちゃまち」と発音するのだが、その響きは「おもちゃ」と韻を踏んでいるようで面白い。——またもワープロソフトに関する余談だが、私が会社勤めをしていた頃、同僚の一人がパソコンで文書を作成しながら毒づいていたことがある。『「まっちゃまち」ぐらい一発で変換せえよ」と。「まつやまち」と読むことを知らなかったのだ。

少し進んで今度は左折し、コインパークで駐車。

「本当に近いですね」

小坂ミノリが住むワンルームマンションの前で彼女は言った。ここから矢園歌穂の家までは二キロと離れていない。女性の足でも三十分はかからないと思われる。

今日はアルバイトが休みで、小坂は在宅していた。帯名が電話で連絡を取った時は、テレビのワイドショーで報じられる事件のニュースを観ていたそうだ。刑事と会うことを承諾してくれたので、近所の喫茶店などを指定するかと思ったら、他人の耳があるところは嫌だから、と自分の部屋で会うことを希望した。

エレベーターのない五階建てのマンションだ。階段を三階まで上がり、高柳が三〇三号室のインターホンで「お電話した者です」と告げた。ドアはすぐ細めに開き、刑事が示した警察手帳のバッジと顔写真を確認してからチェーンがはずされる。

「女性の刑事さんなら話しやすいかな、と思うたんですけど……」

小坂ミノリは遠慮がちに言った。後ろに立っている男二人がありがたくないらしかった。高柳は言葉を選び、私たちの素性を丁寧に説明してくれた。

「女性の刑事さんと犯罪学者の先生とミステリ作家さんですか。なんか……すごい組み合わせですね」

世界中を探しても珍しいトリオであることは間違いない。

「どうぞ」と通された部屋は、とてもきれいに片づいていた。いつ人が訪ねてきても慌てないように、常に整理整頓をしているのだそうだ。見習いたい心掛けだが、実践はとても難しい。

「訪ねてくる人なんか、いてないんですけどね。両親は、東京で兄夫婦と同居してて大阪にはきませんし、家に呼ぶような同性の友だちも彼氏もいてませんから」

コーヒーを淹《い》れようとしたので辞退したら、ペットボトルのお茶を注《つ》いでくれる。

小作りな顔におちょぼ口。それこそ女雛のようだ。長い髪を括って右肩にのせている。対面したら、確かに難波宮跡で会ったコンビの片割れだな、と思い出した。当然ながら、先方は私と会ったことなどすっかり忘れているらしい。

「大変なことになって、びっくりしてます」

小さな座卓を四人で囲んで座ると、小坂は神妙な口調で言った。殺された矢園歌穂を気の毒がりつつ、帯名の悲運にも胸を痛めているように見える。

「私の話を聞きたいそうですけど、お役に立てるとは思えません」

そう言うのを宥《なだ》めるように高柳は言う。

「矢園さんをご存じだった方を回って、順にお話を伺っています。かつての同僚から見た彼女についてお聞きしたいんです」

「はあ。けれど私、歌穂さんとコンビを組んでたわけやありませんから。それやったら昔の相方の伊場《いば》さんのところへいらしたらええと思います」

モーニング・シャワー時代の相方、伊場裕伸《ひろのぶ》にはこの後で会う約束を取りつけてある。彼は、神戸の福祉施設でボランティア活動として漫談をした後、六時過ぎに事務所に戻ってくることになっていた。

「歌穂さんについては、大したことを知りません。私より美人で、漫才の才能に恵まれてたぐらいしか」

そんな自嘲めいたことを言うのは、屈折の表明だろうか。矢園の人となりについては、本当によく知らないだけではなく、あまり語りたくないようだった。

ただでさえ私たちの訪問は鬱陶《うっとう》しいものだろうが、帯名とのコンビ解消について尋ねずにはいられない。小坂は感情を抑制した声で、淡々と答えた。

「十七の時に二人で遊び半分に漫才を始めて、人気者になろうとがんばってきたのに、急に私がクビになったんです。ショックでしたけど、遊びでやってたわけやないし、帯名君に見切りをつけられたんやったら仕方がありません。恋人やないので『嫌や、別れとない』と泣いてすがったりせず、『しゃあないね』と承知しました」

「新しい相方を見つけようとはしなかったんですか？」

漫才ファンの刑事が言うと、小坂はさばさばした顔で答える。

「はい。自分でも自分に見切りをつけたんです。私、帯名君と学生時代の部活の延長みたいな気分で漫才をしてたんでしょうね。せやから、他の人とコンビを組む気になれませんでした。みんなを笑わせたい、楽しませたい、私らの漫才を聴いてる間だけでもちょっと幸せにしたい、と思うてたんですけど、そういうのに疲れてたせいもあって……」

この若さで、もう疲れてしまったのだ。人を笑わせるという芸は、私が想像していたよりも激しく人間の精神を消耗させるのかもしれない。

矢園歌穂が新しいメビナの座に就いたことに抵抗はなかったのか、と高柳は訊く。

「ああ、そうだったの、という感じです。モーニング・シャワーとは一緒に舞台に立つ機会もよくありましたから、帯名君が歌穂さんに目をつけたんでしょう。モーニングも伸び悩んでいたから、その誘いを歌穂さんは喜んだはずです」

「帯名さんは、自分が矢園さんを誘った、とは言っていませんでしたよ。どちらからともなく、というニュアンスだったような」

「あ、そうなんですか？　どちらでもいいです。正直言って、そのへんのことはあまり詮索したくありません。結果は変われへんのですから」

矢園歌穂の自宅を知っているか、と火村が尋ねる。

「ここから近いんですよね。住所を聞いたことがありますけど、正確には知りません。――私が歌穂さんのところへ恨み言を並べに行って、喧嘩になったと警察は考えてるんですか？　そんなこと、しませんよ。私は根に持つタイプやありません」

「このところ雛人形は人気上昇中で、大阪ローカルですがテレビ出演も増えてきているそうです。ご覧になることはありますか？」

「いいえ。漫才番組はあまり観ませんし」

ためらってから答え直す。

「元気に漫才してるのをテレビで観て、『がんばってるね』と帯名君に一回だけメールをしたことがありますけど、それからは観てません。私、雛人形がテレビに出たらチャンネルを変えてしまうんです。それは二人が憎いとか妬《ねた》ましいとかいうんやありませんよ。『歌穂さんの前は私がメビナで、下手な漫才をしてたんやなぁ』と思うと、顔から火が出るぐらい恥ずかしいからです」

「漫才への未練はまったくないんですね」

「これっぽっちも」

こんな質問に意味があるだろうか、と考える前に、私は勢いで尋ねていた。

「帯名さんと矢園さんについて、もちろん私はよく知りませんが、こんな印象を持ちました。帯名さんは思い切りがよくてやや冷たい。矢園さんは少し厚かましい。はずれていますか？」

帯名をそう見る理由は、漫才師として成功するためとはいえ、引っ込み思案だった彼を笑いの世界に連れ出してくれた恩人の小坂をあっさり切ったことだ。矢園については、同じコンビ名のまま小坂の後釜に座ったこと以外に、約束の時間に遅れがちだったこと、人気が出てきたら態度が大きくなったらしいことの二つ。

これに対する小坂の答えは、なかなか見事だった。

「占いみたいですね。そういう面は人間みんな持っていますから、当たっているようにも聞こえますけど、正しいとは思いません。特に帯名君の方が違います。彼は思い切りが悪いんです。他人の言うことに引きずられて、気が弱いから流されるタイプ。それを知らない人が傍から見ていたら、『思い切ったことをするな』『あんなことをして平気な顔をしている』と誤解されるかもしれません」

「なるほど。彼が言ったことが当たっていたとしても、それは誰にでも当て嵌まることに納得してしまうバーナム効果にすぎないというわけだ」

火村が心理学用語をまぶして頷き、高柳は素早くメモに書き留めている。バーナム効果と書いたわけではないだろうが。

さらに小坂は、私たちが知りたいことを先回りして話してくれるのだった。

「帯名君が殺されたんやったらいざ知らず、歌穂さんが殺された事件で私のところに刑事さんがくるということは、疑われているんやろうな。ドラマだったらアリバイを訊かれるとこでしょう。テレビによると歌穂さんは夜のうちに殺されたみたいですけど、私、昨日はアルバイトをしてる雑貨屋の店長さんが転勤するんで、閉店後にその送別会に出てました。場所は梅田です。始まったんは九時頃、終わったのが十二時前で、家に帰ったんが十二時半ぐらいやったと思います。みんな二次会でカラオケに行きましたけど、私は酔うてたんでパスしました。六人ぐらいの人が証人になってくれます」

バイト先や送別会をした居酒屋の名前なども高柳は控える。矢園歌穂の死亡推定時刻は昨夜十時から零時だから、それが本当ならアリバイ成立だ。

協力的な態度に礼を言う刑事に、小坂は見返りのように尋ねる。

「警察は……まさか帯名君のことを疑ったりしてませんよね？」

「どうしてそう思うんですか？」

「彼が一番身近な人物やからです。相方をなくして落ち込んでるのに、それだけのことで疑われたらかわいそう」

「私たちは帯名さんに嫌疑を掛けたりしていませんよ。相方を殺されたんですから、被害者でしょう」

小坂はそんな聞こえのいい言葉を信用しなかった。

「けど、彼のアリバイも調べてるんやないですか？」

「昨夜の行動については、関係者全員に伺っています。そういうものなんです」

「帯名君にはアリバイがあったんですか？」

「まだ調査中ですし、捜査の内容についてお教えすることはできません」

「心配やからお訊きしてるんです。彼、人を殺すような人間やないですよ。まして、大事な相方にひどいことをしたりしません」

　高柳の口が堅いと知ると、こんなことを言いだす。

「告げ口するようですけど、帯名君を怪しむぐらいやったら伊場さんを調べる方が賢いと思います。あの人は、歌穂さんからコンビ解消を持ち掛けられた時、荒れたんです。『それは勝手すぎるやろう』と怒って、歌穂さんが社長に説得を頼んだほど。執念深いところがあるから、雛人形が売れだしたのも気に食わんかったはずです」

　語気を強くして訴えられても、それだけで私たちに伊場への疑いを植えつけることはできない。三人ともが一様に知っただろう。——小坂ミノリは感情的になりやすい。

7

　六時前に俵田企画の事務所に引き返してみると、伊場裕伸はもう帰ってきていた。

　肩幅の広い大柄な男だ。福祉施設でボランティア活動をしてきた彼をこう評しては申し訳ないが、どこか油断のならない目つきをしていて、夜道ですれ違ったら緊張しそうな威圧感がある。二十五歳というから、かつての相方より三つ年上だ。

応接室のソファに着くなり、伊場はふうと溜め息をついた。

「歌穂がかわいそうです。誰と何がどうしたのか知りませんけど、あんなことになって、ひどすぎる。おまけに死んだ後も、警察や世間に私生活を嗅ぎ回られるなんて。——いや、刑事さんに調べられるのは仕方がないことで、早く犯人を捕まえるため、がんばっていただく必要があるんですが」

「はい、全力で当たります。そのために、ぜひご協力を」

高柳の言葉に、伊場は大きな体を揺すって座り直す。

「しますよ。何でも訊いてください」

まずは矢園歌穂の人となり、最近の彼女の様子、彼が知る範囲での彼女の人間関係などを尋ねていく。伊場から見た矢園は、気ままで打算的なところもあるが、努力家でひた向きな女性だった。

「勝気ではありましたけどむやみに敵を作るような子でもなかったし、誰かに殺されたと聞いて本当に驚いています」

彼と矢園は、同じコンビニでアルバイトをしていた時に意気投合し、漫才師を目指すようになったという。二人とも漠然と漫才師に憧れていたところで恰好のパートナーを見つけたのだ。

「それが三年前です。二人三脚で、成功を夢見てがんばったんですけれどね。こんな運命が待っていようとは、あんまりです」

　三年前にコンビを結成したということは、漫才師としては帯名と小坂の二年後輩ということになる。

「お二人の間柄は、仕事の場だけのものだったと話されましたが、どちらかが恋愛感情のようなものを持つことはなかったんですか？」

　高柳のデリケートな問いに、「ありません」と即答する。

「事務所の他の連中に訊いてもらえば判りますよ。僕はこう見えて恋多き男で、しょっちゅう女の子に振られています。その度に、三つ年下のくせに歌穂は両手を腰にやって僕を詰ってくれましたよ。事務所内で、わざとみんなに聞こえるように言うんです。

『漫才が下手やから振られるんや。なんや、そのザマ。ばーっと売れてみいな。お金がいっぱい入るし、有名になるし、女の子の方から押し寄せてきて食べ放題になるんやで。それを目標にしてがんばらなあかんやないの！』」

　矢園の台詞《せりふ》は女声で再現した。高柳が感心している。

「うまい。よく似ていますね」

「お、判りましたか？　刑事さん、歌穂の漫才を見てたんですね」

「はい、テレビで」

　それを聞くと、伊場の顔が曇る。

「雛人形のメビナとして知ってるわけや。そらそうですね。モーニング・シャワー時代は電波に乗らん芸人でしたから」

「どうしてコンビ別れしたんですか？」

よりデリケートな質問が放たれる。

「どうしてもこうしても。霊界に電話して歌穂に訊いてください。……そんなわけにいかんか。圏外やろうしな。要するに俺の才能を見限って、ええネタが作れてセンスも勝ってる帯名に乗り換えたんです。あいつ、『石に齧《かじ》りついても売れる漫才師になりたい』って言うてましたから。少しは申し訳ないと思うたようで、『ごめんな』と手を合わされました」

〈僕〉が〈俺〉になり、歌穂を〈あいつ〉と呼ぶようになった。

「そんなことを言われたら腹が立ちますよね。『ごめんな』だけでは、私なら納得できません」

高柳が誘導じみたことを言う。

「そら腹が立って、どなったりもしましたよ。けど、文句を言いながら『これはあかんな』と思てました。自慢やないけど女の子に振られるのには慣れてるから脈がなかったら判るんです。社長がとりなすぐらい揉めた、と誰かに聞いたかもしれませんけど、あれは形ばかり怒ってみせたんです。なめた真似されても怒らん男やな、とまわりから思われるのが嫌いな性分なんで」

信じたわけではないのだが、男にはそんな心理もあるかな、と軽く頷いたら、伊場は目を輝かせて言った。

「おっ、判ってくれましたか、大和川《やまとがわ》さん」

豪快に名前を間違われた。これを機会に大和川大和に改名しようか。

「矢園さんには強い上昇志向があったようですね。その源は何でしょう？」

火村はそこに興味を示した。

「人気者になりたかったんですよ。あいつ、両親は亡くしてましたけど、お祖父さんがお金を持ってて、漫才で這い上がらんと生活に困るようなことはなかった。コンビニのバイトも小遣い稼ぎを兼ねた社会勉強でやってたようです。そら自分の力でがっぽり儲けたいという願望もあったやろうし、人を楽しませる仕事に魅力を感じたとも思いますけど、それ以上に漫才を通して人気者になることに憧れてました。『笑わせたら勝った気がする』と言うて」

「何に勝つんです？」

「みんなに、ですよ。あいつは身勝手なところもあったから、小学校から高校までの間、何回かいじめに遭うてました。たいていは先生に相談してもどうにもならんかったけど、自力で切り抜けられたこともある。『いじめっ子を笑わせたら呪いが解けた』んやそうです。アホなことして笑わせるだけでは馬鹿にされて、いじめがひどくなったりしかねませんけど、気の利いたことを言うて笑わせたら馬鹿にするどころか、いじめの対象にできんようになる。相手を圧倒できるんやそうです。その味が忘れられへんかったんでしょうね。せやから『笑わせたら勝った気がする』と」

残酷な世界に勝った気がする、ということか。太宰治《だざいおさむ》の『人間失格』の主人公――作者自身がモデル――は、間抜けな〈お道化〉を演じることで周囲の敵意を逸《そ》らしたが、彼女にとっての笑いはより積極的で、防御のための武器から攻撃のための武器に転じかけていたのかもしれない。

「笑わせれば勝ち。確かにそれは言えるなぁ、と俺なんかも思うんです。いじめっ子を笑いでかわしたことはありませんけど、別の意味で。――いつの頃からか、売れっ子の漫才師が美人の女優さんと結婚することが増えたでしょう。うちの親父なんか、『昔やったら考えられへん』と言います。俺、それってすごいことやと思うんです。世の中、だんだんようなってますよ。モテる男のパターンが増えてるいうことですから」

男がモテるための条件は、かつてはごく限られていた。見映えがよい、経済力が豊か、タフでたくましい、何かの才能に恵まれている等々。家柄が大いにモノを言った時代もあるが、現代の大衆社会になってその価値が低下したのと入れ替わりに、女に評価される才能の種類が増えていく。かつては学問、芸術、歌舞音曲などの芸能に限られていたが、今やそこに人を笑わせる才能が加わった。「彼って面白くて楽しい人ね。恋人にする気にはならないけど」という時代を経て、〈面白い男〉が本当にモテる時代が到来したのだ。

「オスにとって、どうやってメスを獲得するかというのは重大な問題です。二枚目、金持ち、筋肉男、秀才ぐらいしかパターンがなかった時代はつらすぎです。そんなん単純すぎて、なんか野蛮やないですか。モテる条件が増えるほど人間は文化的になっていくんですよ。つまり人類の進化です。無口で気配がしないからモテるとか、オタクやからモテるとか、もっとパターンが増えたらいいですね。——あ、言うときますけどね、女の人に人気が高いのは〈優しい男〉や〈誠実な男〉ですけど、あんなんは単なる必要条件ですからね。『優しくて誠実で、それから？』てなもんで、その先が問題なんです」

ご高説ごもっとも、とまた頷いてしまった。

「女性についてはどうなんですか？　そちらもモテるパターンが増えていればいいんですけれど」

独身の高柳が言う。彼女に恋人がいるのかどうかは謎だ。

「そっちも増えていくべきやと思いますけど、男性と女性では事情が違います。なんやかんや言うて、動物でも虫でもそうですけど、オスはメスに選ばれる立場です。メスのモテの条件はオスほどシビアやないでしょう。もちろん、『どうしてもあの人』という希望をかなえるのは難しいけど、それは仕方がない」

雑談ぽくなってきたところで、火村は刺激的な問いを投げる。昨夜の彼のアリバイだ。

「やっぱり訊かれますか。人生初の経験で、ぞくっときますね。ここへ帰ってくるまでの間に記憶を整理しましたから、ちゃんと答えられるんですけど——あの、緊張するので煙草を吸うてもかまいませんか？」

緊張云々は関係なくニコチンが恋しくなっただけのようだったが、高柳が了承すると、伊場はオフィスからガラス製の灰皿を取ってきた。

「この部屋は禁煙やないんです。喫煙するお客さんには灰皿を出してええことになっています」

「先生もどうぞ」と高柳が親切にも促したので、火村は愛飲しているキャメルを取り出した。テーブルの灰皿を前に、砂漠でオアシスにたどり着いた心地なのではないか。

「昨日は堺《さかい》市内で営業の仕事が一本あって、終わったのが六時前です。マネージャー？　俺の担当も佐野さんです。昨日は雛人形と一緒やったんで、営業には俺一人で行ってきましたよ。電車で難波《なんば》まで戻って、なんばＣＩＴＹで晩飯を食べてから、日本橋《にっぽんばし》で中古ＤＶＤを漁りました。趣味やのうて副業です。俺は目利きなんで、カルトなホラー映画でもＡＶでも何でもええから掘り出し物を見つけて、ネットオークションにかけて生活費の足しにしてるんです。必死でしょ。大した収穫がなかったんで、九時半ぐらいにメイド喫茶に入りました。これも趣味というより、ネタを探すために行ったんですよ。そしたら『私、お笑い芸人志望なんですぅ』いう子が出てきて、生意気に俺を笑わそうとするんです。可愛い子やったんですけどカチンときて、なめるなよ、とギャグの応酬をしてるうちに十一時になって閉店。その後、晩飯が足りんかったんでラーメンを食べて、吹田市内のアパートに帰ったんは十二時半過ぎです」

財布からＤＶＤ店とメイド喫茶のレシートを出して見せる。ラーメン店ではレシートをもらわなかったらしく、これだけではアリバイの証明にはならない。もし、彼が十一時半ぐらいまで日本橋界隈でラーメンを食べていたことが立証されたとしても、それから矢園歌穂の家に直行すれば日付が変わるまでには着けただろう。十二時半頃に帰宅したことの証明が欲しいところだが、それはできないらしい。

「アリバイになったかどうか知りませんけど、やましい点はないので、よう調べてみてください」

「はい、丁寧に調べます」

高柳は約束し、二枚のレシートを手帳に挟んでから、ラーメン店の名前とおよその場所を訊いた。

「伊場さんは、よく言えば粘り強く、悪く言えば執念深いと言う人がいました。ご自身ではどう思いますか？」

キャメルをふかしながら、火村が尋ねる。よく言えば、の部分を最初に加えたのは質問の刺激を緩和するためだ。

「執念深いかな。お笑いで売れたい、という気持ちだけはメッチャ強いですけどね。今の時代、俺みたいに何も持ってない若い奴がのし上がる道はそれしかないから。たかがお笑いやと思われるかもしれませんけど、俺にとっては革命みたいなもんです」

そう答える時、伊場は恐ろしいほど真剣な目をしていた。

日本は格差のはっきりとした社会になりつつあると言う。階級社会のイギリスでは、労働者階級が這い上がるためにはロックスターかサッカー選手になるしかない、と言われてきたが、日本にはミュージシャンやプロスポーツ選手で成功する以外に、もう一つは道があるということか。

「執念深く矢園さんを恨んだり、彼女をかっさらった帯名さんを恨んだりはしていない、ということですね？」

「はい、そうです。帯名に怒ってもしゃあないやないですか。向こうは、なんとのう俺に気が引けてるみたいなとこがありますけど、『そこまで小さい男と違うわ』と言いたい。——先生、うまそうに煙草吸いますね。だいぶ我慢してはったんやないですか？」

図星を指された犯罪学者は、丁重に礼を言う。

「灰皿を出してもらって感謝しています」

「喫煙者は肩身が狭くなる一方ですもんね。うちの親父は『昔は、ちょっと郊外に出たら電車の中でも煙草が吸えたのにな』とか言うてます。さすがに、それはどうかと思いますけどね」

今年の五月にイタリアのミラノだかで国際犯罪学会があり、火村がそれに出席する予定なのを思い出した。

「近々、試練が待ってるやないか。イタリアまで禁煙は苦しいやろうな」

私がからかうと、彼は渋い顔になる。

「ああ、こっちの空港でチェックインしてからあっちの空港の外に出るまで長いな。乗っている時間だけでも十二時間以上あって、コーヒーだけはいくらでも飲めるのが悩ましい。それこそ、昔は飛行機にも喫煙席があったのに。今となっては豪勢なフライトだ」

「そういうのを豪勢と言うか？」

「喫煙者専用機を飛ばせばいいんだ。乗務員もみんなスモーカーなら誰からも文句は出ない」

「コクピットの機長もくわえ煙草で操縦したりしてな」

「葉巻なら貫禄が出るぞ。どうせなら離陸前にその映像を客席に流せばいい。くわえ葉巻で『ハロー、機長のダニエル・ホプキンスです』とか言いながら親指を立てたら、乗客との間にすごい連帯感が生まれるぜ」

「誰やねん、ダニエル・ホプキンスって」

殺人事件の捜査の最中にアホな会話をしているな、と自覚しながらも止まらない。高柳は、休憩させてもらいます、とばかりに茶を飲みだした。

「せやけど喫煙者専用機なんか飛ばして、客席が埋まるか？　他人の煙で燻《いぶ》されるのはたまらん言うて、喫煙者でも避けそうや」

「搭乗率がよくないのなら、小型機にすればいいだろう。それでも採算が合わなかったら機体に広告を入れればいい」

「何の広告や？」

「煙草に決まってるじゃないか。禁煙の風潮が高まる中で、世界各国で煙草の広告には厳しい規制が掛けられて、テレビで流せない、新聞に載せられない、駅にポスターを貼れないどころか沿線に看板も出せない。しかし、喫煙者専用機の機体ぐらいには許可してもらいたい。ドバイやカイロ行きの機体にキャメルなんてよく似合うぞ」

「もしそうなったら、その広告にはちゃんとあのフレーズも書くんやろうな。正確には覚えてないけど、『喫煙はあなたの健康を損なう恐れがあります』とか『肺がんや肺気腫のリスクを高めます』とかいう――」

「あのおせっかいな警告文か。いいや、飛行機に書くなら別の文章だろう。煙草を見習って、禁煙専用機の機体にも書けばいい」

「どう書く?」

「『墜ちることもあります』」

「ぷっ!」と高柳が口に含んでいた茶を噴いた。伊場はぽかんと口を開けて私たちを見ていたが、やがて感心したように言う。

「先生ら……漫才うまいやないですか」

8

伊場裕伸との面談を終えて応接室を出ると俵田社長が寄ってきて、高柳から捜査の様子を聞き出そうとした。肉付きのいい社長は髪の毛をふさふさにした船曳警部という風貌で、この度の事件にとても心を痛めているようだった。売り出し中の漫才コンビを失った痛手だけでなく、「メビナがかわいそうで」と涙ぐんだりする。

高柳は、捜査状況については語らず――まだ話すほどのこともないのだが――、その機会を利用して抜かりなく社長から情報を引き出そうとしていた。

そこへ佐野がやってきたので、火村は彼と立ち話を始める。私が所在なく壁に貼られた所属タレントのポスターを眺めたり、棚に並んだ漫才雑誌を手に取って見たりしていると、女性社員が「よろしければ、どうぞ」と言うので、表紙に雛人形の名前が出ているバックナンバーを一冊もらった。

と、そこで携帯電話が鳴ったので、出てみると担当編集者の片桐《かたぎり》だ。校正をすませた短編のことで、「よく読んだら結末部分に辻褄が合わない箇所がありました」と新たなミス発見の報《しら》せである。修正はきくが、そうすると前の方も何箇所か書き直さなくてはならず、いささか厄介だ。原稿は明日には宅配便で発送する必要があった。高柳とともに東署の捜査本部に行くつもりだったが、予定を変更するしかない。ゲラは鞄に入っているが、自宅に帰って資料にあたりながら直す方が楽だ。

事情を話すと、火村はあっさりと言った。

「そうか。なら本業に精を出せ。捜査会議でどんな話が出たか、明日教えてやるよ」

「ああ、待て。まだ七時前やから……」弁当でも買って帰って、それを食べてから原稿の手直しをしたとして、「今日中には仕事は終わる。お前、会議がすんだらうちにこい。散らかってるけどな」

そんなふうに話がまとまり、私は急いで部屋に戻って本業に取りかかる。

ゲラに赤ペンを入れながら、事件の関係者たちの話が思い出されて、手が止まることがあった。売れる売れないの分かれ目とは何かだの、人を楽しませる仕事のつらさだの、何も持たざる者が成功するための道だの。

彼らの芸と私の仕事には、よく似た点と異なる点がある。頼まれもしないのに人を楽しませようとして、価値があると認められたら対価がもらえるのは同じだ。そのための創意工夫の余地は無限にある。優れたものが人気を得られず、それほどでもないものが持て囃《はや》されることは珍しくない。

違っているのは、何をもってお客に「受けた」とされるかだ。人を笑わせる芸に「面白いことを言ったのに笑わないのは客が悪い」は決して通らず、受けなかったらそれだけで失敗だ。それに対して小説の場合は「失敗作や駄作はこの世にいくらでも存在するにせよ、読者は能力に応じた作品しか面白がれないから、少数の読者にしか受けなくてもそれだけで書き手が恥じることはない」と思えば、作者は自尊心を守れる。こちらは逃げ道があるわけで、漫才師が背負う厳しさは作家を超えていそうだ。

帯名雄大、矢園歌穂、伊場裕伸、小坂ミノリ。

漫才師を志した動機は人それぞれだったが、ノリでやってみて成功したら儲けもの、という感じの人間はいなかった。年下の彼らの真剣さに頭が下がるほどだが、その中に矢園歌穂を死に至らしめた犯人がいるとしたら、あのようなひたむきさや純粋さが今回の悲劇を招いたのかもしれない。

いや、矢園だけは漫才への想いが他の三人と少し違っていた。笑わせたら「勝った気がする」というのは、純粋に人を楽しませたいという気持ちから離れている。彼女だけが内省でそんな本音を見つけ、他の三人は無自覚なのだろうか？　そこまでは窺《うかが》い知れない。

私は、自分が書くミステリの中に、〈読者への挑戦〉を挿入することがある。犯人を指摘するためのデータは出揃ったので、できるものなら言い当ててください、という伝統的なご趣向だ。本気で謎解きに挑んでもらってもいいし、そんな面倒なことはせず解決編へ進んでもらってもかまわない。座興で〈読者と勝負〉のポーズを取っているだけで、データの提示が完了したことを報告する意味合いが強い。

〈読者への挑戦〉とは別のところで読者と戦っているような意識はある。この作品がよいものであると認めよ、認めたら俺の勝ちだ——と書くと大袈裟《おおげさ》すぎるし、評価されたら「勝った気がする」とまでは言わないにせよ、それに近似した感情が自分の中にありそうだ。つまり、いい恰好をしたいのだ。しかし、恰好のいい小説で人を楽しませるのは好もしいが、いい恰好をするために書くというのは恰好のいいものではない。

また、こうも思っていた。どういう漫才を面白いと思うかは観客の趣味嗜好に負い、どういう小説を面白いと思うかは読者の素養——読書経験や知性——による、と。だが、これは逆ではないだろうか。何を見たり聞いたりして笑うかにはその人の人生体験や知性が反映され、どの小説を読んで楽しむかは読者の趣味嗜好が大きく作用するような気がしてきた。

そんな雑念の中を泳いだり、それを振り払ったりしながら原稿のミスを直す。

9

十一時過ぎに改稿が完了し、テレビのニュースを観ているところへ火村がビニール袋を提げてやってきた。手土産は焼売《シューマイ》と缶ビールだ。

「その焼売、ほかほかやな。すぐ食おう」

ビールがよりおいしく飲めるように、私はダイニングのテーブルにグラスを並べる。灰皿を忘れていたら催促された。

「で、会議でどんな話が出たんや?」

焼売をひと口食べてから訊くと、割り箸《ばし》を手にした友人は嫌な顔をした。

「晩飯を簡単にすませたんで腹ぺこなんだ。まず食わせろ」

ちょうどニュースが矢園歌穂の事件になったので、私たちはそれに観入る。〈ありし日のメビナ(矢園歌穂)さん〉というテロップとともに、雛人形の漫才がほんの少しだけ紹介された。テレビの公開録画の模様らしく、客席には年配の人間が多かった。登場すると、二人はぱっと両手を広げて斜め前に突き出す。その左右対称のポーズは、心から笑いを希求しているようだった。

「漫才界のお内裏《だいり》様オビナと」

「漫才界のお雛様メビナ」

「二人合わせて雛人形です。えらい変わり雛ですけど、よろしくお願いします。僕らのこと、覚えてくださいね」

「漢字で雛人形と書きます。難しい字なんで、皺《しわ》人形って読む人がいてるんですけど、違いますからね」

皺という漢字も難しいから彼らの若いファンには通じにくそうなギャグではあるが、年配客には受けると計算しているのだろう。今日の午後は漫才の関係者らとよく話したので、そんなふうに舞台裏を想像してしまう。

わずか十秒ほどの資料映像だったが、彼らの漫才の雰囲気が少し判った。スピード感やキレ、賑やかさに加えて適度な品位がある。それがなければ、雛人形というコンビ名や「お内裏様」「お雛様」という自称が不遜でいやらしく感じられただろう。

次のニュースに切り替わったところで、私はテレビを消した。

「そろそろ聞かせてもらおうか」

火村はグラスを左手に持ったまま、ふだんからルーズに締めているネクタイをさらに緩める。

「死亡推定時刻は縮まらず、昨夜の午後十時から零時までのままだ。柱に頭をぶつけたことが死因だった。額の傷は床にぶつかってできたもの。床に組織片があり、額には床の埃《ほこり》が付着していた」

「つまり、お前が現場で推察したとおりだった、ということやな」

だるそうに頷いて、犯罪学者はビールを飲む。

「現場から不審な指紋は検出されていない。帯名のものはあったけど、彼は漫才の稽古のためにあの部屋へ出入りしたことがある。かつての相方、伊場もあそこで稽古をしたことがあるらしい。そっちは時間がたっているせいで残っていなかった。犯人の遺留品らしきものも出ず。被害者の携帯電話とパソコンの記録はまだ調べているところで、事件とつながりそうなメールなどは今のところ見つかっていない。彼女は友人が少なかったようだな。仕事関係の人間としか連絡を取っていない」

いじめに遭っていたというから、学生時代から付き合いのある人間がいないのかもしれない。

「被害者が愛用していたヴォイスレコーダーに録音されていたのは、思いついて吹き込んだものらしき漫才のネタのみ。仕事熱心だったんだな」

私も四六時中ミステリのネタを探しているが、ヴォイスレコーダーを持ち歩いたりしてはいない。

「現場付近での聞き込みの結果もはかばかしくない。裏通りに面した家で、路地からこっそりと入ることもできたからそれも無理はないだろう。隣家は空き家だしな」

矢園歌穂がいつ帰宅したのかも不明だった。

「特に疑わしい人物は浮かんできてないのか？」

「現時点では見当たらない。被害者に含むところがありそうな人間として挙げられていたのは、やはり伊場裕伸と小坂ミノリ。それから反りが合わなかった佐野健也。最も身近なところにいた相方の帯名雄大については、二人の関係が良好だったという声があるにも拘《かかわ》らず、よく洗うべきだとの声も出ていた。仲がよくても喧嘩になって突き飛ばしてしまうこともあるだろう、と」

「現場が被害者の自宅なだけに、警察としては帯名もマークするやろうな。せやけど、相手を思い切り突き飛ばすやなんて、ただの口論ではあり得んぞ。荒くれ男が酔うて喧嘩を始めたわけでもないのに。そこまで帯名が激怒するような理由があるとしたら。たとえば――」

以前とは反対に、自分が相方からコンビ解消を持ち掛けられた場合ぐらいしか思いつかない。しかし、それも「ないだろう」と火村は言う。

「ようやく漫才師として成功の階段を上りだしたところで、矢園から突然そんなことを切り出すとは考えにくい」

「そうやな。そんなことより二人が実は深い仲で、痴話喧嘩の果てにああなったと見る方がまだましか」

「ところが、その線もはずれらしいんだ。彼らは仕事や稽古を終えるとあっさり別れ、プライベートな時間を大切にしていた。仕事先で二人きりになるチャンスがあってもそうせず、別行動をとりがちだったらしい。――ああ、焼売をもっと買ってくるんだった」

腹をすかせてばかりいる若造のようにぼやくので、私は冷蔵庫からチーズとソーセージを出してやった。食べたら、さぁしゃべれ。そのために呼んだ。

「俎板《まないた》にのせられている四人全員に監視がつくことになった。現場で犯人がピンクのペンキを数滴でも浴び、それに気づいていたとしたら、汚れた衣類なり靴なりを処分しようとするかもしれない。そこを押さえようという方針だ。張りついたって、昨夜のうちに始末されていたら無駄なんだけれどな」

「それぞれのアリバイは検討されたんか？」

「順番にいこうか。まず帯名雄大」

彼は、当夜の行動についてこう話していた。吹田のショッピングセンターで六時半まで余興の仕事をこなし、それから矢園と佐野と三人で梅田に移動して夕食。七時半に彼らと別れ、映画を観てから十時に豊中《とよなか》市内のマンションに帰宅。以降はコンビニに行った以外はずっと部屋にいた、と。その証言は、俵田企画を出てすぐ高柳が船曳警部に報告している。それを受けて、別の捜査員が裏を取っていた。

「十一時半頃に近くのコンビニで買い物をしたことだけは確認できた。問題はその前の時間帯なんだが、ずっと部屋にいたということだから証人がいない。ただ、十時半頃、隣室の住人のところに男が訪ねてきた、と話していたよな。あれは事実らしい」

帯名のマンションは親譲りのもので、瀟洒《しょうしゃ》な3LDKだった。彼の隣室には二十代の女が一人で暮らしており、時々、中年の男がこそこそやってくるという。要するに愛人だ。

昨夜、帯名はその男の姿を見てはいないし、壁越しに声を聞いたわけでもないが、特徴的な足音で、また愛人がきたな、と判ったらしい。その男は片足が不自由なのかいつもステッキを突いているのだ。

「女は嫌がるでもなく、あけすけに話してくれたそうだ。愛人がくるのはいつも十時半頃だが不定期で、空いた日に不意に訪ねてくる。『私が浮気をして、若い男の子を部屋に上げていないか心配しているんでしょう』ということで、女自身も男が昨日の夜にやってくることは予想していなかった」

「今朝になって近所の誰かに聞いたんやないか？　『昨日、またステッキの人がきていたね』とか」

「ところがそれも確認ずみで、帯名にそんな話をした住人はいない。だから、帯名の話の信憑性はかなり高いと捜査本部は見ている」

男が帰った時間について帯名は答えられなかったが、それはやむを得ない。明け方に女の部屋を去ったということだから。

映画を観ていたかどうかは確認できていないが、十時半と十一時半に彼が自宅マンションの及びその近くにいたことを認めたとすると——豊中市内の帯名のマンションと犯行現場は、夜間であっても車で片道三十分は要するから、犯行にかかった時間がゼロに近いと仮定しても往復する時間がない。鉄壁のアリバイとは言いがたいが、本物のアリバイというのはこういう感じのものだったりする。

「次に佐野健也だ。彼は、梅田で帯名と矢園と夕食をしてから事務所に戻り、九時までデスクワーク。俵田社長も一緒だった。退社してから二人で飲みに行き、十一時半に地下鉄の心斎橋《しんさいばし》駅近くで別れた」

これも事務所で聞いた。十一時半以降は一人になれたのなら佐野にも犯行は可能だ。心斎橋から長堀鶴見《つるみ》緑地《りょくち》線に乗れば、現場の最寄り駅である谷町六丁目にはわずか四分で着く。と思いきや——

「さっき佐野と立ち話をしている時に、こんなことを言ったんだ。『自宅は御堂筋線の昭和町《しょうわちょう》なんですが、酔っていたので終点のなかもず駅まで行ってしまい、駅員さんに起こされました』と」

「それが確認されたんか？」

火村は煙草をくわえたまま、グラスに二杯目のビールを注ぐ。

「電話で、だけどな。佐野は『起こされた時に慌てて立ったら、持っていた鞄の口が開いていて書類を床にぶちまけてしまいました』とも言った。そういう客がいた、と駅員は言うんだ。顔写真で確かめる必要があるが、人相風体は一致している」

その電車のなかもず着は二十三時五十五分。駅員が人違いをしていない限り、佐野のアリバイは立派に成立する。

俵田社長が犯人であるとは思いにくかったが、彼もアリバイを質されており、佐野と別れた後、行きつけのバーに顔を出して一時間ほど飲んでいたことが確認されている。

「次に行っていいか?」

「ああ。小坂ミノリはバイト先の店長の送別会に出てたんやったな。場所は梅田の居酒屋で、終わったんが十二時前。帰宅が十二時半頃。こっちは証人が何人もいてたやろう」

「六人いた。ただし、彼女の話は不正確だった。送別会が終わったのは十一時半だったんだ」

「ということは、嘘をついたわけか。すぐバレるのに」

「酔っていた、と本人も言ってたじゃないか。悪意はなく、ただ時間の感覚が狂っていただけかもしれない」

火村は善意に解釈するが、心証はよくない。強く言い張れば他の六人が「そうだったかな」と錯覚してくれる、と甘い期待をしたのではないか。

「十一時半までのアリバイしかないのに、三十分ごまかすところが怪しいやないか。その三十分でアリバイの有無が分かれるんやぞ。梅田から現場まで、その時間にタクシーを飛ばすとしたら十五分あったら充分やろう。彼女を疑いたくはないんやけど、騙されたとなると俺は態度を変えるわ」

「女に騙されたトラウマがあるような言い方だな。色めき立つなって」

見当はずれなことを言って、火村は笑っている。

「アリス、お前の怒りは非論理的だ」

「怒りは論理を踏み潰すもんや。——いや、俺は怒ってるわけやない。ぬけぬけと嘘をついた彼女の愚かしい態度に呆れてるだけや。計ったように三十分ごまかすやなんて白々しい」

「アリバイの有無が分かれるものな」

「ああ、そうや」

「何故、それが彼女に判った？」

缶ビールに伸ばす私の手が止まった。

「なんでって、死亡推定時刻は……」

「そういう検視結果が弾き出されていることを小坂ミノリは知らないし、予測することも困難だった。『十一時半にみんなと別れたのなら十二時までに現場に着けてしまうから、三十分ほど鯖《さば》を読もう』なんて思うはずがないのさ」

私は人差し指を彼に突きつける。

「作家として言わせてもらう。都合がええように数をごまかすことを〈鯖を読む〉と言うけど、時間をごまかす時に遣うと引っ掛かるな」

　火村の用法が誤っているという確信はなかったが、大胆に言ってしまった。こういう時は話を折り曲げるに限る。

「それで、伊場裕伸のアリバイは？」

「小坂についてはもういいのか？　──伊場は大阪の秋葉原《あきはばら》、日本橋界隈をうろうろしていたんだったな。中古ＤＶＤを買い、メイド喫茶で美少女メイドと笑わせ合いで鎬《しのぎ》を削り、ラーメンを食べてから帰った。中古ＤＶＤの掘り出し物探しは早い時間帯のことだから無視して、肝心なのはその後だ」

「うん、調べたらすぐ判ることやからメイド喫茶はほんまに行ったんやろう。問題は次のラーメン屋や。もう調べがついたんか？」

「お前と別れた後、俺とコマチさんで確かめてきた。伊場の写真が載っている雑誌を片手に、大急ぎでな」

　伊場にしてみれば、早く有名になって雑誌の写真なしでアリバイの証言をしてもらえるようになりたいだろう。

「結果はどうやった？」

「ちなみに俺と彼女は、そこのラーメンで晩飯をすませたんだ」

「どうでもええわ！　アリバイの有無をはよ言え」

閉店時間がきてメイド喫茶を出たのが十一時。その後、〈やったるでラーメン〉というふざけた名前の店で伊場がラーメンを食べたことは事実だった。彼が何を食べたのか、というこれまたどうでもいいことを思い出そうとして、店主は「あれは確か……」と一分ほど唸っていたそうだ。

結論。伊場は十一時半過ぎまで〈やったるでラーメン〉にいた。店内のテレビで面白そうなサッカーの特集が始まったので、ビールを飲みながらしばらく観ていたらしい。十二時半過ぎに帰宅したことについては裏が取れていないから、店を出たのが十一時半だとすると、それから現場に向かえば犯行には間に合う。日本橋から現場まで、タクシーで十分程度だろうから。

「いや、どうも伊場は十一時四十五分までは店にいたらしい。というのも、彼が言うサッカーの特集が終わったのがその時間なんだ。店主は、テレビを観ながら伊場とサッカーの話をしていて、『特集が終わると席を立たれました』と証言していたから」

「それでも犯行は可能やけど……滑り込みセーフという感じで忙《せわ》しないな」

「しかも、自分のアリバイの幅が狭まる方向に時間を間違えている。積極的に彼を怪しむ気にはなれないな」

現時点で、完全無欠のアリバイが証明された者はいないが、みんなそれなりに自分の行動を説明できている。もしも同じ質問をぶつけられたら、私は「ずっと部屋で仕事をしていました。そのことを知る人間はこの世に存在しません」としか答えられない。

　彼らの話がすべて本当だったとすると、ミステリとして面白いのは佐野が犯人だった場合だな、と私は不謹慎なことを考える。十一時半に心斎橋にいた人間が矢園歌穂を殺害した後、十一時五十五分なかもず着の電車にどうにかして追いつけたらすごいトリックだ。そんな方法があるとは思えないし――

「突発的な犯行だったんやから、事前に凝《こ》ったトリックを用意してたはずがない」

　独り言を洩らしたら、火村が頷いた。

「それはいい着眼点だな。俺も同感だ」

　現時点でこの事件をどう見ているのか語りだすかと思ったら、それっきり沈黙してしまう。頭の中を整理しているようだったので、性急に説明を求めるのは控えた。事件が発生してから二十四時間ぐらいしかたっていないのだから、犯人を絞り込めなくても無理はない。

「あれは？」

　リビングの方を見て、火村が訊いてくる。テーブルの上に私が置いた漫才雑誌が目に留まったのだ。帰ってからゲラの直しをしていたから、まだ開いてもいなかった。俵田企画でもらったものだと言うと、彼は灰皿を片手にそちらのソファに移動する。

「古い雑誌だな。五年前……というと、雛人形が俵田企画に入った頃のじゃないか」

　旧雛人形の情報を調べても仕方がないぞ、と言いたげだったが、捜査に役立つものを慎重に選んだわけでもない。見ていたら「どうぞ」と言われ、貧乏性でもらってきたようなものだ。

ソファに深くもたれた火村は、さして興味もなさそうにページを繰《く》っていく。その乾いた音を聞きながら、私は空いたグラスや皿を流しに運んだ。

ぴたりと音が止んだ。リビングを振り返ると、火村は食い入るように雑誌を見ている。

「何か発見があったか？　まさかな。そんなところに事件を解く手掛かりが転がってたら世話ないわ」

火村は顔を上げて、開いた雑誌の端をつまんで掲げた。活字が印刷してあるものをそんなふうに扱うものではないよ、と私は苦言を呈したくなる。

「帯名雄大と小坂ミノリがプロデビューした当時の写真だ。これを見たら平静でいられなくなるぜ」

どういうことだ、と雑誌を受け取って見たが、今より五歳若い彼らがいかにも漫才師らしいポーズで写っているだけだ。高校を卒業したばかりだから仕方がないとはいえ、とにかく垢抜けていない。

「判らないか？」

火村が真剣な目で言うので、あらためて写真に目をやる。いや、それらに添えられた短いコメントに何か新情報があるのか？　――高校の同級生同士のフレッシュなコンビです云々という紹介だけで、さして中身がないのだが。

「……まさか」

火村のフィールドワークに同行していて、こんなに衝撃的にして喜劇的な瞬間に出くわしたことがあっただろうか。

「これはつまり、先生、探偵らしい推理抜きで犯人を突き止めたんか？」

責めるように言うと、彼は低く言う。

「ハプニングだ。こんなこともある」

心なしか犯罪学者は不本意そうだった。

10

桜の花が、あちらでもこちらでも風に舞っている。誇らしげに散る。

先日の日曜あたりが見頃だった。明日は雨の予報が出ており、ほとんど花は落ちてしまうだろうから、おそらく今日が見納めだ。

ここは難波宮跡公園の復元された石造りの大極殿基壇。小坂ミノリと私で火村を挟み、その階段に腰掛けていた。大阪城を背にしたここからだと、新緑が目に鮮やかな公園内が一望できる。

「行きずりの有栖川さんに漫才を披露したことがあるやなんて、完全に忘れてました。変なもんに付き合わせてしまいましたね。すみません」

二年前のことを話すと小坂はひどく驚き、恐縮する。そんなことはない、楽しかった、

もしれない。

と私は言った。

「ちょうどあのへんでしたね。あそこの木のあたり」

指差すと、彼女は「そうそう」と頷いたが、笑顔はない。しばらく笑うことはないかもしれない。

ここへくる前、私たちは大阪歴史博物館の向こうにある大阪府警本部を訪ねていた。事件について報道されない部分を小坂ミノリに伝えるため、高柳刑事は初代メビナが火村と会えるようにセッティングをしたらしい。高柳の親切心だろう。さらに「時間があれば有栖川さんもいらしてください」と声を掛けてくれたので、私も合流したのだ。

「帯名君、何もかも自供したんですね。何かの間違いだったらええのに、と思うてたんですけど」

小坂は、冷徹な現実を懸命に受け止めようとしている。火村は静かに言った。

「彼に対するあなたの人物評は素晴らしいまでに的確でした。今回の事件は、彼の性格をよく反映していたと言えます」

――彼は思い切りが悪いんです。他人の言うことに引きずられて、気が弱いから流されるタイプ。それを知らない人が傍から見ていたら、『思い切ったことをするな』『あんなことをして平気な顔をしている』と誤解されるかもしれません。

流されやすさとは、つまり諦めのよさや弱さだ。警察から殺人の容疑が突きつけられているのを知った彼は、すぐに観念して「実は僕が」と事実を告げた。傷害致死を殺人にされてはかなわない、と恐怖したともいう。

「事件の後、彼に一度だけ電話をしたことがあります。『帯名君はやってないよね？』とは訊けませんでしたけど、それとなく事件の夜のことを話題にしたら、『僕はずっと部屋におったんや。ちゃんと警察にも証明できた』と言うてたんで、安心してたんですけど……」

「犯行後、家に帰る途中でコンビニに寄ったことが確かなだけで、アリバイの証明としてはまったく不充分でした。隣室の女性のところに愛人が訪ねてくる足音を聞いた、というだけでしたから」

「ほんまに訪ねてきてたんやないんですか？」

「きていましたよ。しかし、それしきのことは誰かに教えてもらわずとも事後に知ることができた」

「帯名君が廊下にビデオカメラをセットしておいたとか？」

「突発的な犯行だったわけですから、事前にそういう準備をしていたわけではありません。隣室の女性の話を聞きに行って、そういうことか、と判りました。ビデオカメラなんて道具を使うことなく、彼は〈推理〉で愛人の訪問を知ったんです」

推理というほどのことでもなく、あるものから常識的に察したのにすぎない。隣人のもとに愛人がやってきた時、二人は寿司の出前を頼むのが常だった。だから、翌朝に部屋を出る際、隣室の前に洗った寿司桶が出ていれば「ははぁ、昨日もいつもの男がいつもの時間にきたのか」と簡単に見当がついたのだ。

「愛人以外の訪問客があって寿司を取ることもあったでしょうけど、彼にはもう一つ推理の材料があった。帰ってきてエレベーターに乗った時、例の愛人がつけているヘアトニックの残り香を嗅いだんだそうです。それで確信できた」

ステッキの音を聞いた、とまで言い切ったのだから、その推理がはずれていたら彼の立場は極めてまずいものになるのだが、まず間違いなかろうと帯名は賭ける。事後にでっち上げたアリバイは、その程度の脆弱《ぜいじゃく》なものにしかならなかった。

「疑われてから白状しても自首にはなれへんそうですね。もっと早《はよ》うに『僕です』と言うたらよかったのに」

悔しそうにする彼女に、火村は言う。

「そこが彼の弱さです。悪いことが降りかかってきたら、『しょうがない。すんでしまったことだ』で流してしまおうとする。あなたとのコンビを解消した時もそうだった」

小坂は、両膝を抱え込む。大事なものを守ろうとするかのように。

「そこの詳しい説明を聞いてないんです。高柳さんは、『帯名さんは矢園さんに脅迫されてコンビを組んだんです』としか言うてくれませんでした」

「真相を知ってあなたの心が慰められるとは思いませんが、何があったのかお話ししましょう。高柳さんからお聞きになったとおり、彼は矢園さんに脅されていました。ある弱みを握られ、それを公表されたくなかったら私とコンビを組め、と強いられたんです」

　小坂は不安そうな顔になった。この上、まだ何か帯名にまつわる忌まわしい事実を知らなくてはならないのか、と恐れているのだろう。

「歌穂さんを死なせるやなんて重大なことをしてしまいましたけど、帯名君は犯罪に手を染めるような人やありません。麻薬をやってたわけやないし、女性関係でなんぼか乱れたことがあっても独身の若い男性なんやし、売れへん漫才師でしかなかったし、スキャンダルにもなれへんやないですか。女の子を襲うような野蛮人でもない、轢《ひ》き逃げしようにも車も免許も持ってない、外国に売り渡す機密情報も知らん。そんな平凡でおとなしい彼にどんな弱みがあったって言うんですか？」

「これも事故なんですが——彼はもう一人、人を死なせています」

「えっ」と小坂は目を見開いた。残酷な出来事を火村は話す。

「彼の住まいは豊中市内でしたね。近くに大きな病院があり、矢園さんの知人が入院していて、お見舞いに行ったことがありました。その帰りに、たまたま目撃したんですよ。帯名さんが自転車で老人に激しくぶつかるのを。相手は八十歳のお年寄りで、事故がもとで不幸にも亡くなりました。帯名さんは轢き逃げです」

　歩道を歩いていて自転車に追突されそうになり、ひやりとしたのを思い出す。平和な日常に潜む落とし穴が不意に口を開け、加害者と被害者を生むことがある。帯名がすべてを自供していなければ、彼が老人を死なせた件は永遠に発覚しなかったであろう。

「矢園さんは後日、『自転車でぶつかるとこ見たよ』と彼を難詰しました。その場でとっさに写真を撮ったわけでもないのですが、帯名さんは口を滑らせてしまう。『証拠がないやろ。写真でもあるのか？　なかったらただの言い掛かりにしかならんぞ』ぐらいならごまかしが利いたでしょう。しかし、『あの爺さんにも落ち度があるんや。ふらふら歩いてた方も悪い』などと言ったものだから、矢園さんはすかさずヴォイスレコーダーを取り出して『録音したで』と笑ったんだそうです」

小坂は、呻《うめ》くように言う。

「それをネタにして、『私とコンビを組んで』と脅したんですか。……帯名君もひどいけど、歌穂さんは穢《きたな》い。事故を見てすぐ警察に報せるべきやのに。それを材料に帯名君を脅して、弱みをヴォイスレコーダーに録音するやなんて」

「本当は録音していなかったんですけれどね」

「どっちなんですか？」

風が吹いて、火村の前髪が持ち上がる。

「決定的な発言を録音された、と思ったから帯名さんは泣く泣くあなたと別れ、矢園さんを相方にした。彼女は、帯名さんと組めばきっと成功すると信じていたらしい。その思い込みがいい方に作用したのか、漫才にも勢いが出て人気が出だしたし、自転車の事故について警察が彼を捕まえにくることもなさそうだ、ということで、こうなる運命だったのかな、と彼は流され続けます。――ところがあの夜、突然に破局が訪れました」

梅田でマネージャーを交えて夕食をとった後、矢園は「買い物をして帰るから」と別れるが、その夜、彼女の家で二人は新ネタの稽古をする予定だった。わざわざ言うほどのことでもないと思ったのか、佐野を疎ましがっていたからか、そのことをマネージャーは知らない。

「帯名さんが矢園さん宅に着いたのは、九時前でした。一時間ばかり稽古をし、休憩に入ったところで彼は懇願します。『もうええやろう。そろそろヴォイスレコーダーの記録を消してくれ』と。矢園さんはさもおかしそうに笑い、『安心し。最初から録音してへん』と応えたそうです。『あんたは簡単に操れる男やな。重宝するわ。騙したんは悪かったけど、私のおかげで下手な相方が切れてよかったやないの』のひと言で、帯名さんは理性を喪失します。彼女への軽蔑と怒りが爆発するとともに、自分がしたことの愚劣さに気づいて逆上し、力任せに彼女を突き飛ばしたんです。あなたへの暴言も赦《ゆる》せなかったそうです」

矢園が本当にそう言ったのかどうかは知る術《すべ》がないし、それが事実だったとしても小坂ミノリ本人に話して傷つけなくてもいいだろう、と思ったが、帯名が語ったままを伝えるべきだと火村は考えたらしい。もし帯名の証言内容が嘘であっても、彼がそう語ったということは真実だ。

「あなたを一方的に切り捨てたことを、彼はずっと後ろめたく感じていたんですよ。その前に、自転車で死なせたお年寄りに対して罪悪感を持つべきだと思いますけれどね。

——とにかく彼はやってしまい、矢園さんは床に倒れた。ただならぬ様子だったので、死ぬだろうと直感して、彼は逃げます。あの家に自分の指紋が遺っているのはいいとしても、彼女と一緒にお茶を飲んだグラスは放置できなかったので、それだけは鞄に入れて逃走したそうです。玄関の引き戸をきっちりと閉めなかったのにも気づかないほど慌てて」

小坂は、膝を抱いたまま自分の靴の先あたりを見つめている。帯名の非道ぶりについて、もうこれ以上は聞きたくないだろう。しかし、火村は断罪するように続けた。

「すぐに救急車を呼んでも、結果として矢園さんは助からなかったでしょう。それでも彼はそうするべきだったし、逃げるなんてもってのほかだ。そりゃ誰だって人を殺して警察に捕まるのは怖いでしょうが、彼はまたもや『しょうがない。すんでしまったことだ』と自分をあっさり赦し、すべてを流してしまおうとする。同じことの繰り返しです。そして、エレベーターで嗅いだヘアトニックの匂いと隣室の前に出された寿司桶から、ずっと部屋にいたというアリバイまで捏造《ねつぞう》しようとした。人の心の弱さは、このような凶暴性を発揮するんですよ」

「火村、そこまで言うな」

私は彼を止めた。まるで小坂ミノリが糾弾されているように感じたからだ。

「何があったのか知りたがったのは私ですから、火村先生にありのまま話していただいて感謝します」

なお膝を抱えたまま、彼女は小さく頭を下げる。

「もう全部聞いたみたいですけど、最後に一つだけ聞かせてください。高柳さんによると、先生は帯名君をすごく疑って、徹底的に身辺を洗って揺さぶるよう助言したそうですね。なんで彼に狙《ねら》いを定めたんですか？」

「それは――」

火村が言葉では説明しにくそうだったので、私はショルダーバッグからあの雑誌を出した。小坂は「懐かしい」と手に取る。

「あなたたちがデビューした当時のものですから、お手許にあるんやないですか？」

そう訊くと、彼女は首を振る。

「今の部屋に引っ越しする時、どさくさに紛れて失くしてしまいました。見るのは久しぶりです」

といっても、まだ若いのだからせいぜい数年ぶりだろう。船曳警部が「俺ぐらいの齢になったら、久しぶりというのは二十年ぶりのことや」と森下に話すのを聞いたことがある。

「ああ、見るのが恥ずかしい」

照れながら彼女は、自分たちが紹介されているページを開く。火村は右腕を伸ばし、写真の帯名雄大を指した。

「矢園さんは、このポーズで死んでいました。そっくりこのままです」

わずかにほころんだ彼女の表情が、そのまま凍りつく。

「矢園さんにとって、印象的なポーズだったんでしょうね。だから、帯名さんにやられたことを示すため、死の間際にこんな姿勢をとったんです。偶然とは思えません。彼女は柱で強く後頭部を打ち、反動でうつ伏せに倒れて額に傷を作っています。瀕死の状態で助けを求めるなら、うつ伏せのまま電話のあるところへ這って行きそうなものだし、もう助からないと諦めたのだとしても、わざわざ仰向けになって痛む後頭部を下にするのは不自然極まりない。現場写真を見た時からそれを疑問に思っていましたが、この写真を見た瞬間に謎が解けたと思いました」

小坂は雑誌をゆっくり閉じる。

「最期の力を振り絞って、帯名君にやられたと伝えるために、こんなふざけたポーズを……？」

「ええ。私はそう考えました」

「もともとの雛人形は、舞台に出てくるなりこのポーズをしていたんです。私は投げキスをして、彼は肘を曲げて両手を広げて右脚を直角に上げる。そんなこと、歌穂さんは覚えてたんですね。いえ、帯名君に目をつけてたんやったら覚えてるでしょうけど、わざわざこんな古いポーズをせんでも――」

「テレビで観ましたが、今の雛人形は出てくるなり二人とも両腕を斜め前に突き出すんですね。少し角度をずらして左右対称に。仰向けのまま腕を上げてあの帯名さんのポーズを再現したって、それを死んでからも保持することは不可能です。だから、以前の雛人形のポーズをとったと思われます。――もちろん、それだけで帯名さんを犯人と断定するわけにはいきませんから、この発見は私が彼を怪しむ端緒になったにすぎません」

「……歌穂さんの最期のメッセージに、先生だけが気づいたんですか？」

「たまたまこの写真を見たから判っただけです。高柳さんも知りませんでした。あの死体を見た者のうち、この偶然とは思えない一致に気づく可能性があったのは、帯名さんと佐野さんだけです。しかし、佐野さんは現場を見るなり平常心を失って腰を抜かしたといいますから、死体がどういう姿勢であったかよくは見ていない。帯名さんは、ひと目見て『やばい、何とかポーズを変えなくては』と思ったのですが、佐野さんに止められて死体に触る機会もなかった――というわけです」

「ちょ、ちょっと待ってください、先生。この期《ご》に及んで帯名君をかばうわけやないんですけど、真犯人が彼に罪を着せるために歌穂さんの体を動かした、ということはないんですか？　昔の帯名が舞台に出た時にするポーズやと、いつか誰かが指摘するのを待ってたということは――」

「ありません。とっさに思いつくようなことではないし、もし閃《ひらめ》いたとして、ペンキまみれの死体を動かす気にはなれなかったはずです。手を汚すだけなら洗えばすむとして――それだけでも相当面倒ですが――、衣類に付着したら自らよけいな物証を作ってしまうことになるではありませんか。被害者がもがいているうちに意味もなく仰向けになったのでもない。犯人があのポーズをとらせたのでもない。よって、被害者が目的を持ってああいう姿勢をとったということになります」

小坂はしばらく絶句していたが、やがて虚空に向けて言った。

「なんぼ漫才師やからいうて、最期にこんなアホなポーズさせて……ごめんな、歌穂さん」

強い風が公園を吹き抜け、明日の雨を待たずに花が散る。こんな話をするのに、ここは美しくて無常すぎる、と私は思った。

「私が帯名君に漫才を勧めんかったら、こんなことにはならへんかったんですね」

火村が黙っているので、それは違う、と私は否定した。彼女は無用の責任を負いたがっている。

「『漫才してみいへん？　絶対いけると思う』。そんなこと言うたから、彼、流されてしもうたんですよ。その前に演劇部に誘うたんが間違いの始まりかな」

「いや、違います。帯名さんは引っ込み思案な男やったんでしょ。そんな彼が大勢の人の前で芝居や漫才をするやなんて、精神的にとんでもないエネルギーを必要としたはずです。流されたんやなしに、『やってみよう』ときっぱり決断して選んだんです。それだけは判ってあげたらどうですか？」

はい、と小さな声が答えた。

そして彼女は独白するように言う。

「役目を終えた雛人形を船に積んで、海に流す行事がありますね。流し雛。和歌山の神社でやってるのを見たことがあります。私も、雛人形を海に流すことにしました。流されやすうて、何でも流してしまう帯名君を船に乗せて」

切なげな表情をしていた。

「奇跡が起きてまた彼とコンビを組めたら、やなんて夢を見てたこともありますけど、あんなことをして、彼、もう漫才なんかできへん。せやから雛人形を流します。けど、もし船が戻ってきたら、どうしょう。心から反省して罪を悔い改めた男雛が、海の向こうから帰ってきたら……」

火村は、少し邪険に言う。

「その時はその時ですよ」

彼女は深い吐息をついて、表情を和らげた。

「すみません。元漫才師やのに、湿っぽいことを言うてしまいました。こんなんやから売れへんかったんやわ。あかんな」

どんな言葉をかけていいのか迷った私は、頭に浮かんだままを口にした。

「流し雛、帰ってくるを松屋町」

彼女は、訝《いぶか》しげにこちらを見る。

「駄洒落が入ってるみたいですけど、今のは俳句ですか？」

真顔で訊かれて困っていたら、火村が「いいえ」と訂正してくれた。

「三流の川柳ですよ」

探偵、青の時代

1

久しぶりに梅田《うめだ》に出て、冬物の服を買った。それから例によって書店を回り、時間がなくて読めもしないのにショルダーバッグに入らないほど新刊本を買い込むと、両手が紙袋でふさがってしまった。

喉も渇いたし、一服したくなって地下街で適当な喫茶店を探していたら、遠慮がちな声がした。

「失礼します。有栖川《ありすがわ》さん……ですね？」

そちらを向くと、三十過ぎぐらいに見える女性が立っている。枯葉色のワンピースの上に、光沢《こうたく》のある茶色のジャケットを羽織っている。

「はい、そうですが」

街を歩いていて読者に呼び止められるようになったか、と喜びかけたが、そうではなかった。

「阿川《あがわ》です。英都《えいと》大学にいた頃、何度かお会いしたことがあるんですけれど、覚えてませんか？」

急いで脳みその襞《ひだ》を探ったら、五秒ほどで出てきた。垂れ気味の柔和な目、顎《あご》に二つ並んだ小さな黒子《ほくろ》。細いがよく通る声。

「ああ、思い出しました。社会学部にいらした方ですね？　阿川アリサさん」

「下の名前まで覚えていただいていたとは恐縮です」

何度か会ったというだけで、親しい間柄だったわけではない。それでもフルネームで記憶していたのは、彼女に心惹かれていたせいではなく、有栖川有栖《ありす》という自分の名前に似ていたからにすぎない。

「推理作家になってご活躍ですね。陰ながら応援しています」

ご活躍もしていないが、こんな珍名だから著書が目に留まりやすいのだろう。それでも、作家になっていることを知ってくれているのはうれしい。

「お忙しいでしょう。本業以外に、火村《ひむら》さんと一緒に犯罪捜査もなさっているから」

これは不意打ちだった。友人の犯罪学者の助手もどきをしていることまで知っているとは。火村英生《ひでお》准教授が警察の捜査に協力していることは公《おおやけ》になっていないのに。

「びっくりしました？」

「びっくりです」

わけを聞いて納得した。阿川アリサは、西天満《にしてんま》にある法律事務所で働いているのだ。

「弁護士の間では、火村さんのことが以前から噂になっています。有栖川さんについても聞きましたよ」

売れない推理作家が犯罪現場でネタ探しをしている、と思われていないことを祈る。

「学校を出てからも、ずっと火村さんとのお付き合いが続いているんですね」

「俗にいう腐れ縁です」

「犯罪学者と推理作家っていうのは面白い組み合わせです。ごめんなさい、面白いなんて失礼ですね」

何とはなしに、彼女が自分と話したがっているのを感じた。火村について情報収集がしたいのかもしれない。私の方も、彼が弁護士たちの目にどう映っているのか興味がある。

「よかったらお茶でもどうですか？　私、喫茶店を探してたんです」

厚かましい誘いに受け取られる懸念もあったが、歓迎された。

「いいんですか？　じゃあ、ティータイムをご一緒させてください。雰囲気のいいお店を知っています」

あるビルの地下へと入っていくと、奥に落ち着いた感じの店があった。テーブルの配置がゆったりとしていて、静かな音楽が流れている。穴場的ないい喫茶店を見つけた。おまけに空いている。

壁際の席に着いて注文をすませると、彼女は「懐かしいですね」と話しだす。

私と火村英生が知り合ったのは、大学二年の五月だ。彼は空いた時間に法学部の講義を聴講しており、隣合わせになった時、ひょんなことから言葉を交わしたのがきっかけだ。

当時から犯罪学の研究者になろうとしていた火村に対して、私は推理作家志望者として犯罪学に関心があった。そこで、彼に勧められて社会学部の講義を覗《のぞ》きに行くようになり、阿川アリサと初めて会う。火村に講義ノートを借りていたのだ。

「火村君のノートは最高やったな。要点がすごく上手にまとめてあって、頭がええんやなぁ、と感心しました」

「あいつのノートを見たことはないなぁ」

親しくなかったとはいえ学生時代の知人だ。ほどなくお互いに砕けた口調になり、ごく自然に彼女は〈火村さん〉を〈火村君〉に変えた。久しぶりに耳にする響きだ。

彼女は卒業してすぐに結婚して女の子を産み、育児に手がかからなくなってから法律事務所に勤めだしたのだという。そこで火村君の噂に接したわけだ。

彼の評判がどんなものか訊《き》いてみたが、彼女のまわりでは〈風変わりな学者〉という程度らしい。〈警察権力の威を借りて、犯罪捜査を掻《か》き回す不届きで目障りな輩《やから》〉という風評を聞いたことがあったが、幸いそんな見方が弁護士たちの間で支配的なわけでもないらしい。

「名探偵なんでしょう?」

私の目をまっすぐ見ながら尋ねてくる。どう答えたらいいのか迷った。

『推理小説に出てくるような名探偵ぶりだ』とうちの先生は言うてます。推理作家から見ても、そうなんでしょう？」

「捜査の役に立たんのやったら、警察が現場に入れませんよ」

控えめに答えたつもりなのだが、全面的肯定と受け取られてしまう。彼女は、感服した様子で何度か頷《うなず》いた。

「やっぱり、そうなんや。昔からその片鱗《へんりん》があったなぁ」

「片鱗って……探偵の？」

両手でカップを包み、ミルクティーを飲んでから「はい」と言う。

火村が学生時代からその素質を披露していたとは。実のところ、そんな場面を目撃したことがない。私が書いた犯人当て小説を戯《たわむ》れに読んでは、いつも犯人をはずしていたぐらいだ。もっとも、それは「作中に張られた伏線が曖昧《あいまい》さに満ちているのが原因だ」というクレームがついた。その指摘には認めざるを得ないものがあり、勉強させてもらったのだが、そんなことより――

「あいつが探偵になる片鱗を見せたのは、どんな時ですか？」

阿川アリサは、右肩あたりの髪をバサリと後ろに払った。それだけのことで、女性は考える時間を稼げる。

「もう十四年も前のことやから……話してもええかな。有栖川さんが知らない人のことやし」

「まるで犯罪が絡んでるみたいやな。そうなんですか？」

言葉を濁して、イエスともノーとも答えない。私は、メニューを差し出した。

「時間があるんやったら聞かせてほしいですね。よかったら、甘いものでも」

良人《おっと》の誕生日にプレゼントするネクタイを買って、もうこの後の用事はないと言う。それでは、とシフォンケーキを燃料にしゃべってもらうことになった。

「二回生の……十一月やったかな。片平《かたひら》君という子の家で、飲み会をしたことがあります。宝ヶ池《たからがいけ》の近くの家でした」

片平君とやらは裕福な家の御曹司《おんぞうし》で、その住まいはなかなかの豪邸だったらしい。両親が海外旅行に出掛けたので、御曹司が自宅で週末にパーティだかコンパだかを主催したのだ。その最中に事件が起きたのかと思ったが、違った。

「犯罪学を履修してる子ばっかりが集まって語らおう、という建前の飲み会。ふだんやったら付き合いの悪い火村君が出てきそうもないんですけど、その時は真面目な勉強会と勘違いをしたみたい。勘違いするように誘導した節もあるんですけれど」

ともあれ、火村は参加した。

そこでどんなことがあったのか。——登場人物に適当な仮名《かめい》を振りながら、阿川アリサの話を小説風に再構成すると、こんなふうになる。

2

　アリサは、女友だちと誘い合わせて、片平邸に向かった。勉強会と称する飲み会は午後七時スタートということになっていたが、わざと五分ほど遅れて着く。それがマナーと心得てのことだ。

「あっ、猫」

　運転席を降りた途端に、笹山奈保《ささやまなほ》が隣家の塀の上を指差した。痩《や》せた雉猫《きじねこ》が一匹、悠然と座っている。あんな幅の狭いところで、よく寛《くつろ》げるものだ。友人は「ニャオ」と鳴き真似をしたが、アリサは野良猫になど興味はない。さっさと玄関の呼び鈴を押した。

「みんなきてる？」

　出迎えてくれたホストの片平幸彦《ゆきひこ》に訊くと、まだメンバーは三人しか揃っていなかった。

「だらだら始めよう。会場はこっち」

　ゆったりとした対面式キッチンがあるダイニングだった。二十人以上が集まるパーティがしばしば催されるそうだ。

　広いテーブルの上には、ケータリングで取り寄せられたオードブルがすでに用意されている。通いのお手伝いさんが準備をしてくれていたのだ。そこに各自が持ち込んだ揚げ物やら中華総菜などが加わる。手分けして準備を調《ととの》えていった。

「雨？」

奈保が、窓の水滴に目を留めた。夕方からどんより曇ってきていたが、ここにくるまでは降っていなかった。

「お、きたか。夜になったら天気が崩れる、と予報では聞いてた。――飲み物を注《つ》いでいこう。笹山さんはジュースやね？　ドライバーやから」

片平がオレンジジュースのパックを開ける。

「うん。私、車できてるんやのうても、もともと飲まれへんから」

男二人連れが、やはり車でやってきて、残るは火村だけとなる。七時十五分になっていた。

「火村君、くるの？」

笹山奈保が時計を見て、ホストの片平に尋ねる。

「火村やったら『三十分ほど遅れる』って電話があった。図書館にこもって何か調べてるらしい。勉強熱心なこっちゃ。せやから、僕らだけで先に乾杯をしよう。――えーと、そっちの二人もアルコールはあかんな。ま、ビール一杯ぐらいはええか」

「遅れるって電話があったんやから、ちゃんとくるよ。心配せんとき、笹山さん」

松永千砂《まつながちさ》が、からかうように言った。片平とは小学生時代からの幼馴染《おさななじ》みで、この近所に住んでいる。

「笹山さんは、火村に興味があるんやなぁ」

テーブルから離れたソファに深々と掛けたまま、勝田祐司《かったゆうじ》が冷やかした。

「まぁ、あるかな」

口笛を吹かれて、奈保は勝田をにらむ。

「誤解してない？　興味って、別に恋愛感情につながりそうな興味やないよ。あの人、変わってるな、というぐらいのことで」

「どこが、どう変わってる？」

勝田は突っ込んだ。

「何となく、全体の印象が」

あまりにも漠然とした答えだった。アリサは、自分ならもう少しうまく言えるな、と思って割り込む。

「奈保が言いたいこと、判る。もの静かな人やから、それだけで孤高の雰囲気があるわ。ただ無口で引っ込み思案なだけではそうは思わへんけど。火村君って、考え込んでる時にすごく目つきが険しかったりするやない。怖い時がある。あのへんが――」

その先は奈保が引き取った。

「うん、神秘的……とまでは言わんけど、ミステリアスなんよね」

「たったそれだけかい！　判らんわ。なぁ、高木《たかぎ》」

高木聡《さとし》は、脚を投げ出して椅子に掛けていた。犯罪を扱ったノンフィクションが書きたい、というライター志望の男だ。犯罪ドラマファンが高じて犯罪学の講義を取った勝田よりは、目的意識がはっきりしている。犯罪学を履修する動機となると、もっぱら興味本位の者が多く、研究者を目指している火村のような人間は異色だった。

「あいつは確かに変な奴だ。ミステリアスとは思わないけれどな」

高木は、勝田と仲がいい。それだけに遠慮のない早口の掛け合いが始まった。

「同性のお前は、なんで変な奴やと思うんや？」

「火村って、犯罪を憎むあまり、それが何なのかを追究しようとしているみたいだろ。人間探求とはまた違う興味らしい。そんな奴、社会学部中を探しても他にいないだろう。何を考えているのか判らない。妙に正義漢ぶったところもあるしな」

「正義漢ぶってるか？」

「言葉が不適切かな。あいつ、厳罰主義的なところがあるじゃないか。懲罰としての死刑も肯定しているし。どうして法学部に進んで検察官を目指さなかったのか、と思う」

「それは人の好き好きやろうけど。……もしかしたら、何かあったんやないか？　本人なり家族なりが犯罪被害者になったことがある、とか」

「あり得る。だけど、そこまで立ち入ったことは訊けないな」

「それは訊けんわ。もし、ほんまに悲惨な体験をしてたらやばい」

他の連中は、ついつい二人のやりとりに聴き入っていた。

「あの落ち着きは、やっぱり何か理由があるのかもな。過去にえらい体験をしてて、度胸が据わったんやないか？」

「老成しているようなところがあるな。やけに改まった言葉を遣ったり。だけど、別の一面も見えるだろう。何に興奮しているのか、テンションが高い時もある」

「ごっつい真剣な顔でしょうもない冗談を言うたりもするな。よう判らん。聞き慣れん横文字をまぶしたりもするし」

「あれは天然だな。無駄に語学力があるせいじゃないか」

「留学もしてへんのに、外国語には強いな。『習得するコツがある』やて」

「努力をしたんだろうけど、コツも摑んでるみたいだ」

「古本屋で洋書を漁ってるかと思うたら、西村寿行《にしむらじゅこう》も買うてたな。意外と乱読なんや」

「そりゃ、犯罪研究のためじゃないか？　結論として、よく判らない奴だ。女の子にも関心が薄そうやしな」

そう言ってから高木は、ちらりと女性陣の方を窺《うかが》った。

「ああ、せやな。もしかしたら、痛い目に遭いでもしたんやないか？　苦い経験があったりしてな。あいつの過去が気になってきたわ」

「全然言わないんだよな。プライベートなことは。日本中、あちこちで暮らしたことがあるから、家庭が複雑だったのかも」

「生まれは札幌で、広島やら金沢やらにおったこともある言うてた」

「東京と大阪にもな」

「親父の転勤が多かったんやろうけど、どんな仕事やねん。銀行員か、NHK職員か」

「検事という可能性もある。札幌だの広島だの金沢だの、高裁がある街ばかりだ」

「おっ、親父が秋霜烈日《しゅうそうれつじつ》たる検察官。それで犯罪を憎むようになった、か。せやけど逆のことも考えられるぞ。逃亡犯……やなんて失礼なことは言わんけど、何かから逃げ回るような生活だったんかもしれへん」

奈保が止めた。

「よーしゃべったね。もうそのへんにしといたら。詮索しすぎやないの。過去なんか本人が言わへんのやから、知りたがらんでええやないの」

空気が重くなりかけたので、片平が明るい声を発する。

「同性にも異性にも、えらい人気やな、火村は。――そんなことより、腹がへってきた。乾杯して始めよう。確認するぞ。ハンドルを握るノンアルコール組は、笹山さん、勝田、清太郎《せいたろう》やな？」

「僕、ジュースより烏龍茶《ウーロン》にしてくれる？」

細身の岡崎《おかざき》清太郎が遠慮がちにリクエストした。その彼の連れが、対照的に小太りの大友昂《おおともたかし》。日頃から愛想のある方ではなく、今夜も、むすっとして口数が少ない。

ここには八人の男女がいる。火村を入れて九人の飲み会だ。

乾杯し、座が賑やかになった。犯罪学に関する話など、まったく出ない。火村の噂話で盛り上がる。

——みんな火村君のことが気になっているんや。

アリサは思った。関心の形はそれぞれ違えど、何かしら引っ掛かるものが火村にはあるらしい。コンパの類に出ることを渋る彼を、真面目な勉強会であるかのように騙して誘ったのはそのせいだ。「笹山さんが火村に気があるみたいだから」と片平は言っていたが、そういうことにされているだけだろう。

奇矯《ききょう》な言動はないのに、火村にはどこか超然として浮き世離れしたところがある。彼が文学部の学生で詩集でも繙《ひもと》く男だったら、古風な文学青年とみなされただけかもしれない。が、研究に打ち込んでいる対象は、人間存在の深奥にも触れるとはいえ、世俗の中で起きる犯罪という事象だ。憂《うれ》いを帯びた文学青年の佇《たたず》まいで殺人事件のケースブックを読むとなると、これはいささか謎めいてくる。

「七時半だ。もうくる頃じゃないか」

「正義漢、濡れながらペダルを漕いでるだろうな」

火村は自転車を愛用していた。大学の図書館から宝ヶ池のはずれにある片平邸まではは五キロ近くある。

「雨の中、自転車でくるんやろか？　心配やわ」

奈保が心配顔をすると、松永千砂が「大丈夫」と言う。

「だいぶ小降りになってきてる。やみかけてるんやない？」

アリサはグラスを片手に、窓際に寄った。確かに雨はほぼ上がっている。

片平邸のすぐ前には、三台の車がきれいに縦列駐車していた。これだけの家の前で路上駐車というのは見映えが悪いが、片平邸の車庫は、カーマニアの主人の愛車でふさがっているらしい。もとよりこの家は袋小路にあったので、路上駐車をしても誰かに迷惑がかかるわけではなかった。最後尾の車は、かろうじて隣家の前にかかっていない。

「あの青いセリカって、岡崎君の？」

隣にやってきた松永千砂が、列の先頭の車を指差して言う。アリサも、それだけ見覚えがなかった。

「うん」と岡崎の返事は短い。

「新車らしいやないか、清太郎。免許取り立てで、半泣きになって車庫入れしてるくせに生意気やぞ」

サラミソーセージをつまみ食いしながら、勝田が毒舌を吐いた。車好きだけに羨《うらや》ましそうだった。彼が乗っているのは中古車センターで掘り出したジムニーで、セリカの後ろに鼻先をくっつけている。その後ろに、笹山奈保の真っ赤なムーヴ。これは父親から譲られたものだ。

飲み会にぞろぞろ車でやってくるなんておかしな話だが、いずれのドライバーもあまり酒をたしなまないのだ。勝田など、男臭い顔貌《がんぼう》に似合わずビールの一滴も飲めない。大友は車好きだが、飲む気満々なので岡崎に同乗してきたのだろう。

――今にもきそう。

火村がやってくるであろう方角を見たが、まだ自転車は見えなかった。

「あの……ちょっと」

大友昴が口を開いた。片平が気づいて、みんなを静かにさせる。

「どうしたんや？　さっきから元気がないな、と思てたんやけど」

「聞いてもらいたいことがある」

そう言いながら、彼は連れの岡崎に視線を送った。二人で共有している問題らしい。

「しゃべるんか？」

岡崎は動揺の色を見せた。翻意を促したかったのかもしれないが、もう手遅れだ。二人は満座の注目を浴びている。

「みんなに聞いてもらうわ。黙ってたら飯がまずいやろ」

大友は告白を始めた。

3

火村と私は学部が違ったから、彼が周囲からどのように見られているのかについて、よく知らなかった。浮いているが疎《うと》まれてはおらず、おかしな人気があったようだ。

「文学青年の佇まいで殺人事件のケースブックを読む男、か。面白い表現ですね」

そんな姿を、私も大学の図書館で見かけたことがある。

「片平君は『火村の未来は、犯罪者か名探偵やろう』と言うてました。その予想は的中したんやわ」

「当たりました」

片平の慧眼《けいがん》に感心する。

「で、その告白を聞いたみんなの反応は、どうやったんですか？」

「大騒ぎになるようなことはありませんでした。『ああ、そんなことがあったのか』というぐらいで、『すんだことは仕方がない』と思うたんやないかな。私がそうでした」

「それぐらいは大したことではない、というわけか」

その場に私がいたら、どうだったであろうか？　これから楽しい飲み会だというのに、面倒なことを聞いてしまった、と思ったかもしれない。

「火村君が正義漢だと見られていることを話したでしょ。それで――」

このことは火村には話さないでおこう、と意見が一致した。警察に行くべきだ、と彼が言いだしたら飲み会どころではなくなってしまうから。

「そうと決まったら、私、ドキドキしてきました」

「どうして？」

その時のことをありありと思い出しているのか、アリサは目を輝かせている。

「みんなで共有することになった秘密を、火村君なら見抜いてしまうんやないかな、と思たんです。そんなことになったら困るんやけど、彼に問い詰められて私らが降参するところを想像したら、スリリングで」

「屈折した感情ですね」

「部屋に入ってきて五分もしたら、火村君は様子がおかしいのに気がつくやろうな。凡人ばかりの私らのうち、誰かの態度がぎこちなかったり、口を滑らせたりして、そこを彼が突くんや。——そうなるのをこっそり期待したわけです」

「一種のゲームとして？」

「言われてみればゲームですね。私にはそんな感覚がありました」

彼女は、砂糖を入れてもいないカップをスプーンで掻き回していた。照れか、あるいはそれに似たむず痒い思いがあるのかもしれない。

「そのことは話さないでおこう、という合意が形成された後、火村がやってきたんですね？」

「はい。七時四十分ぐらいでした」

4

傘もささず自転車で走ってきたらしい。火村は、髪も服も湿らせた姿で入ってきた。散髪代を倹約するあまり髪が伸び放題だったので、雨に濡れて落ち武者のような有り様だった。

「すまん、だいぶ遅刻した」

詫びてから、おにぎりやスナック菓子が入ったコンビニの袋を差し出す。それを受け取った片平は、代わりにタオルを渡した。

「これを使うてくれ。風邪をひくからエアコンの温風で乾かすか？　上着を預かろう」

「エアコンはいいよ。大した降りじゃなかった。途中でやんだしな。これだけ頼む」

火村をリビングに通すと、片平は彼の革ジャンを洋服掛けに吊《つ》るした。

「天気が悪い中、きてもらってすまん。駈けつけに、まず一杯」

勧められたビールを飲み干すと、ほっとした表情になった。そして、テーブルの上のご馳走に目をやって言う。

「パーティみたいだな。これだけ飲んだり食べたりした後で、勉強会になるか？」

なるわけがない、と言いたげだ。

「いくらか有意義な話ができたらええんやないかな。レマートが唱えた第一次逸脱と第二次逸脱との本質的な違いについて、理解が進んでる人にレクチャーしてもらうとか」

片平の薄笑いを見て、今夜の集まりが真面目なものでないことに気づいたのだろう。火村の声が硬くなる。

「なんだ、ただの飲み会か。それならそうと言っておいてくれ。雨の中、わざわざこなかった」

勝田祐司が「まあまあ」となだめた。

「つれないことを言うなや。片平が言うたように、飲み食いしながらでも意義のある話はできるやないか。こういう場でこそ面白い議論になったりするかもしれん」

笹山奈保が、すかさず加勢する。

「私もそう思う。火村君の犯罪観について興味があるから、聞かせてほしい」

「犯罪観？」

「そう。『人を憎んで罪を憎まず』って言うたことがあったでしょう。あれはどういうことか詳しく聞きたい」

「他人にうまく説明する言葉をまだ見つけていない。それに、酒の肴《さかな》になるような話じゃないよ」

気分を害したというより、呆れているふうだった。

「とにかく座れ。腹がへってるやろう」

渋々と着席した火村に、奈保が二杯目のビールを注ごうとして断わられる。彼はいつも手酌だった。

「電話で言うてたより遅かったね。やっぱり雨で走りにくかった？」

何の気なしにアリサが尋ねたことから、ゲームは動きだす。

「五百メートルぐらい南で、巡査に止められたんだ。さっきそのへんで事故があったらしい。緩くカーブしているあたりさ」

早くも火村の手が秘密に触れた。しかし、誰かが不用意な言動をしたのでもなく、これは不可抗力だ。アリサの問い掛けがなかったとしても、火村から雑談として持ち出したかもしれない。

「交通事故があったそうで、パトカーが停まっていたよ。『何か目撃しませんでしたか?』と訊かれたけど、こっちは『今、通りかかったところなので』と答えるしかなかった。脇見運転だか酔っ払い運転だかの車が、あわや自転車とぶつかりそうになったんだ、と説明してくれた」

火村を除く全員がそのことを知っていた。十分ほど前に大友昴から聞いて。

「ぶつかりそうになった、というだけで警官が出ているのか? 大袈裟《おおげさ》だな」

高木聡がふだんと変わらぬ調子で言う。なかなかの役者だ。

「ぶつかりはしなかったけれど、転倒して怪我をしたそうだ。転んだのは五十代の男性で、そっちにも落ち度はあったみたいだな。無灯火の上、宵《よい》の口から酒が入っていた。自転車だって軽車両だから、酔っ払って乗るのは道交法違反だ」

ほろ酔いで自転車を漕いだぐらいで道交法を持ち出すところが正義漢と呼ばれる所以《ゆえん》かもしれない。しかし彼は道徳家ではなく、ただ客観的事実を述べているだけだ、とアリサは思う。その証拠に、自分も自転車に乗って帰らなくてはならないのに、平気でビールを呷《あお》っている。

「転んだ当座は、本人も大丈夫と思ったらしい。ところが、自転車を起こして乗ろうとした時に、眩暈《めまい》がしてしゃがみ込んでしまった。頭を打ったんだな」

「ふぅん。細かい状況まで、よう知ってるんやな」

岡崎清太郎が言う。気味悪がっているようにも見えた。

「俺を止めた巡査がペラペラとよくしゃべったんだ。丁寧なのか、話好きなのか。『あなたも気をつけてね』と言って解放されるまで、十分はかかった」

火村は、ビールをひと飲みしてから続ける。

「被害者は、自分にぶつかりそうになったのがどんな車だったか、まるで覚えていない。カーブの中ほどで、ふらりと寄ってきた。自転車を転倒させたことにも気がつかなかったのか、まったく減速せずに走り去ったらしい」

大友から聞いている。脇見運転が原因だった。自転車が倒れるのはバックミラーで見たが、すぐに立ち上がる男の姿に安心して、そのまま逃げてしまったのだ。

ところが、その五十代男性は無事ではなかった。眩暈に襲われた彼がしゃがみ込むところを見ていたら、大友たちも慌てて引き返したのではないだろうか。アリサはそう思いたかった。

「五百メートルほど南か。あのへんは夕方以降は人通りが少ないから、目撃者を探すのに苦労するかも」

松永千砂が呟《つぶや》く。片平は話題の転換を図った。

「それで雨の中、足止めされたわけか。アンラッキーやったな。埋め合わせのつもりで、いっぱい食べてくれ。申し合わせたわけでもないのに、みんなが持ち寄ったものが見事に違うやろ。なんで、こんなにうまい具合に分かれたんやろうな」

「幸運のおかげだろう。——じゃあ、いただきます」

火村は割り箸《ばし》でポークウインナーを取った。ひと口かじって、みんなを見返す。

「どうして俺に注目してるんだ？　たくさんの視線を感じるんだけどな」

「気のせいさ。自意識過剰だ」

ふっと高木が笑った。先ほどは名優だったが、今度は大根役者だ。アリサの目にもわざとらしかった。

「さては、俺がくるまでに噂話のネタにされてたか。どうせ、ろくなことを言われてなかったんだろうな」

そういうことにしておこう、と勝田は考えたらしい。

「遅れてくる奴は噂話の材料になるのが宿命や。高木なんか、ひどいぞ。定員オーバーで誰かがエレベーターに乗りそこねるやろ。そしたら、扉が閉まるなりそいつの悪口や。『心掛けがよくないからエレベーターにも嫌われるんだ。だいたいあいつは——』とか。無茶苦茶やで」

これを奈保がフォローする。

「あ、別に火村君の悪口を言うてたわけやないよ。『将来、研究者になるみたいやから、藤間《ふじま》先生のゼミを取って院に進むんやろなぁ』とか言うてただけ」

「ゼミは藤間先生と決めてる。あの人がいるから、この大学を選んだんだから」

迷いなく言ったので、勝田がその話に乗る。

「藤間先生についたら、前途洋々かもな。うちの社会学部には〈変人枠〉というのがあって、今は藤間先生が該当するらしい。あの人が定年退職した後、火村教授がその椅子を継承したらええやないか」

火村はにこりともせず、みんなが望んでいない方に話を戻した。

「さっきの事故は、七時過ぎのことらしい。俺が片平に電話をしたのは七時ちょうどだ。その時、『ゆっくりこい。まだ松永さん他二名だけで、ほとんど面子《メンツ》が揃っていない』と言ってたな」

片平は頷く。

「ほとんどの面子が遅刻したということは、事故があった時間に、ちょうどあのあたりを通りかかった人間がいるんじゃないか？」

いたって自然な発想だ。この中の誰かが加害者だと疑う根拠などないから、何気なく尋ねただけだろう。

大友と岡崎がどんな反応をするのかが気になったが、アリサは努めてそちらを見ないようにした。観察力の鋭い火村のことだから、わずかな視線の動きも見逃しそうにない。

「清太郎と大友は見てへんよな。七時にはここにきてたから」

片平がさらりと言った。ほとんどの面子が揃っていない、ということは、すでに着いていた者がいたことになる。それは千砂と高木、勝田なのだが、片平は到着した順番を入れ替えて、〈真犯人〉である岡崎と大友をかばうことにしたのだ。二番目に着いたのは、奈保とアリサだ。しかし、「その次は私たち」と言うのがまずいことにアリサは気づく。

――車が駐《と》まってる順番を、火村君は見たかもしれへん。先頭が岡崎君のセリカ、二番目が勝田君のジムニー、三番目が奈保のムーヴ。奈保と私が最後にきたことにするのが無難やわ。

声が上ずらないように注意しつつ、アリサは言った。

「二番目が勝田君と高木君やったね。何か見てない?」

二人は「いいや」とだけ答える。よけいなことを言うまい、と慎重になっているようだ。

「そう。奈保と私は、北からきたんで、そのカーブがある道を通ってないわ」

北から別のルートできた、というのは事実だ。時間に余裕があったので、二人は鞍馬《くらま》方面にドライブをして、岩倉《いわくら》あたりで買い出しをしてからここにきたのだ。「それは本当か?」と火村に質《ただ》されることもないだろうが、必要とあらば買い物をした店のレシートを示せる。

――とっさに機転が利いたな、私。

これで全員が事故と何の関わりもないことになった。もう事故の話題に幕を引けたかと思ったのだが――

火村は黙ってしまう。

アリサは不安に駆られ、周囲に尋ねたくなった。私は何かおかしなことを言ったか、と。緊張が伝染したのか、誰もが口を噤《つぐ》んでしまった。最悪だ。

人差し指で唇をなぞりながら、火村は何か考えているようだった。やがて、低い声でアリサに言う。

「三台の車がどういう順でここに着いたのか。君が勘違いをしたのだとしても、それしきのことを全員が錯覚するとは思えないな」

ひやりとした。

「どうしてつまらない嘘をつくんだ？　みんなグルになって」

（ボン！）と、無音の爆弾が炸裂《さくれつ》した。

こうも簡単に自分たちの嘘が見破られた理由が判らず、アリサは戸惑った。他の面々も同じ思いだったであろう。

「おかしなことを言うね、火村君。嘘なんかついてないけど……」

千砂が、もごもごと応じた。探りを入れるように。

「いや、阿川さんが言ったことは明らかに不正確だ。それを訂正する人間がいないということは、ここにきた順番について、みんなして俺を騙そうとしているんだ。そんなことをして何が面白いのかな。面白くはない。ただ、そういうことにすると、岡崎と大友にアリバイが成立する」

「アリバイって……さっきから話に出ている事故についてのアリバイか？　お前、清太郎が下手な運転をして、自転車をこかしたと思うてるみたいやな。えらい飛躍や」

勝田は精一杯とぼけていた。変なことを言う奴だな、理解できないよ、とばかりに作り笑いを浮かべている。

「ああ、飛躍はある。だけど、それぐらいしか利益が思いつかない」

火村のバリトンが、室内に小気味よく響く。

「もしそうだとして、合点がいかないのは、どうして君たちが結託して俺だけを真実から遠ざけようとしているのか、という点だ。ぼんやりと想像はつくけどな。岡崎と大友は、自分たちからカミング・アウトしたんだろ？　あるいは、様子がおかしくて、誰かに『何かあったのか？』と訊かれ、白状したのかもしれない。いずれにしても、みんなで丸く治めることにしたわけだ。『大事に至らなかったようだから、まあいいじゃないか。火村がいなくてよかった。あいつなら硬いこと言って、警察に行くよう勧めたかもしれない』ってところか？」

図星だったが、火村自身が言うとおり、それしきはぼんやりとした想像にすぎない。ことは人身事故なのだ。友人をその加害者扱いするには理由が薄弱すぎる。

いや、それ以前に、全員が火村に嘘をついているなどと、どうして決めつけられるのか？　そう断じる根拠を説明してもらわなくては、いくら図星を指されていても納得できるものではない。

　大友が何か言いたそうにしている。自供したくて、口がむずむずしているらしい。それを制して、片平が詰問する。

「なぁ、火村。自転車に車をぶつけたわけではないとしても、まあ当て逃げに等しいわな。マナー違反の域を超えて犯罪や。友だちが罪を犯したやなんて、軽々しく推測で言うべきではないやろ。なんでそんなことを言いだしたんや？」

「待てよ。大友が発言したそうだぜ。その車のハンドルを握っていた者として、反省を述べたがっているのかもしれない。機会を与えるべきだ」

　これもショッキングな指摘だった。事故を起こした時、運転していたのが岡崎ではなく大友だったと何故判ってしまったのか？　アリサは空恐ろしくなる。

　割り込んだのは高木だった。

「その前に、火村君は片平君の質問に答えるべきだろう。大友君が運転していただなんて言いだした理由も気になるけれど、まずは岡崎君の車が最後にここに着いた、と言い張る根拠が聞きたい」

　火村はすっと立ち、窓辺に寄った。家の前に並んだ車を見下ろしてから、こちらに向き直る。

「君たちはつくづく善人だな。あんな嘘が通用すると思うなんて甘い。三台の車が到着した順番はこうだ。まず、勝田と高木が乗ったジムニー。次が笹山さんと阿川さんのムーヴ。最後に大友が運転してきたであろう岡崎のセリカ。合ってるだろ？」

観念して岡崎が認めた。

「そのとおり。どこかで見てたみたいに言い当てるんやな」

火村は、面白くもなさそうな顔で説明を始める。

「不思議がるようなことじゃない。この家に入る前に、落とし物をしてね。それを拾おうと屈《かが》んだら、岡崎の車の下が濡れていた。雨が降りだしてから着いたことは子供にでも判るじゃないか。何気なく他の車の下も覗いてみると、どちらも乾いていた。このあたりで何時何分から雨が降り始めたのかは知らないけれど、岡崎の車が最後に着いたのは疑いの余地がない。それなのに君たちは彼の車が一番乗りだったと言った。俺がどれだけ疎外感に襲われたことか」

確かに、それでは言い逃れができない。火村がそんな情報を仕入れていたとは、思いもしなかった。

「この家の前には、ちょうど車を三台駐車させるスペースがある。最初にきた人間は、奥から詰めて停めるのが常識だろう。ところが、一番乗りしたであろう勝田はそうせず、前に一台分のスペースを空けた。どうしてそうしたのかも見当がつく。岡崎の車の下に、黒っぽい布が丸まって落ちていた。あれが小動物の死骸にでも見えたんじゃないか？あるいは正体不明の無気味なものに映った。だから、それを轢《ひ》いてしまわないよう奥に詰めずに車を停めたんだ」

勝田は、高木と顔を見合わせてから頷いた。

「まさに、そうや。烏《からす》の死骸かと思うたんやけど、降りてよう見たら汚れたタオルや。なあんや、とそのまま放置したわ」

タオルを拾ってしかるべきところに捨てはせず、車を奥まで詰めることも怠った。二人とも荷物を両手いっぱいに抱えて車を降りたはずで、それを早く片平邸に運び込みたかったのだろう。

火村は続ける。

「二番目にきたのは笹山さんの車で、停めやすいよう最後尾に駐車した。その後で雨が降りだした。最後に着いた岡崎の車は、一番奥に停めるしかなかったわけだけれど、免許取り立てで車庫入れに悩んでいる岡崎に、あの縦列駐車は難度が高すぎる。大友が運転してきたんだな、と思った」

この家に入るまでに、それだけのことが彼の頭にあったのだ。アリサたちの嘘が瞬時で露見したのも無理はない。

片平が異議を挟む。

「清太郎の車を運転していたのは大友や、と考えた理由はそれだけか。そんなもん、いったん手前で車を停めてから運転を代わったのかもしれへん」

火村は人差し指を立てて、ゆっくり振った。そんな気障《きざ》な仕草は半分冗談なのだろうが、変に板についていた。

「雨が降っている中で、わざわざそんな面倒なことはしない。ここは袋小路なんだから、頭から斜めに突っ込んだ不細工な駐め方をしても、誰にも迷惑はかからない」

「理路整然やね」

千砂が感心した。みんな火村の弁舌に聞き惚れているようだ。先ほどまでの張りつめた空気は霧消している。

「新車の乗り心地を試したくて、『運転させてくれ』と大友が頼んだんだろう。ところが、運転に慣れた頃の油断からか不注意な事故を起こしてしまう。自転車の男性が立ち上がったことに安心して、そのまま立ち去った、という理屈が通るかどうかは怪しいな。現場にはブレーキ痕がなかった。向こうが勝手に転んだだけ。接触していないので車体に瑕《きず》もついていないから逃げればバレない。ただただ自分に都合がいいように判断したんじゃないか？」

大友と岡崎は、悄然《しょうぜん》となっている。二人をかばうため、火村を騙そうとした自分たちも糾弾されているのだ、とアリサは感じた。

火村は、ふうと溜め息をつく。

「どうするかは君たちの判断に任せるよ。今夜のお楽しみを壊した俺は帰る」

革ジャンに片袖を通しながら出ていく。最後の言葉は、少し淋しげだった。

5

結局、大友と岡崎はその夜のうちに警察に出向いたのだそうだ。幸いなことに転倒した男性は軽傷ですみ、「これからは、くれぐれも安全運転で」と警察から諭《さと》されただけで一件落着した。

「火村君のおかげで、誰もわだかまりを抱かずにすんだんです。ごく小さな事件ですけど、名探偵誕生前夜のエピソードというのは、こんなものなのかもしれません」

興味深い話だった。地下街で彼女とばったり会わなかったら、私は一生知らずにいただろう。

「現われてから、ものの十五分もしないうちに事件を一つ解決させて、すっと帰ってしもうたんで、夢みたいでしたね。悪いことはできないなぁ、とも思いました」

「どこに名探偵がいるかもしれないからですか？」

アリサは、とうに冷めているであろう紅茶を飲み干す。

「それもありますけれど……。火村君がいくら名探偵でも、駐まってる自動車の下を覗いて回る習慣はないはずです。たまたま落とし物をして、それを拾おうとしたから、ある車の下だけ濡れてることに気がついたんでしょう。うちの先生の口癖ですけど、天の配剤、天網恢恢疎《てんもうかいかい》にして漏らさず。彼が何かを落としたことは、神様のお導きやったんかもしれません」

これには異論がある。偶然のなせる業《わざ》だと私も思うが、それは火村が落とし物をしたことではない。

「阿川さんは素直な人ですね。火村の言うことを真に受けすぎですよ」

えっ、という顔をされた。

「落としたらころころと転がって、車の下に入ってしまうようなものって、何ですか？自転車の鍵ではない。コンビニの袋からこぼれたおにぎりやスナック菓子とも思えない。最もそれらしいのは硬貨でしょうけれど、財布を出すような場面ではありませんでした」

「……火村君が何を落としたのかやなんて考えたこともありませんでしたけど、有栖川さんは判るんですか？　信じられません。そっちの方が名探偵かも」

そこまで買いかぶってもらう必要はない。私の頭にあるのは、単なる憶測だ。

「文字どおり天の配剤がありました。雨ですよ」

「ええ、それは判っています。あんなタイミングで雨が降らなかったら、どの車が最後にきたのかやなんて推理できませんでした」

私が言おうとしているのは、そういうことではない。

「ああ、違います。雨が降ったから、片平邸の隣家の塀に座ってた野良猫が車の下に移動したんです。猫って、そんなふうに雨宿りをするやないですか」

「……はい」

「その猫が、ニャアと鳴いたんでしょう。それで火村は、屈んで覗き込んだわけです。ほとんど反射的に」

納得してもらえるだろうかと思ったが、彼女にも思い当たる節があったらしい。

「言われてみたら、そうかも。火村君、猫が好きみたいでした。キャンパスに紛れ込んだ仔猫の相手をしているのを見たことがあります」

「『好きみたい』やなくて、好きなんです。今、三匹面倒をみていますよ。微笑ましすぎるでしょう？」

彼女は、口許を隠して笑った。

「彼のイメージが変わりました。いえ、決して悪く変わったわけではありません。むしろ好感度がアップしました」

「私たちがお茶をご一緒して、あいつは得をしたわけですね」

随分話し込んでしまった。彼女がさりげなく腕時計を見たので、伝票を取った。私に払わせてもらう。

「楽しい話を聞かせてもらったら謝礼をしないと」

「こちらこそ、有栖川さんのおかげで胸の痞《つか》えが取れました。ありがとうございます」

私たちは、店の前で右と左に別れる。最後に彼女は尋ねた。

「大学時代から火村君は若白髪が出ていましたけれど、だいぶ増えましたか？」

「いくらか。でも、そんなに甚《はなは》だしくはありません。——阿川さんとお目にかかったことを話しますよ。どちらの弁護士事務所にお勤めなんですか？」

「それは——」

言葉を濁して首を振る。彼のことは、遠い日の想い出にしておきたいのかもしれない。

荷物を両手に歩きだしながら、私は脳裏に描いてみる。

空きっ腹にビールを二杯ほど入れた火村が、雨上りの京都を自転車で駈けていく。不機嫌そうな顔をしていたことだろう。

菩提樹荘の殺人

1

阪神高速道路を芦屋《あしや》出口で降り、市内を北西から南東にかけて貫流する芦屋川に沿って北へと向かう。七月初めの空は晴れ渡って、愛車ブルーバードのご機嫌は麗《うるわ》しく、六甲《ろっこう》山頂へでもドライブをしたい気分になりかけるが、そうはいかない。私はこれから殺人現場に行こうとしているのだ。

新作の印税で買った新しいカーナヴィが示すところによると、もう目的地の近くまできているらしい。眼前には六甲山の緑が迫って、川から逸《そ》れると家並みは途切れがちになる。

「目的地に着きました」

テレビの中継車の横を通り過ぎ、警察車両が見えたあたりで機械の声が告げた。森のような木立の間から、黄色っぽくくすんだ家が覗《のぞ》いている。

さて、誰に現場まで案内してもらおうか、と迷う間もなく、顔馴染《かおなじ》みの遠藤《えんどう》刑事が火村英生《むらひでお》と並んで立っているのを見つけた。オンボロのベンツを京都から走らせてきた彼に後れを取ったようだ。

「相次いでご到着ですね。お待ちしていましたよ、有栖川《ありすがわ》さん」

遠藤が言う。火村も着いたところだった。車を降りながら私は声を掛ける。

「早いやないか、先生」

「こっちは九時からの講義を受け持ったりしているんだ。宵《よい》っ張りの小説家よりは動きが速いさ。――寝癖がついたままだぞ」

「お前こそ、ちゃんとネクタイを締めんかい。いつも首に引っ掛けてるだけやないか」

大学時代からの付き合いなので、お互い口の利き方に遠慮がない。優しいパパ然とした遠藤は間でにやにやしていた。

「被害者は桜沢友一郎《さくらざわゆういちろう》だと伺いましたが、辺鄙《へんぴ》なところですね。素晴らしい環境ですけれど」

私の問いに、兵庫県警捜査一課の刑事は丁寧な口調で答えてくれる。

「東京の港区と大阪市内にマンションを持っていて、ふだんはその二つを忙しく行き来していたようです。ここは別荘のように使っていたみたいですよ」

「週末を過ごすとか？」

「マネージャーを務めていた姉の話によると、土日とは限らず、多忙な合間を縫って寛《くつろ》ぎにきていたそうです。ここがお気に入りだったんですね」

それを聞いて犯罪学者が言う。

「でしょうね。桜沢友一郎がテレビにもよく登場する売れっ子なのは私でも知っています。毎週、日曜日夜のテレビ番組にゲスト出演していることも」

『日曜フォーカス』という全国ネットの番組だ。テレビをつけながら週明けの講義の準備をしたりするのだろうか？　だとしても、毎週欠かさず視聴しているのではあるまい。

「桜沢がゲストで出るのは月に一回だけや。毎週やない」

と言えるのは、私は何となく毎週観ているからだった。遠藤が付け足す。

「有栖川さんの言うとおり、月に一回の出演です。家内が好きな番組なので、私も付き合いで観る機会があります。うちの奴、ショックを受けるでしょうね。口には出しませんけれど、桜沢のファンだったらしいので」

桜沢友一郎は女性に人気があった。とても五十三歳とは思えない若々しさ、いわゆる甘いマスク、聞く者を惹きつける巧みな話術。いずれをとっても申し分がないばかりか、殺人現場に白いジャケット姿で現われる当年とって三十四歳の火村先生と違ってファッションセンスもよい。

自分もあのようにありたいものだ、と思う中年男性からの支持もあるというが、私は同調しかねる。桜沢の外見や話術が魅力的であることは認めるとして、言葉が物事の上っ面を滑っているように思えることもしばしばで、彼の話の中身に感心したことはなかった。しかし、そんなことを指摘するのは野暮で、あれぐらいのコメントを生番組で滑《なめ》らかに言えるのがテレビ局の求める才能なのだろう。

そのような本音を人前で洩らすことは自重している。桜沢が書いた『エヴァーグリーン・ライフ　若くあり続けるために』は何十万部だかのベストセラーになっていたから、売れない推理作家のやっかみと誤解されてはかなわない。

「家は後でご覧いただきましょう。まずは現場へ」

桜沢は邸内で殺されたのではなかった。遠藤は先に立って、木立の間へ進んでいく。塀や柵で囲われてはいないが、ここも桜沢邸の敷地内だということだ。

どこまで行くのかと思ったら、ものの二十メートルも歩かないうちに遠藤の足が止まる。私たちは小さな池の畔《ほとり》に出ていた。ひしゃげた円形をしていて、周囲は五十メートルばかりだろうか。遺留品を探し求める捜査員たちの姿が散っている。水面はオリーブ色に濁り、立木の影を映してはいなかった。風が吹くと微《かす》かに漣《さざなみ》ができて、四方で細かな葉擦れの音がする。

そこから裸の両脚が角のように突き出していたら横溝正史《よこみぞせいし》の『犬神家の一族』だが、桜沢の遺体が見つかったのは地面の上だ。高さが十メートル以上は優にある大きな木の根元付近で倒れていたという。それが見つかったのは昨日の午後九時前。今はその翌日の午前十時だから、当然ながら遺体はとうに運び出され、司法解剖に回されている。

「お忙しい中、京都と大阪からご苦労さまです」

木の陰から樺田《かばた》が顔を出した。いつもながらの美声は、屋外の風の中でもよく響いた。太い眉をした敏腕の警部だ。

「今年は空梅雨《からつゆ》で、とんと雨が降りませんね。湿度は高くて、昨日からじめっとしていますが」

ここは流れのない水辺だから、湿度はよけいに高そうだ。

「殺されたのが有名人だというだけでなく、ちょっと変わった形で見つかったものですからご連絡させてもらいました。ご協力いただけて助かります」

実際の犯罪捜査に加わり、犯罪社会学のフィールドワークとする火村准教授に対する謝辞である。助手もどきを務める私も軽く頭を下げてもらう。

「変わった形とは？」

火村も何も聞いていないのだ。遠藤が説明してくれる。

「死体はこの木のすぐ脇に、うつ伏せで倒れていました。左の側頭部に石のようなもので殴られた痕があり、脳挫傷が死因です。凶器は見つかっていません」

人を殴れそうな石なら、そのあたりに転がっていた。犯行後、池に投げ込めば簡単に処理できる。

「頭部の傷以外に目立った外傷はなく、被害者と犯人が激しい格闘を演じたふうでもない。多少の揉み合いはあったかもしれませんけれどね。変わった形とはどういうことかと申しますと、発見された時、死体の上半身は池の水に浸かっていました。蘇生を恐れた犯人のしわざかと推測されます」

残酷ではあるが、それだけならさして変わったことでもない。

「おかしなことに、死体はトランクスを穿《は》いていただけで、他に衣服を身につけていませんでした。被害者が着ていたブランド物のワイシャツとスラックス、および下着の袖なしシャツは、この池に浮かんでいたんです。靴は死体の脇に置いてありました」

この池、と言うところで刑事はオリーブ色の水面を指差した。言うまでもなく、それらも回収ずみで今はない。

「犯人が衣類を剝《は》ぎ取って、池に捨てたということですか?」

捜査を始めたばかりの刑事にそんな質問をしてしまうのは私だ。

「どうでしょう。そのように思えますが、確証はありません。脱がせて持ち去ったのなら、まだ理解できるんですけれど」

そうだろうか?

「服を持ち去るのも妙ですよ。被害者は有名人で、しかもこの家の持ち主なんですから、そんなことをしても死体の身元を隠せません」

「身元を隠そうとしたとは限らない。別の事情があったのかもな」

火村が言った。私はその顔を見ながら訊《き》く。

「別の事情とは?」

「たとえば、自分が欲する何かを被害者が肌身離さず身に着けていると思った犯人が、衣類を剝ぎ取って念入りに探したかもしれない。目的のものが見つかったのか、見つけられなかったのか、それは判らないな。いずれにしても用のなくなった衣類を、ぽいと池に投げて去った」

なるほど。しかし――

「下着のシャツまで脱がす必要はないやろう。それに、徹底的にやるんやったらトランクスも剝ぎ取りそうや」

「有栖川先生のおっしゃるとおり。どんな事情があったのか、今の段階では見極めるのは至難の業《わざ》だな」

再び、なるほど。私はせっかちすぎるようだ。

樺田警部は、上着のポケットから数枚の写真を取り出した。火村と並んで見てみると、トランクスだけを身に着けた男が木の根元にうつ伏せで横たわっている。池から引き揚げられた後に撮られたものだ。右足のそばに茶色い靴が揃えて置いてあった。均整のよく取れた美しい肉体だ。被害者は自著に上半身裸の近影を載せていたそうだが、誇りたくなるのも無理はない。

仰向《あおむ》けで写された顔は、眠っているかのごとく穏やかだ。見間違えようもなく、あの桜沢友一郎だった。こうして死に顔を見ても五十路《いそじ》を三つも過ぎているとは思えず、火村や私と同世代で通りそうだ。

衣類の写真もあった。ヴェルサーチの青っぽいシャツとチャコールグレイのパンツスラックス、Vネックの袖なしシャツ。そして光沢《こうたく》のある洒落たハンカチが一枚。

「スラックスのポケットに入っていたのは、そのハンカチだけです。他の所持品は見つかっていません」

樺田が言うと、火村は顔を上げて尋ねる。

「家の鍵がありませんね。携帯電話は？」

「鍵も携帯も、どこへ行ったのか判りません。犯人が持ち去ったのか、池に落ちたのか。池の中の捜索をやらねばなりません」

水が濁っているので、沈んでいるものを探すのは容易ではなさそうだ。

「死亡推定時刻はどうなっていますか？」

「昨日の午後六時半から八時半というところですが、七時半頃に被害者と電話で話したという証言があり、それが事実だとすると犯行推定時刻は狭まります」

電話の相手は在京テレビ局のディレクターで、来月の予定に関する簡単な打ち合わせだったらしい。証人の携帯電話の記録などから、ほどなく裏が取れるだろう。

「そのディレクターの証言が事実だとすると、七時半から八時半の間に犯行が行なわれた、ということですか。まだ宵の口ですね。というても、隣家も見えんようなところやから――」

怪しい物音を聞いたり不審者を見かけたりした者を見つけるのは難しいかもしれない。

「発見者は、被害者の姉でマネージャーをしていた桜沢亜紗子《あさこ》、五十四歳。被害者と相談したいことがあり、ここにいるのではないか、と見当をつけて車で訪れ、池のあたりを捜していて見つけたということです」

「家にいなかったので、このへんも見にきたわけですか？」

「はい。『玄関に鍵が掛かっていたけれど、友一郎の車があったし室内に明かりが灯っていたので、弟がきているのが判りました。付近を散歩しているのかもしれない、と思って捜してみたんです』とのことです。被害者は、この池の周囲を散策するのが好きだったそうで」

亜紗子への事情聴取は昨夜のうちに行なわれていたが、警察に請われて今朝からまた別荘にきているという。

「この後、本人から詳しく聞いてください。池に首を突っ込んで倒れている弟を発見した彼女は、懸命にその上半身を引き揚げて、頭部の傷にあらためて驚きます。すでに脈がないことに絶望しながら、消防と警察に電話をかけたのが八時五十六分から五十八分にかけてでした。その時間は記録によって確認されています」

よく判らない点がいくつかあったが、遠藤が言うとおり本人の口から聞くのがよさそうだ。

火村は身を屈《かが》めて周辺を見て回ってから、背中を伸ばして傍らの木に寄った。そして、幹に手を置いて見上げる。つられて私も視線を上げると、ハート形をした葉の中に淡黄色の小さな花がいっぱい咲いていて、ほんのりと甘い香りが頭上から降ってくる。

こんな場面で不謹慎なことに、彼は口笛を吹き始めた。警部らの不興を買ってはまずいので私は止めた。

「真面目にやれ」

あんまり見事だったので、つい彼が吹いていたのは、シューベルトの『菩提樹』のメロディだった。私は木の幹を叩いて訊く。

「これは菩提樹か？」

ものを知らない作家だな、と思われたかもしれない。

「はい」と答えたのは、遠藤だった。「私も植物には疎《うと》いんですが、桜沢亜紗子さんに教えてもらいました。この木は西洋菩提樹です」

「西洋……ということは、インドに生えている菩提樹とは別物なんですか？」

「そっちは熱帯でしか育たないそうですよ。種類が違うんですね。日本で見掛けるのは、こっちの菩提樹。——この家のシンボルツリーで、被害者は自分の別宅を〈菩提樹荘〉と呼んでいました」

それにかぶせて警部が言う。

「そこで起きた事件ですから、有栖川さんがお書きになる小説風に言うと、菩提樹荘殺人事件ということになりますか」

菩提樹荘殺人事件。

そう聞いて、どきっとした。

2

「菩提樹荘だとか、リンデンバウム・ハウスだとか、気取ったことを言っていました。どんな大邸宅かと思われそう。このとおり、そんなご大層な家でもないのに」

桜沢亜紗子はつまらなそうに言ったが、いやいやご大層な邸宅だろう。確かに外観こそ古びてはいたが、内部は全面的に改装が施されていて、高級ホテルのスイートルームのようだ。もともとはいくつかの部屋に分かれていたそうだが、壁をぶち抜いた広いリビングになっており、明るく現代的なデザインの調度で統一されていた。金に糸目をつけないからできるとはいえ、桜沢友一郎の趣味は低くない。

ここを買ったのは羽振りがよくなった二年前。競売に出ていたものを割安で落札し、今のように改装したのだそうだ。池の畔の菩提樹がいたく気に入ったのは、樹形のよさもさることながら、いつまでも青々とした常緑樹だからなのだろう。

そのリビングで火村と私は赤い革張りのソファに掛け、亜紗子と向かい合っている。一人掛けの肘《ひじ》掛け椅子に座った遠藤は、私たちを彼女に紹介した後は唇を結んでいた。

「菩提樹がえらく気に入っていたんです。シューベルトの名曲で歌われた木ですし、お釈迦《しやか》様がその下に座って悟りを開いたという言い伝えも影響しています。調子に乗って、あの池のことを〈涅槃《ねはん》池〉なんて呼んだりして……。その池に頭を突っ込んで死んでいたんですから、まるで悪い冗談です」

桜沢亜紗子はそっと面を伏せる。肩は深く落ち、弟の非業の死に胸を痛めているのは間違いなさそうだ。

「悪い冗談と言えば、もう一つ。弟がお気に入りだった西洋菩提樹は、インドのものと別の種類で、おまけに落葉するんです。シンボルツリーにしたのは失敗でしたね」

常緑樹ではなかったのか。私はつくづく菩提樹について無知だ。

ソファ近くの壁には、亡き友一郎の額装された写真がいくつも飾られていた。胸にコサージュをつけたスーツ姿のものもあれば、著名人と並んで微笑んでいるものもある。どの顔も成功者らしく得意げだ。眉の形がよく、鼻筋が通って爽《さわ》やかな顔立ちだった。

亜紗子は、どちらかと言うと冷たげな顔をしている。弟は卵形の顔をしているのに対して、こちらは顎《あご》が尖《とが》って面長《おもなが》だ。前髪をクレオパトラ風に切り揃え、同年輩の女性とは異なる雰囲気をまとってはいるのだけれど、神秘的なものはなく、どことなく俗臭が漂う。――そう、その俗な雰囲気だけは弟と共通していた。

火村の第一印象がどうであったかは判らない。哀悼の言葉に続けて、淡々と質問をしていく。

「友一郎さんのマネージャーをなさっていたそうですね。いつ頃からですか？」

「あの子、もともとは大阪のクリニックに勤めるカウンセラーです。それはご存じですか？　ひょんなきっかけからテレビやら雑誌やらマスメディアへの露出が増え、ここ二年ほどは有名文化人のようになっていました。それで、仕事を選んだりスケジュールを管理したりするためのマネージャーが必要になったんです」

弟から相談を受けた彼女は、それまで勤めていたイベント企画会社をあっさりと辞めて自らがマネージャーを引き受けた。適性があると自任していたためで、また事実そうだった。

「どうせ報酬を払うのなら血を分けた身内がいい、と思ったんでしょうね。私は若い頃から商業イベントの企画に関わっていましたから、才覚を信じてもくれたのでしょうけれど」

「友一郎さんのご活躍ぶりについては、あまりテレビを観ない私も承知しています。カウンセラーらしい説得力豊かな語りが人気を博しただけではなく、若さを保つ秘訣の伝道師としても評判だったようですが――」

火村の言葉にかぶせて、亜紗子は言う。

「アンチエイジングですね。最近は、もっぱらそちらが売り物でした。あのとおりの驚異的な若さでしたから。『エヴァーグリーン・ライフ』という本は半年間で三十万部売れて、まだ版を重ねています」

そう言う亜紗子はというと、実年齢よりかなり若くは見えたが、肉体が若さを保っているというより、技巧を尽くした化粧でカバーしているようだ。弟のアンチエイジング術を実践していないのか、その効果は人を選ぶのか、いずれだろうか？

「その本は拝読していませんが、医学的なケアよりも精神生活で老化を防ぐ、といった内容だと仄聞《そくぶん》しています」

「ソクブン。大学の先生らしく難しい言葉をお遣いになるんですね。ええ、そうです。あれを食べてはいけません、これを食べましょう。毎日五分でいいからこんな体操をしましょう。こういう呼吸法が若さの源になります——といった話はいっさいしません。あの子が唱えるアンチエイジング法は、精神的な若々しさを保ち、増進させることで肉体の老いを遠ざける、というものです」

彼の著書は私も未読だが、雑誌でさわりを読んだことはある。今、亜紗子が話したようなことを、表現を変えながらひたすら繰り返しているらしい。気持ちが若ければ肉体の老化が止まるなどというのは非医学的で、実用性があるとは思えない。それでも、著者の写真を見れば奇怪な説を信じたくなる読者が大勢いるのだ。

「クリニックでのカウンセリングも続けていたんですか?」

「いいえ、そちらは半年前からほとんど休業状態でした。最近はテレビ出演や講演などが中心で、本の執筆を増やしていこうとしていました。大手の各出版社から依頼が殺到していたので」

ご同慶の至り……でもないか。私は何もうれしくない。

「東京と大阪を週に何度も往復していらして、たまにこの家で骨休めをしていたのだとか。昨日はオフだったんですか?」

「はい。一昨日の夜に東京で仕事があり、昨日の昼過ぎに新幹線で帰ってきて、そのままこちらにきていました。私は、ずっと大阪のオフィスにおりましたけれど」

「マネージャーとして、東京の仕事に同道したりはしなかった？」

「そういうことは、あまりしません。秘書的な付き人がいて、彼が一緒でした。鬼怒川《きぬがわ》正斗《まさと》という者です」

その秘書だか付き人だかに彼女がオフィスで報告を受けたところによると、東京での仕事――この秋に発売を予定しているＤＶＤの収録――は無事にすみ、友一郎とは新大阪駅で別れたという。

「その時に、芦屋の家に向かったと聞きました。ですから、のんびりさせてやろうとしたんですが、打ち合わせをしたいことができまして」

八時前にあるイベントの主催者から電話があり、ミスに気づいたのだ。適当な受け答えをしてその場はごまかしたが、善後策を考えなくてはならない。

そこで慌てて友一郎に連絡を取ろうとしたところ、何度かけても電話が通じない。電源を切ってしまっているのだな、と彼女は思った。

「緊急を要することだったんですか？」

「友一郎は、私の知らないところで頼まれた仕事を勝手に引き受けることがありました。悪い癖ですよ。これまでにも慌てたことがあり、昨日の夜も面倒なダブルブッキングに気がつき、どう対処すればいいのかを急いで決めなくてはならなかったので、やむなく別宅に出向くことにしたわけです。……行きたくなかったんですけれど」

寛いでいるところへ押しかけることに気が咎《とが》めたのかと思ったら、そうではなかった。

「友一郎は、ここに女性を招いていることがありました。昨日の夜もそうだったら、仕事の話をしに行くなんて無粋の極みです。それでも相談を急がなくてはならない状況だったので、電話を切っているのが悪いのよ、と自分に言い聞かせて車を飛ばしました」

「鬼怒川さんという人は伴わず、お一人で？」

「はい。昨日、鬼怒川はオフィスに顔を出した後はアガリです。休みが飛びがちでしたから」

火村は、そのダブルブッキングについて具体的な話も訊く。なるほど、かなり緊急性が高そうで、時間を置いて電話をかけ直す気にならなかったことも理解できた。

いよいよ死体発見の経緯になる。

八時過ぎにオフィスを飛び出した亜紗子が菩提樹荘に到着したのは八時四十五分頃だった。鍵を開けて入ってみると、リビングには煌々《こうこう》と明かりが灯っているのに誰もいない。友一郎の車があったから、きているのは確かだ。そのへんをぶらついているのかしら、と池の方に行ってみることにした。

「帰ってくるのを待とうとはしなかったんですね」

何気なく私が言うと、亜紗子は「ええ」と硬い声で応えた。

「暗い中に捜しに行かなくても、ここで座って待っていればよかったのに、とおっしゃりたいようですが、私は気が短いんです。早く本人を捕まえて用事をすませたかったんですよ」

　当夜の行動について、まさか私を疑っているんじゃないでしょうね、と言いたげだ。第一発見者はドラマでも怪しまれがちだから、彼女が神経質になるのもやむを得ないか。

　池の畔は暗かったが、庭の常夜灯の光がわずかに届くし、昨夜はよく晴れて月や星の明かりもあった。足許に苦労することもなく、菩提樹の近くまできたところで、池に頭を浸した半裸の男を見つけて驚愕する。顔は見えずとも、友一郎だと直感した。

「足を滑らせて、意識を失っているのかと思いました。あんな池で泳ぐわけもないのに服を脱いでいるのが解せませんでしたけれど。いつから気絶しているのか判りませんが、急いで顔を水から出してやらないと死んでしまう。そう思って体を引き起こしたら、頭に……」

　側頭部の裂傷を見て、滑って転倒しただけではないことが知れた。名前を叫びながら揺すっても反応はなく、右手首を取ってみるとすでに脈がなかった。

「その場から警察と消防へ電話をしました。いえ、一一九番が先だったかしら。混乱していて、電話をかけた順番を覚えていません」

「消防が先でした」と遠藤が短く言う。

「ああ、そうでしたか。――電話をした後も、ずっと友一郎のそばにいてやりました。何があったの、と亡骸《なきがら》に訊いたりしながら。救急車とパトカーは、五分ぐらいできてくれました」

その間、遺体の手をさすってやったりはしたが、それ以上のことはせず、現場の状態を変えるようなことはしなかったと明言する。

「池に衣類が浮いているのに気づきましたか？」

「救急車がきてから目にしました」

「友一郎さんのものですね？」

「はい。どれも見覚えがあります。友一郎の足のそばに置いてあった靴も、あの子が履いていたものです」

駆けつけた救急隊員から友一郎が死亡していることを告げられたが、手の施しようがないことは言われずとも判った。救急車は虚《むな》しく引き返し、警察の指示によって死体は池の畔に残されて、亜紗子はこのリビングで事情聴取を受ける。

「脳みそがひっくり返ったみたいで、わけが判りませんでした。記憶が飛んで、刑事さんに何を訊かれたのかもよく覚えていないぐらいです。……私、家の中に異状はないか、と訊かれて、調べて回ったりしたんですよね？」

遠藤に顔を向けて尋ねる。人当たりのいい刑事は、「はい」と答えた。

「おつらいのを堪《こら》え、丁寧に見て回ってくださいました。泥棒に荒らされた形跡はなく、特に変わった点もないようだ、ということでしたが、それでよろしいんですね？」

「はい。落ち着いてからあらためて家中を点検しても、おかしなところはありません。

昨日も申したとおり、目についたのはコーヒーと紅茶を飲んだ跡があったぐらいです」

それはどういうことか、と火村が尋ねる。

「キッチンの流しにコーヒーカップとティーカップを洗った跡がありました。それを見れば、どんな来客があったかは見当がつきます。友一郎の恋人がきていたのでしょう。昨日ではなく、何日か前にきて、お茶を飲んだ跡かもしれませんけれど」

恋人の名は、北澄萌衣《きたすみもえ》。さっき亜紗子は「ここに女性を招いていることがある」と言ったが、それは特定の女性を指していたようだ。

「あの子は恋多き男で、昔からよくもてました。あけすけに言えば、女好きです。両手の指では数えられないぐらいのガールフレンドと同時に付き合っていたこともありますけれど、最近は北澄さんだけにご執心だったようです」

「どういう方なんですか？」

「半年前まで、友一郎はクリニックで診察をしていました。現役カウンセラーという顔をするためのアリバイ作りみたいなものでしたけれど。北澄さんは、カウンセリーとして弟と出会ったんです。何をしている人か？　神戸のさるいいお家のお嬢様ですよ」

カウンセラーがクライアントと懇《ねんご》ろになったわけだ。

「褒《ほ》められたことではありません。親身になって相談に乗ってくれる異性のカウンセラーに対して、カウンセリーが恋愛感情を持ってしまう例は珍しくありません。ましてあのとおりの男振りでしたから、弟はよくよく注意するべきだったのに。弟の方から言い寄ったのでなければよいのですけど」

そのあたりの詳しい事情については承知していないと言う。

「お嬢様ということは、若いんですか？」

「二十五、六でしょう。ええ、不釣り合いに若いですよ。でも、弟は自分が心身とも三十代のつもりでいましたから、ちょうどいいと感じていたんでしょう」

火村は、亜紗子の顔を見つめながら訊く。

「その北澄萌衣さんとお会いしたことはありますか？」

「一度だけ。うっかり鉢合わせしてしまったことがあります。ここは私の別宅でもあるので、ふらりとくることがあるんです。その時に、たまたま二人がいて、お互いにバツが悪い思いをしました。可愛いお嬢様でしたよ」

「友一郎さんとの関係は良好だったんでしょうか？」

「知りません」

突き放すような返事だった。火村は質問を変える。

「友一郎さんは、押し込み強盗に殺害されたのではなさそうです。弟さんの身辺で、何かトラブルがあったということは？」

「軽々には答えられませんね」

亜紗子は、難しげな表情になる。思い当たる節があるから、そんな答えになるのではあるまいか。

「友一郎は、二年前に幸運を拾ったんです。梅田《うめだ》の心療クリニックを訪れた在阪テレビ局のプロデューサーが、あの子のタレント性を見抜いて、自分が担当する番組に出してみた。カリスマ・カウンセラーとかいう怪しげな触れ込みで。それをきっかけにみるみる人気者になっていったんですけど、院長さんを初めお世話になったクリニックの方たちにご迷惑をおかけしないよう配慮しましたし、自分の能力とキャラクターを売り物に成功の階段を上っただけで誰かを押しのけたりしたわけでもありません。敵は作っていないはずです」

「仕事の上で他人の恨みは買っていなかったとして、女性関係はどうですか？　たくさん恋人がいらしたそうですが」

口が重くなる。その方面では何かあるようだ。遠藤がその背中を押した。

「犯人を早期に逮捕するため、心当たりがあれば話してください。火村先生と有栖川さんは、これまでも多くの事件で警察に協力していただいており、お話しになったことが外部に漏れる心配はありません」

なお躊躇《ちゅうちょ》する亜紗子に、火村は言う。

「泥棒が侵入した様子もなく、友一郎さんには抵抗した形跡がほとんどありませんでした。不審者と池の畔で遭遇したのなら、無防備に近づいたとも思えない。顔見知りの人物と一緒にいたところを何かで殴打された模様です。あなたがご存じの人間である可能性は低くありません」

そこまで言われて、ようやく決心がついたらしい。亜紗子は、小さく息を吸ってから話しだす。

「友一郎は、付き合っていた女性と器用に別れるタイプでした。修羅場になって大騒ぎをしたことは、ほとんどありません。『コツがあるからね』なんて言っていたんですが、いつもうまくいくとは限らなかったようです。『潔く切れてくれないので困っている』という女性がいました。……その人が怪しい、と言いたいのではありませんけれど」

「ええ、判っています。参考までに聞かせてください。ここだけの話です」

ここぞとばかりに火村は声を張る。自分が信頼するに足ることをアピールした口調で、腕利きのカウンセラーがクライアントの心の鎧《よろい》を脱がそうとしているかのようだ。

「長束多鶴《ながつかたづる》さんといって、一年ちょっと前から親しくしていた女性がいました。もともとは弟のファンで、何かのデザイナーだと聞きましたが、正確なところは忘れました。どうやら弟が行きつけなのを西梅田のホテルのバーで会ったのが馴《な》れ初《そ》めなんだとか。知って、張り込んでいたみたいですね」

その長束多鶴との関係を続けながら、一方で友一郎は北澄萌衣と親密になる。

「そちらに入れ込んだせいなのか、旧《ふる》い恋人に飽きたせいなのか存じませんが、弟は長束さんとの関係を清算しようとしました。でも、ことはスムーズに運んでいなかったらしく、つい半月ほど前、私にぼやいたことがあります。『自業自得ね。スキャンダルにならないように、抜かりなくやりなさい』と言ったら、苦笑いをしていました」

苦笑いをする余裕があったのなら、それほど深刻な事態ではなかったようにも思えるが、本当のところは調べてみなくてはならないだろう。

『潔く切れてくれない』と言っていたそうですが、こんなことに困っている、といった具体的な話は聞きましたか？」

「いいえ。ただ……『芦屋の家を教えるんじゃなかった』とこぼしていましたから、ここまで押しかけてきたのかもしれません」

ならば容疑者の候補と言っていいだろう。

亜紗子は疲れたのか、ソファに深くもたれた。そして、壁に掛かった亡き弟の写真に目をやる。

「アンチエイジングだなんて、まことしやかに説いていましたけれど、私は知っています。うちの家系には、若々しい男が多いんです。五年前に他界した父もそうですし、親戚にもいます。あの子の若々しさは努力や工夫のせいではなく、単なる遺伝的体質によるものだったんです」

切り揃えた前髪をいじりながら、彼女は私たちに言う。

「ここだけの話にしていただけますね？」

3

私たちとの会見を終えると、亜紗子は大阪に帰っていった。朝から大混乱に陥り、鬼怒川正斗がてんてこ舞いをしているオフィスに戻るために。たった一人の弟の死を悲しみながら通夜や葬儀の準備もしなくてはならず、気の毒でならない。——もしも、彼女が犯人でなければ、だが。

桜沢姉弟は、五年前に父親を、三年前に母親を亡くしている。姉も弟も、両親にとって遅くできた子供だったという。老いた両親は息子の華々しい活躍を見ずに逝ってしまったのだが、その悲運は事件の捜査をするにあたってはどうでもよい。

友一郎は相当な金を蓄えているはずで、遺言状がない場合、遺産はすべて亜紗子が相続する、ということに留意しなくてはならないだろう。その金を目当てに弟を殺害するなど考えにくいが、姉弟の間に何らかの確執や対立があったとすれば、突発的な悲劇が生じることもあり得る。

そんな仮説を火村に投げてみたのだが、リビングの書棚から『エヴァーグリーン・ライフ』を取り、ページをめくっている准教授は返答しなかった。私は、さらに言う。

「友一郎が若々しかったのは単に遺伝によるものや、と言うてたやないか。あれは、ええ加減なアンチエイジング術で泡銭《あぶくぜに》を稼いでた弟への軽蔑の表明にも聞こえた。そのマネージャーだった自分自身への嫌悪も含まれてるのかもな」

「『にも聞こえた』『かもな』って、どれも憶測だな」

　本から顔を上げずに、火村は言った。

「まだ他の関係者に会ってもいない段階で、そこまで想像を広げなくてもいいだろう。――今日のお前は本当にせっかちだな。老いることを恐れて生き急いでるんじゃないのか？」

「大袈裟《おおげさ》なことを言うな。まだ三十四なんやぞ」

「いつだったか、『二十代は、あっと言う間に過ぎた』と言ってただろう。体感する時間は、これから加速度的に速くなっていくだろうから、焦りだしてもおかしくはない」

「それは自分の述懐か、若白髪が増えてきた先生？」

「これぐらいの齢《とし》になると若白髪と言ってくれない学生もいるよ。何歳まで生きられるか判らないけど、もう人生の半分は過ぎたと思っておくべきだろうな。――って茶飲み話をしている場合じゃないだろう」

　遠藤は椅子に掛けたまま、手帳を見ている。情報を整理しているのだろうが、私たちの会話も耳に入っているかもしれない。無駄口は慎むのがよさそうだ。

「『老けてきたな、と思った瞬間からあなたの若さは目減りしていきます。精神活動が身体に大きな影響を与えることは、皆さんも日常生活において経験なさっているでしょう。老化は精神から始まる、ということを心に銘記してください』だとさ」

『エヴァーグリーン・ライフ』の一節を火村が読み上げた。わざと陳腐な文章を選んで読んだのか、あるいはどのページにもその程度のご高説が書かれているのか、確かめてみたくなる。

「実用書というより宗教書やな。せめて信じる者が救われたらええんやろうけど」

火村は被害者の著書を書棚に戻す。私は、窓辺に寄って空を見上げた。頭上からヘリコプターの音が聞こえている。

「規制線をだいぶ手前に張って、マスコミさんが近づけないようにしていますからね。現場を空から撮りたがっているんでしょう。近隣住民から苦情がきそうですね」

手帳をポケットにしまって、遠藤が言った。その苦情は警察に届くのだろう。

「遠藤さんの奥さんは、桜沢友一郎のファンだそうですね。彼のどういうところが魅力なんでしょう?」

私は訊いてみる。男にはない視点で評価しているのなら知りたい。もてる秘訣を探るためではなく、事件解決のために。

「まずは見た目ですよ。いい男ですからね。でしたからね、と言うべきかな。頭の回転が速いところもポイントが高いらしい。それから何より、優しそうなところだとか。本人に会ったこともないのに、優しいかどうか判らないと思うんですが」

ファンなんて、そういうものだろう。

「女性週刊誌で取り上げられることもあって、『桜沢先生は誰にでもフレンドリーで優しい』という証言がよく紹介されていたそうですよ。そんな話を無邪気に信じているんですね。成功者というのは、たいていフレンドリーで優しく周囲に接するものなのに」

私は同感の意を表する。

「人間というのは、波に乗っていたら余裕綽々《しゃくしゃく》で他人に優しくできますよね。謙虚になることも難しくない。不遇な境遇にある時にそういうふるまいができるかどうか、で本当の姿が判ります」

成功者は余裕を持てるから人望を集めやすく、失敗者はその逆に評価を落としやすくなる。哀しい現実だ。

「女性関係は盛んだったようですが、その点について女性は寛容なんですか？」

窓際に立ったまま火村が尋ねる。

「いい男なんだからもてるのは当然で、行儀が悪いことが多少あっても仕方がない、ということでしょう。家内もそう言っています。艶福家《えんぷくか》ですよ。――桜沢の場合、やっぱり若々しさが利いてるのかな。男は年相応の貫禄も大事だ、と私なんかは思うんですけど、そういうのは最近はやらないみたいですね。若々しいのは無駄な苦労で老けていないからで、それはつまり優秀である、という見方があるのかもしれません」

またも茶飲み話っぽくなってきたな、と思った時、玄関のドアが開いた。ぬっと現われたのは、遠藤とは対照的に無愛想な野上《のがみ》だ。この部長刑事がまた四十代とは思えない老け顔で、今時ドラマの中の刑事でもこんな地味な恰好《かっこう》はするまい、というスタイルを貫いている。そして、民間人にすぎない火村と私が捜査に加わることを、いつまでたっても快くは思っていなかった。

「どうぞ中へ」

誰かを連れてきたようだ。野上に続いて入ってきたのは三十代半ばに見える女性で、胸に花束を抱いていた。黒いワンピース姿で、アレンジされている花は白ばかり。供花にきたのだ。波打つようなパーマが掛かった栗色のロングヘアが顔に翳《かげ》を作り、表情はとても暗い。

「生前の被害者と親しくしてた人や。現場に花を手向《たむ》けにきた」

野上は言う。現場検証中なので花は預かり、話を聞かせてもらうことにしたという。名前を聞けば、長束多鶴だ。こちらから訪ねていく手間が省けた。

野上は、先ほどまで亜紗子がいたところに長束を座らせる。近くで見ると、細面《ほそおもて》の美人だった。やや目許がきついが、そこがクールでいい、と言う男性も少なからずいそうである。

「昨日はテレビを観ずに早寝をしたので、事件のことは今朝の新聞で知りました。もうびっくりして……」

問われる前に、彼女は言う。白い花束は膝の上に置いていた。

「桜沢さんが亡くなったと聞いて、居ても立ってもいられずにきたわけですな。ご愁傷さまです」

野上は、先ほどまで火村と私が座っていたソファに掛けて事情聴取を始める。火村と私は立ったままで、紹介されもしない。

長束多鶴は西宮《にしのみや》市在住で、職業はガーデンデザイナーだった。ガーデニングのプロで、個人の住宅から公共施設の庭までデザインをしているという。自宅を事務所にしているそうだから、私同様の自由業者だ。

「それで、故人とはどういう関係だったんですか？」

彼女の身元を確かめた後、野上は単刀直入に尋ねた。

「去年の春のことです。大阪のホテルのバーに行った時、たまたま彼が独りで飲んでいるのを見かけて、私から話しかけたんです。ファンだったもので。まさか会えるなんて思ってもみませんでした」

長束多鶴は長い髪をいじりながら、亜紗子から聞いたとおりの馴れ初めを語った。偶然の出会いだったことを強調するのが引っ掛かり、やはり待ち伏せだったのでは、と勘繰ってしまう。

「あなたも独りで飲みに行ってたんですね？」

「はい。ホテルのバーって、好きなんです」

話すうちに意気投合したので連絡先を交換して、同じバーでまた会うことを約束した。その後、親密さが深まっていった。初対面からひと月としないうちに、互いに恋人と認める間柄になった、という。

「彼は忙しくなるばかりだったので、会う時間をやりくりするのに苦労しました。わがままを言って困らせたこともあります」

話しながらハンカチで目尻を拭《ぬぐ》った。想い出が脳裏を巡っているのかもしれない。聞き手の野上はそんな涙には頓着せず、事務的に質問を繰り出していく。

「で、そんないい関係はずっと続いてたんですか？　桜沢さんには、あなた以外の恋人がおったと聞いていますが」

野上もそこまでは亜紗子から聞いていたらしい。不快感を見せるかと思ったのだが、長束は平然としている。

「彼に複数の恋人がいることは、そう珍しくありませんでした。昔からそうだったみたい。もちろん、私以外に付き合っている女性がいたことはうれしくなかったけれど、嫉妬に悩んだりはしていません。最後に私だけを選んでくれたらいい、と考えていました」

結婚まで漕ぎつけたい、と望んでいたようだ。亜紗子の証言と食い違うので、遠藤がやんわりと質《ただ》す。

「言いにくいことかもしれませんが、ありのままを話してくださいね。あなたと桜沢さんの間で別れ話が出ていた、と聞いています」

「誰がそんなことを？」

長束の目つきが鋭くなった。

「それは明かせません。真相究明のために、私たちは本当のことを知る必要があります」

口調は穏やかだったが、嘘をついたら必ずばれて面倒なことになるよ、と言うように声が低くなっていた。このあたりは刑事のテクニックだろうか。

長束は逡巡を見せたが、すぐに折れた。隠せることではない、と観念したようだ。

半年ほど前から友一郎の態度がよそよそしくなり、この四月に「終わりにしたい」と一方的に告げられたという。彼女には納得がいかなかった。

「さんざん甘い言葉を並べておいて、こっちに落ち度があるわけでもないのに、『終わりにしたい』で捨てられてはたまりません。『別れるのは嫌』と言ったら、彼は『しばらく会うのをやめて、お互いの気持ちを見つめ直そう』って……。だから、この三カ月ほどはメールのやりとりしかしていません。それも私が送るばかりで、彼からはほとんどありませんでした」

なるほど。メールの記録を洗われたら、仲睦まじい恋人の関係が続いていなかったことが発覚すると気づき、嘘をついても無駄と悟ったか。被害者の携帯電話は見つかっていないのだが。

「彼がそんなことを言いだしたのは、新しい恋人ができたせいですか？　それとも他に理由が？」

「さぁ、どうでしょう」

拗《す》ねたように言って、肩をそびやかす。

「新しい恋人について、何か知っていますか？」

「私より十歳以上若いお嬢さんだそうですね。彼がぽろりと洩らしました。どこのどなたかは知りません」

「調べようとしたことはないんですか？」

彼女は唇を歪《ゆが》めた。

「そんな意味のないことはしませんよ。彼を尾行する暇もないし、探偵を雇うお金もないので」

「そうですか。いや、失礼。私やったら、それぐらいはするかな、と思うたんで訊いただけです。お気を悪くなさらないでください」

そんなふうに取り繕ってから、野上は次の質問に移る。

「失礼ついでと言っては何ですが、あなたの昨日の夜の行動について教えてもらいたい。どこで何をしていましたか？」

長束は小さく息を呑んだ。アリバイを訊かれるとは予想していなかったようだ。不満そうな表情もちらりと覗かせたが、抗議はしない。

「昨日の夜……ですか。えーと」

六時まで西宮市内の幼稚園で打ち合わせ。六時半にいったん帰宅。昼食が遅かったので、すぐには夕食はとらずドライブに出掛け、八時十五分に芦屋市内のレストランに入った、ということだった。

「バーで飲むのが好きだと言いましたけれど、レストランではワイン一杯も口にしていませんよ」

そんなことは、どうでもかまわない。ああ、いや、それも大事なことだが、今われわれが問題にすべきはレストランの場所だ。芦屋市といっても南北に広い。犯行現場からどれぐらいの距離なのか？

「住宅街の奥まったところにある隠れ家的なお店なんです。谷崎潤一郎《たにざきじゅんいちろう》記念館の近くにあります」

ということは、阪神電鉄の芦屋駅や国道43号線よりも南か。ここから車を飛ばせば十分ちょっとで着きそうだ。十五分も見ておけば充分か。

「そういうレストランやったら、あなたが何時にきたか覚えてくれてるでしょうな。つい昨日のことですし」

「ドライブの途中、『今から行って、空いてますか？』と予約を入れてから行きました。覚えていないはずありません。私のアリバイを立証してくれます」

「ん？　アリバイを証明と言いますけど、犯行時刻が何時やったか、あなたはご存じないでしょう。なんで立証できると思うんですか？」

長束は、微塵《みじん》も動揺のそぶりを見せなかった。

「揚げ足を取らないでください。犯行時刻がいつかは知りませんけれど、私はできる範囲で自分の行動を説明しました。それはすべて立証できるはず、と言ったんです」

堂々と言い返された野上は、無表情のまま次の質問に移る。

「桜沢さんは事故や自殺で亡くなったのではありません。誰かにやられたんです。彼を恨んでいる人や、いがみ合っていた人を知りませんか？　あるいは仕事の上での不満とか」

「聞いていません。さっきもお話ししたとおり、ここ三カ月ぐらいはメールのやりとりしかしていないので、最近、何かあったとしても知りません」

ここで野上は、初めて後ろを振り返って火村に言う。

「何か訊きたいことはありますか？」

犯罪学者は、スラックスのポケットから手を出す。

「では少し。――桜沢さんは、色々な意味で成功者だったように見受けます。そんな彼が、あなたに弱みを見せることはありませんでしたか？　対人関係でも仕事に関してでも、何でもいいんですが」

「弱み？　ちょっと思い当たりません」

火村が何者かも知らないまま――妙な雰囲気の刑事だな、と思ったかもしれない――、彼女は答える。

「頭を悩ませていたこと、と言い換えましょうか。どうやら彼は、自分の身辺にあったことや気になっていることを黙して語らないタイプではなく、親しい人に洩らす人だったようなのでお訊きしているんです。——いかがです？」

　北澄萌衣や長束多鶴と付き合っていることのみならず、彼女らとの馴れ初めも姉の亜紗子に話していた。おしゃべりな男だったのではないか、と火村は推察しているのだ。

「口が堅い方ではなかったかもしれませんけど、秘密を打ち明けられたりはしていませんよ。秘書をしている人の機転が利かないとか、マネージャーをしているお姉さんの報酬が高いとか、そんなことをぼやいたりはしていましたけれど」

　それだけでは、殺人に発展するほどのことかどうか判断がつかない。

「あなたはこの家にきたことがありますね。最後にきたのはいつですか？」

「今年の一月、いえ、二月の初めでした。暑いぐらい暖房を利かせて、このソファでお酒を飲んで……。幸せでしたけど、彼は別れ話をいつ切り出そうか思案していたのかもしれませんね」

　そこで伏せていた顔を上げて、その場にいる誰にともなく尋ねる。

「この家は徹底的に捜索するんでしょうね。机の抽斗《ひきだし》を掻《か》き回したり、パソコンの中身を調べたり。ベッドの下や天井裏も調べるんでしょうか？」

　野上が「やりますよ」と言う。

「捜査の役に立つ手掛かりが見つかるといいですね」

　意味ありげな言葉だ。遠藤が「どういうことですか？」と聞き返す。

　しかし、白い花束を膝にした女は、口を閉ざしたままだった。

4

被害者の携帯電話は行方知れずだったが、北澄萌衣の連絡先は調べがついていた。電話会社に通話記録を照会するより早く、神戸市内の北澄姓の家を順に当たって突き止めたのだ。

ぜひ話が聞きたい、という依頼に対して、お嬢様は自分が希望する場所で会いたい、と答えた。自宅まで押しかけられては困るので、人目につきにくい喫茶店でも指定するのかと思いきや、彼女が望んだのは芦屋警察署だった。喫茶店では安心できなかったらしい。

遠藤が火村のベンツに乗り込み、その後を私がついていくという形で会見場所に向かう。芦屋署は、阪神・芦屋駅の北側にあって、玄関は芦屋川に面していた。

火村とあちらこちらの警察署を訪ねるから、時折、興味深い建築物に出会うが、ここも面白い。もともとは昭和初期に建てられたロマネスク様式の建物だそうで、三階建ての小ぢんまりとしたものながら、正面玄関のアーチにミミズクの彫刻をあしらうなど凝《こ》った意匠だった。それを二〇〇一年に耐震化を施して建て替える。旧庁舎を保存しつつ、イメージを損なわぬような形で新庁舎を継ぎ足したのだ。

西を向いた玄関から署内に入り、二階に上がる。北澄萌衣は約束の時間より早く着いていて、すでに応接室に通されていた。私たちが入室すると、すっと起立して会釈する。いい家のお嬢様と聞いていたが、なるほど色白で楚々とした娘だ。ストレートの黒髪は腰近くまで垂れていた。桜沢友一郎はロングヘアの女性がお好みだったのかもしれない。フリル襟のブラウスや膝丈のギャザースカートのデザインも上品で、それがよく似合っている。

ただ、少しばかり灰汁《あく》の強い顔でもあった。目が人並み以上に大きく、そのため妙に眼光に力があるのだ。カールした睫毛《まつげ》が長いせいで、よけいに目許が際立っている。

「ご足労いただいて恐縮です。しかし、こちらを選んだのは賢明ですよ。内密の話をするのに、これほど便利な場所はありません」

遠藤は愛想よく言ってから自分の名刺を差し出した。そして、彼を挟んで着席した火村と私を紹介し、事情聴取に立ち会う許可を求める。

「ここでお話ししたことが公《おおやけ》にならないのでしたら、ご同席いただいてもかまいません」

細くて清涼感のある声が、はっきりと答えた。

北澄萌衣は、中央区内で両親と同居しており、女子大を卒業してから家事手伝いという身分だった。父親は貿易会社を経営していて裕福。社会勉強を兼ねて事務のアルバイトをしていたこともあるが、社内でいじめに遭って辞めてからは、働いていない。かといって家に閉じこもっているのでもなく、ピアノや英会話や料理といった習い事で毎日出歩いているという。それならば、齢の離れた恋人の存在を両親に隠したままでもデートしやすかっただろう。

「アルバイト先でのいじめのダメージを癒すため、カウンセリングを受けることにしました。そこでお世話になったのが桜沢先生だったんです」

どんないじめだったのかも話してくれた。陰口を叩かれているのを聞いてしまった、というもので、当人にはこたえたのだろうが、それほど深刻なものではなさそうだ。友一郎にとって、面倒なカウンセリーではなかっただろう。

二人が親密さを増していく過程を、彼女は婉曲な表現を駆使して巧みに語った。要するに、友一郎に惹かれると同時に彼から積極的なアプローチを受け、カウンセリングを三度重ねて心の平安が戻った頃には、二人で温泉旅行に行く仲になっていたのである。お嬢様は、学生時代の友だちと一緒だと言えば、あっさり夜遊びや外泊ができた。とうに成人した娘を縛りつける両親ではないらしい。

友一郎が多忙なため、そうそう頻繁に逢瀬《おうせ》を楽しめたわけでもない。ゆっくり会えるのは月に一度か二度で、場所はいつも大阪と神戸の間。プライバシーが守れる高級レストランで食事をしてから、菩提樹荘に行くのが常だった。顔を知られた有名人としては、自分の別宅が一番落ち着けたのだろう。

「桜沢さんとの関係は、とてもよかったんですね？」

「いつも楽しい時間を過ごしました」

こんなことを女性に言われたいものだ。言ってもみたい。

「喧嘩をすることもあったのでは？　うちの夫婦仲は円満そのものですが、たまにはやりますよ」

遠藤の口調がいつも以上にソフトだ。その向こうに見える火村の横顔には、何の表情もない。

「小さな喧嘩はありましたけれど、十分ぐらいで収まるものばかりです」

やれやれ、これも独り身にはこたえる。十分ぐらいで収まる喧嘩ときた。

「それぐらいは喧嘩ではなく、じゃれ合っているだけですね。――桜沢さんとの関係をさらに深めて、ゆくゆくは結婚するおつもりだったんですか？」

独身を通してきた女好きは、自由を謳歌し続けるため簡単に沈没しないだろう。そこで二人の想いがすれ違っていたのではないか、と思ったら――

「結婚を考えたことはありません」

「どうして？」

彼女は大きな目で遠藤の視線を受け止め、淀みなく答える。

「家庭を持つのは、もっと落ち着いた方がいいと思うからです。私は子供好きで、賑やかな家庭を作るのが望みですが、先生は子供はいらないと言い切っていました。そういう食い違いがあっては、結婚は無理です」

「難しそうですね。では、あなたは今後、桜沢さんとの関係をどうしたいと考えていたんですか？」

「近いうちにおしまいにするのがいい、と。まだそんな話をしたことはありませんけれど」

「もし、そう言ったら彼はどんな反応をしたでしょうね？」

「さばさばした顔で『僕もそう考えていた』とおっしゃったんじゃないでしょうか。私の他にも恋人がいらしたようですから、『一人整理できて、ちょうどいい』と喜ばれたかもしれません」

この発言は聞き流せない。

「あなたの他にも恋人がいた。ほぉ、そうなんですか？」

「ぼおっとした世間知らずの私でも、それぐらいは先生の言動から推測できます。もてる方なのは周知のことだし、自分が先生を独占していると思うほど自惚《うぬぼ》れ屋でもありません。——刑事さんは、もうご存じのはず。いたんですね？」

「申し訳ありません。捜査上の機密にあたるので、いたともいなかったともお答えできないんです。このように私たちは秘密を厳守しますから、あなたもご安心ください」

そんなふうに遠藤ははぐらかした。捜査員として正しい応答であると同時に、事実を語ったとも言える。友一郎には長束多鶴という存在があったが、別れ話を持ち出していたから、別に恋人がいたと言えるかどうか微妙なところだ。

「いらしたとしても、私が嫉妬したり悲しんだりすることはありません。お別れして、新しい一歩を踏み出す決心がつくだけです。……でも、こんなふうにお別れするとは想像もしませんでした。悲しすぎて、胸が痛みます」

「まったくですね」

まったくもって、あなたがおっしゃるとおりですね、という日本語を恐ろしく縮めて嘆息してから、遠藤は昨夜の話に入っていく。その質問を覚悟していたようで、お嬢様は要領よく答えだした。

「午後三時から四時まで、三宮《さんのみや》の英会話学校でレッスンを受けました。その後、そごうやセンター街でウィンドウ・ショッピングをして、六時半ぐらいから元町《もとまち》の〈アモローソ〉というレストランで早めの夕食をとりました」

「お一人で？」

「はい。父と母がクラス会に出席することになっていたので、私は一人で外食を」

夫婦でクラス会というのを怪訝《けげん》に思ったが、何のことはない、彼女の両親は同じ高校の同級生だったそうだ。

「レストランを出たのが七時四十五分だったでしょうか。家に帰るよりも外の空気を吸っていたかったので車を走らせて、ドライブ中に目についたおしゃれな喫茶店でしばらくぼんやりしてから、十時ぐらいに帰宅しました。父と母が戻ってきたのは十一時前です」

レストラン、ドライブ。聞き覚えのある単語が転がり出た。それは偶然だとして、この証言は重要だ。昨夜の八時台に北澄萌衣が自分の車を乗り回していたのだとしたら、犯行現場に楽々と行ける。

「あなたは車の運転をなさるんですね。失礼ですが、車種とナンバーを伺えますか？　それから、何という喫茶店に入ったのか教えてください。どこあたりを走ったのかも」

いささか興奮したのか、遠藤はいくつもの質問を同時に並べた。お嬢様は涼しい顔で順に答えていく。刑事が車種とナンバーを手帳に書き留めている間に、喫茶店の名前を思い出す。

「あ、そう。喫茶店は〈コモド〉です。入った喫茶店の名前なんかふだんはすぐ忘れてしまうんですけど、レストランと同じく音楽用語だったな、と記憶に残っていました」

〈アモローソ〉は愛らしく、〈コモド〉は気楽に・自由に弾けということだそうだ。

「場所は夙川《しゅくがわ》の手前でした。口ではうまく言えませんけれど……」

夙川の手前ということは、芦屋市を通り越して西宮市内に入っているかもしれない。

「それは調べればすぐ判ります。時間はいつですか？」

「店に入ったのが八時四十分ぐらいだったでしょうか。とても居心地がよかったので、一時間はいました」

「初めて入った店ですよね。お店の人があなたを覚えてくれているといいのですが」

「多分、大丈夫です。オーナーが音楽好きで、店内に流していた曲についておしゃべりしましたし、『またきてくださいね』なんて言われましたから」

元町のレストランを出たのが七時四十五分だとすると、八時過ぎには現場に着けそうだ。仮に八時五分にしておこう。現場から夙川近くの喫茶店——正確な場所はまだ判らないが——までの移動に要するのは十五分から二十分ぐらいか。十五分だと仮定すると、犯行に使えた時間は二十分。大の男を殴殺し、身ぐるみを剝ぐのも不可能ではない。

七時四十五分にレストランを出たと言っているが、七時四十分だったのかもしれず、喫茶店に着いたのが八時四十五分だったら、犯行に三十分ばかり使えそうだ。さらに、私がざっくり見積もったよりも移動時間が短かったとしたら、レストランや喫茶店に行ったことが確認されてもアリバイは成立しなくなる。

犯行現場を離れたのが八時半頃だとしたら、あり得なくはない。

遠藤は、車種とナンバー、どこをどう走ったかも尋ねた。Ｎシステムで裏を取るのだろう。お嬢様が犯人だとしても、そうやすやすと尻尾《しっぽ》が摑めるとは思いにくいが。

「私にも嫌疑が掛かっているのでしょうか？　先生を殺す動機なんてないのに」

わずかに抗議の色をにじませて、彼女は言った。会議で報告するための形式的な質問なのだ、と遠藤は低頭してみせる。

動機なんてない、と言われたところで、その真偽のほどは私たちに判断できない。現時点では何の根拠もない想像だが、友一郎がまた新しい恋人を作って、北澄萌衣を捨てようとしたために悲劇が起きたとも考えられる。

「火村先生から、何かありますか？」

遠藤に振られて、准教授が口を開く。長束多鶴に訊いたのと同じ質問で、特に友一郎と亜紗子、鬼怒川正斗との関係について質した。

「冗談めかして、ぶつぶつ文句を言っていたことはあります。肉親をマネージャーにするとやりにくいこともあるとか、秘書の方の仕事ぶりが物足りないとか。下手な相槌《あいづち》は打てないので、私は適当に聞き流していました。先生は疲れたら愚痴が出るんだな、とぐらいに思って」

「テレビ局や出版社への不平は？」

「いいえ。そちらは満足していたようです」

「これからの希望や夢について、彼が語ることはありましたか？」

「大きな事務所に所属した方が有利だけれど、それは性分に合わないので、自分の会社を創りたい、と話していたことはあります。漠然としていましたけれど」

「〈コモド〉では、何を飲んだんですか？」

つまらないことを訊くんだな、と思ったのは浅慮だった。大正時代の探偵小説風に言えば、〈見よ、令嬢はたちまち全身を硬くし、慄《おのの》きを露わに探偵を見つめ返している！〉――とは、さすがに大袈裟だが、大きな目がさらに広がったのは私の錯覚ではあるまい。

「……カモミールの、ハーブティーです」

私より先に、彼女は質問の意図を察したのだろう。遠藤もしかり。最後にミステリ作家がはっとする。火村は、絶妙のタイミングで絶妙の質問をしたのだ。

菩提樹荘のキッチンの流しには、コーヒーと紅茶のカップを洗った跡があった。来客があったことを示すもので、そのうちの一人は紅茶を所望したらしい。北澄萌衣が喫茶店でハーブティーを注文したからといって、彼女がその訪問者だったと決めつけられるはずもないし、あの家に行ったのが事件当日だとも限らないが、火村の質問に過敏に反応したことは意味を持つ。

遠藤は身を乗り出す。

「北澄さん。隠し事はなしにしてくださいよ。あなたは昨日、英会話のレッスンの後で芦屋の別宅に行ったのではありませんか？　お客さんがあったらしいんですよ」

彼女が実際に菩提樹荘を訪ねていたのなら、ティーカップを使った跡から鎌を掛けているのだな、と悟ったであろう。それだけなら「いいえ」で押し通すこともできるが

――

「申し訳ありません。怖くて、そのことは言えませんでした」

これがお嬢様というものなのか、彼女は拍子抜けするほどあっさりと陥落した。四時に英会話学校を出た後、菩提樹荘に向かったという。友一郎が東京から帰ってきたら会うことになっていたのだ。池がある別宅に着いたのは四時半近く。

「先生はもういらしていて、お茶を飲みながら東京でのお仕事のお話などを聞きました。音楽を聴いたりして、のんびりと過ごして……」

「それから？」と遠藤。

話しにくいことが起きたようだ。彼女は、鼻をくすんと鳴らしてからそれを明かす。

「先ほどの話を、私から切り出したんです。お付き合いを続けても将来の展望がないので、お別れした方がいいんじゃないか、と」

「桜沢さんはどう言いました？」

「不機嫌になるでもなく、残念がるのでもなく、『考えておこう』とおっしゃっただけです。その場で『そうだね。じゃ、さようなら』とならないのは予想していました。だけど、さすがに雰囲気は重くなってしまって、私は帰ることにしたんです。車のルームミラーから見たのが、先生の最後の姿になりました」

菩提樹荘を出たのが六時前。元町のレストランに着いたのが六時半。

「独りになると、言いだしかねていたことをやっと伝えられたせいか、ほっとしました。そのせいか、レストランでおいしいものが食べたくなって――」

以降の行動については、訂正を必要としないと言った。それは変だ。私は反射的に尋ねていた。

「待ってください。気詰まりになって桜沢さんのお宅を出て、元町で食事をしたわけでしょう。その後、車を気分転換に走らせるなら、芦屋方面に引き返さず、西の須磨《すま》や明《あか》石《し》方面に向かいませんか？」

そんなことは人の勝手だ、と一蹴されたらおしまいだが。

「鋭いご指摘ですね」と彼女は言う。「実は私、あの家に戻りかけたんです。先生がどんなお気持ちでいるのか知りたくなって、電話をしてみました。そうしたらまったく通じません。恐ろしいことですが、もうお亡くなりになっていたのかもしれません。電話で煩《わずら》わされたくないから電源を切ってあるんだな、独りでいたいんだな、と思って……行くのをやめ、喫茶店に入ったんです」

辻褄《つじつま》が合う。私は「そうですか」と黙った。

「あなたは六時前に桜沢さんと別れた。しかし当初の予定では、もっと遅い時間まであの家にいるはずだったんですね？」

人差し指で唇をなぞりながら、火村が訊く。

「はい。でも、父や母がクラス会から帰ってくる頃までには私も家に戻るつもりでした。私があんな話をしなかったら、二人でどこかに食事に出掛けて、私はそのまま帰宅したと思います」

そうであれば、友一郎が七時から九時にかけて誰かと会う約束をしていたとは考えられない。殺人者は、不意に菩提樹荘にやってきたことになる。

「つまらない嘘をついてしまいましたけれど、こうなれば何でもお話しいたします。ですから、どうか秘密はお守りください」

北澄萌衣は、馬鹿丁寧に頭を下げる。長い黒髪が垂れて、その顔を包み隠した。

5

私たちが北澄萌衣に事情聴取をしている間に、樺田警部が芦屋署内に設置された捜査本部に帰ってきていた。聞いたばかりの話を遠藤が報告すると、萌衣の証言の裏付け捜査についていくつか指示が飛ぶ。遠藤は「では、先生方。また」と言って、つむじ風のように刑事部屋を出て行った。後に残った火村と私に、警部は現場の今の様子を話しだす。

「池の中を調べる準備をしています。透明度が低い上に、けっこう深い池なので厄介です。岸のすぐ近くでも水深はいきなり一メートルあって、中央部は二メートル近かったりするようです。水中金属探知機ではお宝を見つけ損ねてしまうかもしれません。上とも相談して、池の水を汲み出してしまうのが早いだろう、ということになりました。その段取りは整いました」

火村のフィールドワークに同行しているとよく判る。警察の犯罪捜査は一個のプロジェクトなのだ。

「今日の捜査会議は、だいぶ遅くなりそうです。先生方、ご無理のないようにしてください」

「片づけなくてはならない仕事があるので、今日は遅くまではいられません。明日も無理でしょう」

休講を連発する火村准教授だが、文部科学省はそう甘くはないようで、抜けた授業は補講でカバーせねばならない。それをさらに休講にするわけにはいかず、明日はどうしても教壇に立たなくてはならぬようだった。

「本業に障りが出てはいけませんね。有栖川さんはどうですか？　急ぎの用はない。では、先生の代理で捜査会議に出てください」

他のミステリ作家なら、涎《よだれ》を垂らしそうなお誘いだ。この事件の捜査状況には大いに興味があったが、火村抜きで私だけが出席したら、野上から氷のように冷たい視線が飛んでくるのを覚悟しなくてはならない。

「まだお時間はありますね？　あと一時間ほどすると、ここに鬼怒川正斗がやってきます。昨日の夜、すでに彼から事情聴取はすませているんですが、今日になって判明したこともふまえ、あらためて話を聞こうと思うんです。現場から戻ってくる野上にやらせるので、同席していただきたい」

遠藤刑事にしてください、とリクエストできるわけもない。承諾して、私たちはいったん署を出た。その一時間の間に、遅い昼食をとることにする。

軽食が食べられそうなカフェがあったので、火村のために喫煙ができることを確かめてから入る。ランチは惜しくも終了していて、カレーセットぐらいしか注文するものがなかった。メニューはありふれたものだったが、さすがは芦屋と言うべきか、センスのいいシャンデリアがぶら下がっていて内装に高級感がある。ＢＧＭにはソプラノが歌うアリアが流れていた。

「先月、東京に行った時、こういう感じの店に入ったんや。そこで生まれて初めて豚肉入りのカレーを食べた」

スプーンを使いながら私が言うと、火村は「ふぅん」と言う。

「生まれて初めて、か。関西じゃもっぱらビーフだからな」

「それかインド風のチキンカレーや。いくつになっても新しい体験はあるな」

この店のカレーは上等のビーフを使っている。ここまで煮込まなくてもいいと思うが。

「なんか、お前とはカレーばっかり食べているような気がするよ。捜査の合間の食事には、選択の余地がないことが多いせいかもしれないけれど」

「しかも、急いで食べることが多いんやな。今日は時間があるから、ゆっくり味わおう」

事件の関係者たちの話を立て続けに聞いたので、気分を変えるためにとりとめもない話をする。

「お前に初めて奢ってもろうたんも学食のカレーやったな。あれが腐れ縁の始まりか」

「俺にしては奮発したんだぜ。おかげであの夜は飯抜きだった」

下宿の婆ちゃんの賄《まかな》い付きだったくせに、つまらない軽口を叩く。

火村英生と私が出会ったのは、二十歳の春。階段教室の片隅で投稿用の小説を書いていたら、隣に座った野郎が無礼にもそれを覗き読み、「続きはどうなるんだ?」と尋ねてきた。気になるから読みたい、と。付き合いはそこからスタートしている。

続きが読みたいかと訊くと、この男は〈もちろん〉という意味で「アブスルートリー」と答えた。帰国子女かと思ったら、ただの変わり者だった。あんまり変なので怖いもの見たさで昼飯に誘い——自作を面白がってもらって上機嫌だったせいもある——、次週の授業までに完結させて読ませてやる、と言うと学生食堂でカレーを奢ってくれた。前日にも同じものを食べていたので別のメニューがよかったのだが、一食分が浮いたことはありがたかった——というほど私たちは若かったのである。辞書にはそんな記述はないが、〈若かった〉は〈金銭に余裕がなかった〉の同意語だ。

「若かったな」

想いがシンクロしたのか、火村はやや感傷的に呟《つぶや》いた。が、すぐに撤回する。

「三十四で『若かった』なんて言うもんじゃないな」

「せや。年長者から見たら、何歳になっても相対的には若い。過去を振り返って『若かったな』とか言うてたら老けるぞ」

「桜沢友一郎先生に叱られる、か。——どうでもいいや。俺は老けてもかまわない。それが自然だ」

「まぁな。せやけど、十年後にもそう言えるかな。聞くところによると、四十二、三ぐらいから色々と押し寄せてくるらしい。先兵は老眼。歯も要注意や、と先輩作家が忠告してくれた」

「無事に年齢を重ねてきた証拠じゃないか。お前は老化が怖いのか？」

「怖いわけやないけど、ありがたくはないわな。諦《あきら》めるしかない」

「どう考えるかは人それぞれだけど、身も心もいつまでも若いからって自慢されたら鼻白むしかない。私は長い時間を生きてきましたが、老いることに意味も価値も見出せませんでした、と言うに等しいからな」

「老いなければ年齢を重ねた意味がない、ということやな？　――火村先生は相当、桜沢友一郎に反発してるなぁ」

「価値観が違うと言っているだけさ。あの売れっ子の先生は、若々しくあることを自己目的化してしまっている。命なんてものは道具なのに」

「おお、ワイルドな表現やないか。いつか小説で使わせてもらうかもしれん」

火村は渋い顔になる。

「下手に引用するより俺の名言集を編んでくれ。――とにかく、万年青年になるのはごめんだな」

「万年青年って、若い連中から見ても微笑ましくてええんやないか？」

「そうかな？」と火村は真顔で言う。「元気でお達者な老人を見れば悪い気はしない。しかし、若い奴らの希望になるのは、こういうふうに老いることができるんだ、と教えてくれるような老人だろう。どうせなら、俺はそっちになりたいね」

「成熟や成長は尊い、ということか？」

「やめてくれ。そんな言葉を持ち出したら、成熟や成長を定義しろとかいうのが出てきかねないだろう。複雑な話はしていない。とにかく、俺は万年青年なんかよりも老いに寄り添えている人間を見る方が心が安らぐんだ」

言わんとするところは理解できるが——はたして、どうだろう？　四十年後の彼は、高校生より尖った頑固な爺さんになってそうだ。若者の希望たり得るかどうか、微妙である。

「なるようになるさ。有栖川先生は微笑ましい万年青年になるかもな」

実は、仙人に憧れているのだが。

食後のコーヒーが出てきたところで、ＢＧＭが男声リートになった。よりによって、シューベルトの『菩提樹』。煙草をくわえかけた火村が舌打ちする。

「事件のことから離れて頭を休めようとしているのに、菩提樹荘が追いかけてきやがる。カレーを見ても連想していたのに」

「カレーから何を？」

「カレーと言えばインドだろ。インドと言えばブッダ。ブッダと言えば菩提樹の下での悟り」

「無理やりつなげるなや」

久しぶりに聴くが、やはりいい歌だ。中学校の音楽の授業で歌ったのを思い出す。教師は、これがヴィルヘルム・ミュラーの詩をもとにしたシューベルトの歌曲集『冬の旅』の五曲目であり、恋に破れた男が夜更《よふ》けに〈うれし悲しに訪《と》いし〉菩提樹の傍らを過ぎ、最後には死が待つ放浪の旅に出る、と解説してくれた。木の枝がそよぎ、〈此処《ここ》に幸あり〉と留まるように促すのを振り切って。

「桜沢友一郎のアンチエイジングには俺もあんまり共感できへんけれど、あの別宅を菩提樹荘と名付けたセンスは嫌いやないな。ただ、リンデンバウム・ハウスというのはいただけん」

「何故?」

「リンデンバウムはドイツ語で、ハウスは英語。その二つをごっちゃにするのは感心せえへん。家をドイツ語でなんて言うのか知らんけど」

ドイツ語ができる犯罪学者は、にこりともせずに言う。

「H《ハー》、a《アー》、u《ウー》、s《エス》。ハウスだ」

「……勉強になるな」

「もう一つ言っておくと、シューベルトの歌に出てくる〈泉〉は原文ではブルンネンで、池や湖ではなく〈噴水〉だな」

村はずれの静かな小川の際《きわ》ではなく、あの歌の菩提樹は街角に立っているのか。教えてもらわないと判らないものだ。

ドイツ語講座はそこまでだった。頭の休息が充分にとれたのか、彼は事件について話しだす。

「東京から帰った被害者は、北澄萌衣と菩提樹荘で会うことにしていた。さっきの証言を信じるとすれば、彼女は六時前に去る。さて、その後あそこで何があったか、だ。テレビ局の人間が七時半には電話で話しているけれど、八時頃に姉の亜紗子が電話をかけた時はつながらなかった、という」

「七時半以降に予期せぬ客、つまり殺人犯がきたわけや。それは長束多鶴か？　他の誰かか？　引き返してきた北澄萌衣という可能性もある」

「あるいは、亜紗子かもな」

石で殴殺という手口は荒っぽいが、女性でも可能だと警察は見ているのだけれど――

「鬼怒川正斗の線はどうなんやろうな。彼も、被害者が菩提樹荘に行くことを知ってたやろう。長束と北澄によると、被害者は彼の仕事ぶりに満足してなかったらしい。ボスから厳しく叱責されて、逆恨みしたとか」

「そんなことがあれば、周囲の人間の目に留まっていそうだな。聞き込みをすれば判るかもしれない。――もっとも、事件当夜の彼には揺るがぬアリバイがあるかもしれないけれど」

あったらあったでいい。容疑者が一人消し込める。

「死体の衣類が剝ぎ取られてた理由は何やろう？　身元を判らなくするためやない。犯人自身が着るために奪ったわけでもない。被害者が肌身離さず持っていた何かを探してたわけでもない、としたら……」

「推理小説的な謎だな。有栖川先生の小説なら、どんな答えがつくんだ？」

訊き返されてしまった。

「たとえば……殺してしまってから、『これは本当に桜沢友一郎なのか？』と検《あらた》めたかった。傷やら刺青《いれずみ》やらの身体的特徴を見ようとした。トランクスまで脱がさなかったのは、そこは確かめる必要がないと知っていたから」

「傷や刺青？　顔を見るよりも確実な特徴というのは考えにくい」

「ごもっとも。――犯人自身の何かが被害者の衣服に付いてしまったので、その痕跡を消すために脱がして池に投げ捨てた、というのはどうや？」

現場から離れたところで処分する手もあるが、すぐ目の前の池を見て、捨て場所を探すよりここへ投げ込んでしまえばすむ、と考えたのではないか。

「そんなことをしても血痕は消えない」

「血痕とは言うてない。それ以外の何かや。自分の体の組織片とか、犯人の所持品が擦れて何かが付着したとか」

「上から下まで脱がさなくてもいいだろう」

「やばいものがどこに付着したのか、判れへんかったんかも。それで、ワイシャツもスラックスも全部剝ぎ取った」

「だとしたら、いや、そうでなくても、わざわざ衣服を脱がしたりせず、死体ごと池に落としてしまえば簡単だったじゃないか」

相変わらず小気味よく私の考えを砕いていってくれる。

しばし考え込んだところへ、白髪の老婦人から若奥様風まで十人以上の女性が入ってきた。何かの集まりから流れてきたらしい。空いている席を数えだしたので、コーヒーを飲み終えていた私たちは席を立つ。

鬼怒川正斗が芦屋署にくるまで時間がありそうだったので、川辺の道をぶらつくことにした。松と桜──何とも対照的な樹木だ──の並木が続いていた。春先にこのあたりを電車で横切ると、芦屋川はピンク色の谷間に沈んで見える。

「長束多鶴の言ったことが引っ掛かっているんだ」

カトリック芦屋教会の尖った屋根を見やりながら、火村が言う。

「彼女は、警察が菩提樹荘にあったパソコンを調べたり、徹底的に家探ししたりするのか、と尋ねた。あれは何を気にしていたんだろう？　訊くほどのことでもないと思うんだけれどな」

「ちょっと態度がおかしかったな。友一郎が何か隠してるのを知ってるみたいや」

「『パソコンの中身』と言ったから、ブツではなくデータなんだろう。それが何か判れば、捜査は大きく前進するのかもしれない」

それで解決するのなら警察に任せておけばよく、火村の出る幕はない。

「もし何か重大な意味を持つものがあったとして……それを奪うのが犯人の目的やった、

ということはあるか？」

「可能性はあるな」

「そうやとしたら、警察が家探ししても無駄骨になる。被害者の遺留品に鍵がなかった。犯人が鍵を手に入れたんやろうから、家に侵入できた」

「それにしては探し物をした痕跡がなかった」

「どこに隠してあるか、犯人は承知してたんやろう。殺す前に被害者から聞き出したのかもしれへんやろう」

火村は黙って頷いていた。どこまでいっても、それもあり得る、というだけだ。

「どういう事件なのか、まだはっきりとしたイメージが湧かない。お前だけじゃなく、俺もせっかちすぎるかな。池の捜索から面白いものが出てくることを期待しよう」

六甲山から風が吹き下ろして、川面《かわも》を渡っていく。

「人生が一年やとしたら、三十四歳っていうのはちょうど今ぐらいの季節かな。七月の初め」

これから盛夏に向かい、それを乗り切った後に収穫の秋を迎える。

「だといいけれどな。案外、もうとっくに夏を生きているのかもしれない」

私たちの命は、明日をも知れないものだ。人生が一年ならば今は何月何日にあたるだの、これからいくつ季節を過ごすだの、鬼が聞いたら嗤《わら》うかもしれない。

エヴァーグリーン・ライフという言葉が虚しく響く。もしも無事に年齢を重ねることができるのなら、私は赤や黄色に染まってから散ってみたい。見掛けだけ青々としているより、その方が面白そうだから。

6

「こんなことになって、腰が抜けるほど驚きました。事前に何かトラブルがあったのならいざ知らず、そんなのは一切ありませんでしたから。誰かと間違って殺されたんじゃないか、と思うぐらいです。菩提樹荘の庭が現場なんだから、それも考えにくいでしょうけれど」

鬼怒川正斗は多弁だった。はい、いいえで答えられる質問も、それだけでは終わらせない。齢を訊かれても「二十九歳です」で止めず、「桜沢先生の下で働いていながら、どちらかというと実年齢より上に見られるのは不徳の至りです」などと付け加える。事情聴取の席でよくしゃべってくれるのは結構なことだ。

肩幅が広くて背が低い、がっちりずんぐりとした男だった。スーツがよく似合っている。頭はスキンヘッドに剃《そ》り上げていて、初めて見た時には威圧感を覚えたのだが、話しだすとそんな印象は消えた。話し方に何となく愛嬌があったし、よく見れば小動物めいた目が人懐っこい。

「いい体格をなさっている。柔道家のようですな」

無愛想な声で野上が言うと、鬼怒川は大いに照れた。

「贅肉《ぜいにく》がついているだけです。柔道家なんてとんでもありません。非力だし運動は何をやってもからっきし駄目です。この頭がスポーツマンぽいんでしょうか。単に手入れが楽だから剃り上げているだけです」

野上は雑談を打ち切る。

「あなたの義務は真実を話すことです。故人の名誉のために、きれい事でごまかしたりはしないでくださいよ」

釘を刺されて、スキンヘッドの男は「はい」と頷《うなず》いた。

「知っていることはすべてお話しします。犯人逮捕のお役に立ちたいですから」

鬼怒川は、桜沢友一郎がマスメディアに登場して間もない頃から秘書——本人は自分のことを付き人とは言わない——として働いていた。それまでは在阪の芸能プロダクションに勤めていたのだが、自己都合で退職してぶらぶらしていた。

「先生のタレント性を見出したテレビ局のプロデューサーが僕のことを知っていて、先生に紹介してくれたんです。『こいつを使ってやってくれませんか』と。それ以来、お世話になっていました。先生には感謝しています。仕事は忙しかったけれど、本当によくしていただきました」

「売れっ子の先生の秘書というのは大変でしょうな。わがままを言われて苦労したりもしたでしょう」

「先生は、仕事の上では厳しい人でしたけれど、無理難題を吹き掛けるような方ではありませんでした。年中バタバタしていたとはいえ、刑事さんのお仕事に比べれば大したことでもない」

おべんちゃらを会話の隙間にするりと挿入する。かえって偏屈刑事の不興を買うだけなのに。

「あなたと桜沢さんの関係は良好だった、というアピールですか」

「事実です、事実。僕は誠心誠意、先生にお仕えしていたし、先生もそれを判ってくれていました。お疑いになるのでしたら、誰に聞いていただいてもかまいません。——亜紗子さんには訊いていただけました？」

野上は「ん」と潰れた声を出した。うん、と答えたようにも取れる。食えないおっさんの本領を発揮している。

「その亜紗子さんと友一郎さんとは、うまくやっていましたか？　これはあなたが一番よくご存じのことで、あなたにしか答えられない」

「正直に言います。先生は、亜紗子さんのお給料を高く設定しすぎた、と悔やんでいました。でも、それだけのことです。仕事の取り方が意に沿わないとか、自分を理解してくれていないとか、そんな不満は抱いていませんでした。少なくとも僕は耳にしていません。ビジネスの現場しか見ていないので、どんなご姉弟《きょうだい》だったのか、あまりよく知りませんけれど」

質問は、故人の女性関係に移る。鬼怒川は、長束多鶴と北澄萌衣の存在を知っていた。

「目下の恋人はそのお二人だけだったと思います。どうして知っているのか？　僕が詮索したわけではありませんよ。亜紗子さんだってご存じです。先生が自分から写真を見せてくれたからです。携帯電話で撮ったのを、『もう帰るよ。この子とデートだから』なんて言って。『どんな子と付き合っているか、わざわざ報告してくれなくてもいいのに』と亜紗子さんは呆れていました」

「変わった人ですな」

野上が首を捻ると、火村が言う。

「若い女性を恋人にしていることを誇示したかったのかもしれませんね」

「そういうことなんでしょうねぇ」鬼怒川は腕を組む。「若々しさを常に誇りたい方でしたから。若い恋人がいることは、先生のアイデンティティの一部だったんでしょう。付き合うのは二十代、三十代の女性ばかりでした」

野上は顎をひと撫でしてから、強い調子で言う。

「友一郎さんの女性遍歴を、あなたはそばで見てきたわけですな。歴代の恋人について教えていただきましょうか」

「歴代の恋人って……とっくに切れた女性のことも話すんですか？　東京在住の女性もですか？　事件に関係ないと思いますけれど」

「関係の有無を判断するのはこっちです。男がきれいに切ったつもりでも、相手さんの側にしこりが残っていることもある」

「うーん、弱りましたね。二、三人は遡《さかのぼ》れそうですが、歴代って言われると……。正確を期すため亜紗子さんと話しながら思い出してもいいですか？」

「かまいません」

彼の宿題となった。

「鬼怒川さんは、長束さんと北澄さんに会ったことはあるんですか？」

質問を挟む火村の横顔を、野上はじろりと見る。

「いいえ。あるわけありません。デートの現場に秘書なんかお呼びじゃない」

「桜沢さんと彼女らの関係に変化が生じていたようです。それについては？」

「関知していませんね。先生がご自分からリークしないことは、僕も亜紗子さんも知りようがないので」

「あなたの知る範囲では、北澄萌衣さんが最新の恋人だったわけですね？」

「そうです。飛び切り若くて可愛い恋人ですよね。先生、あの人の写真を見せながら得意げでした」

二つの別れ話について、彼から有益な情報は引き出せなかった。それぐらいでいいな、と言うように野上は咳払いをする。

「では、昨日のことをもう一度話していただけますか。火村先生と有栖川さんにも判るように、最初からお願いします」

さすがに今回は、対面した際に火村と私も何者であるか紹介されていた。

友一郎と鬼怒川は、午前十一時発の新幹線で東京を出て、午後一時半頃に新大阪に到着。そこで別れて、鬼怒川は梅田にあるオフィスに向かう。

「先生は、『菩提樹荘でのんびりする』とおっしゃっていました。彼女と二人きりでしっぽり過ごすのかな、と思いましたけれど、そんな立ち入ったことを訊いたりしていません」

オフィスに顔を出した鬼怒川は、東京での仕事が首尾よく運んだことを亜紗子に報告すると、三時前に退社する。

「疲れていましたし旅行鞄が重かったので、どこにも寄り道せずに帰りました。帰宅したのは四時半ぐらいでしょうか」

「自宅マンションの場所を先生方に」

鬼怒川が口にした住所は芦屋市内だった。彼は菩提樹荘から遠からぬところに住んでいたのだ。車を使えば、犯行現場まで十五分ぐらいで行けそうだ。

「東京でのスケジュールがタイトだったので、ごろりと横になって昼寝をしました。新幹線の中でも眠ったんですけれどね。目が覚めたら六時前。あり合わせのもので夕食を作り、部屋にいてもつまらないので八時頃に車で外出しました」

またしても夜のドライブだった。

「三宮まで行こうとしたんですけれど、面倒臭くなったのでやめ、友人がやっているダーツバーに顔を出しました。ダーツをするためで、もちろん酒は飲んでいませんよ」

その店があるのはＪＲ甲南山手《こうなんやまて》駅の近く。芦屋の隣の駅だ。これが、またまた菩提樹荘から十五分圏内。

「そちらの店を捜査員が訪ねて、確認ずみです」

「よかった。友人以外にも顔馴染みのお客さんがいたので、きっと証言してくれると思っていました」

いつもと変わらぬ様子の鬼怒川正斗が八時四十五分頃にやってきて、ソフトドリンクを飲みながらゲームを楽しんでいたことを、彼の友人である店長を初め複数の人間がはっきりと証言していたのだ。九時二十分頃、鬼怒川の携帯電話が鳴ったことも。

「亜紗子さんからの電話でびっくりして、すぐに菩提樹荘へ向かいました。あちらに着いたのは、九時半をいくらか過ぎた頃でしたね。その後のことは、刑事さんがご存じのとおりです」

要するに、彼は八時四十五分までは独りで行動していたのだから、犯行は可能だったのだ。自宅マンションが現場に近かったために、シロだとしてもアリバイが成立しにくい立場にいたと言えるが。

「だけど、ダーツバーに行ったことが確認できても、アリバイにはならない。――僕は疑われているんですよね？」

鬼怒川は低い声で野上に質す。

「そうだとしても、アリバイがあれば容疑者のリストからはずしてもらえたのに、そうなれずに残念です。先生と関係が深かった人物の中に犯人がいる、と警察はお考えなんでしょう。僕は、違うと思いますけれどね」

「今のところ、あなたを積極的に疑う理由はありませんな」

何か考えがあるらしい。

「僕の見方をしゃべってもいいですか？　犯人は、先生とあまり親しくなかった人物です。面識さえなかったかもしれない」

野上の片方の眉が動いた。そして、聞かせてもらいましょう、と言うかわりに軽く頷く。

「犯行は、池の畔で行なわれました。先生がたまたま散歩に出たところを襲われた、と見えますけれど、たまたまではないかもしれません」

「どういうことですか？」

「犯人は、先生が家の外に出てくるのを待ち伏せしていたのではないか、と言いたいんです。親しい人間ならば、家のドアホンを押して中に入れてもらえたでしょう。犯人はそれができなかった。親しくも何ともなかったからです。屋外で殺人を犯すって、リスキーでしょう。隣の家がだいぶ離れた一軒家とはいえ、避けたいはずです。ところが犯人はリスクを冒した。穏便に家に上がり込むことができなかったんです。――昨日の夜、警備システムは作動していないんですよね？」

菩提樹荘には、有名な警備会社のシールが貼ってあった。何者かが無理やり家に侵入しようとしたら、警報が鳴るとともに警備会社が異状を察知し、現場に急行したはずだ。

「していませんな」

「正面から訪問することもできなかった。錠を壊したり窓を破ったりもしていない。外で待ち伏せしていたんですよ。敷地内に入るだけでは、警備システムは作動しませんから」

「面識もない人間が、どうして友一郎さんが散歩に出てくるのを待ち伏せして殺害するんです？」

「ある種の異常者かもしれません。先生の若々しさに嫉妬する人やら、不自然だと言い掛かりをつけてくる人って、いるんです。直接、先生に詰め寄ってきた人はいませんよ。でも、著書についている読者カードにそんなことを書いて送ってくる人はいます」

異常者が待ち伏せしていた、とはまた飛躍した仮説だ。野上は、鼻から溜め息を洩らした。

「それを仄《ほの》めかす状況証拠などはありません。空論でしょう。犯人が、正面から訪問することができなかった？　ドサクサにまぎれて変なことを言いましたね。おそらく犯人は、ドアホンを押して訪問していますよ。それから友一郎さんに散歩に誘われ、池のそばで犯行に及んだと見る方が自然やないですか」

ドサクサにまぎれて、と言われた鬼怒川は心外そうだった。

「そんなに変なことを言ったでしょうか？　散歩に誘われたのなら、外に出る前にやってしまう方が利口だと思いませんか？　家の中でやる方がリスクが――」

「池の畔までできたところで、初めて殺意が芽生えたんでしょう。自分が容疑の圏外に出るため、見ず知らずの異常者の犯行にしようとするのは安易ではありませんかな」

鬼怒川は広い肩をすぼめて、おとなしくなる。このやりとりを聞いていた火村は、人差し指で唇をひと撫でする。

「あなたのご意見は参考になった――かもしれません」

「はあ」

自説が思わぬ人物に評価されて、鬼怒川は戸惑っている。

何を思いついたのか、犯罪学者はうっすらと笑う。それを見た鬼怒川の口許が小さく動く。気味が悪い、と声に出さず呟いたかのようだった。

7

深夜の阪神高速を大阪に向けて走りながら、口笛を吹こうとする。シューベルトの『菩提樹』を。火村ほどうまくは吹けず、掠《かす》れてメロディが切れ切れになる。

捜査会議が終了したのは十一時半。遅いからうちの道場に泊まっていったらどうか、と遠藤に誘われたが、丁重に辞退した。野上さんの隣に布団を敷きましょう、と言われたら逃げて帰るしかない。捜査会議だけは最後までしっかりと聴いてきた。

被害者の交友関係を洗ったいわゆる敷鑑《しきかん》の結果、友一郎の周囲で大きなトラブルが発生していた形跡はない、とのこと。席上で注目を集めたのは、北澄萌衣の許にさる青年実業家との縁談が持ち上がっていたことだった。友一郎と付き合っていては将来の展望が持てない、と彼女は別れ話を切り出したそうだが、良縁を摑むために決断したのかもしれない。それを友一郎が拒絶したことから彼女が逆上し、悲劇に至ったとも考えられる。当日、菩提樹荘を訪ねているのを本人が認めていることも大きい。

友一郎から一方的に別れを求められていた長束多鶴については、より明確な動機があるという見方が支配的だった。が、亜紗子と鬼怒川が「臭う」とコメントする捜査員も何人かいた。「仲睦まじい姉弟という感じはなかった」「鬼怒川君にしたら、腹に据えかねることもあったでしょうね」という声が彼らの周辺にあったからだ。

東京都内と大阪市内に二軒ある本宅の捜索状況も報告された。まだ特段の発見はなく、パソコンの中身については明日の朝会で発表されるらしい。

被害者の衣服が剝ぎ取られていたことについても活発な議論が交わされたが、火村と私が話した域を出ることはなく、この事件の最大の謎とされた。こういう事例は推理小説にはないのか、といきなり樺田警部に振られた時は焦った。うまく当て嵌《は》まる作例を紹介できれば、会議の末席に連なる甲斐があったのだが。

一度だけ私から発言を求めた。あの菩提樹の幹に何か文字が刻まれていなかったか、と。被害者が犯人の名前を書き残したりはしてくれていませんでしたよ、と失笑を買ってしまった。それはそうだろう。いきなり頭を殴られて倒れたら、木の幹にメッセージを書けるはずがない。

シューベルトの歌からの連想だった。〈幹には彫《え》りぬゆかし言葉〉。古雅に〈ゆかし言葉〉と訳されているのは、愛の言葉だという。今回の事件とはおよそ関係がないのに、菩提樹というだけで変なことを思いついてしまった。

大阪のベイエリアの明かりが右手前方に見えていた。道路は緩やかにカーブしながら、そちらに続いている。

夕食をきちんと食べられなかったので、今になって腹がすいてきた。冷蔵庫に昨日のカレーの残りがあったはず。またカレーになるが、帰ったら食べてしまいそうだ。

——なんか、お前とはカレーばっかり食べているような気がするよ。

火村の言葉を思い出す。

授業中に書いていた小説を覗き込んできたおかしな男。こんなに長い付き合いになろうとは思ってもみなかった。ましてや犯罪学者と推理作家になり、一緒に殺人事件の現場に立つなんて、想像できたはずもない。

彼が大学院に進み、犯罪社会学者となることだけなら予想できた。ことが計画どおりに運んだと言ってもよく、優秀な男だから希望をかなえるべくしてかなえた、というにすぎない。

私はというと、高校時代から推理作家を志望していて、こちらは実現可能性がさっぱり見えなかった。俺がなれずに誰がなる、といきり立った数時間後に、虚しい夢を描いているような気になって落ち込んだものだ。

芦屋川の川岸を歩きながら、火村は悪戯《いたずら》っぽい目をして言った。

——執筆中の新作のタイトルを言い当ててやろうか、アリス。

——何のつもりや？　そんなもん、当たるはずがないやないか。

担当編集者にもタイトルをしゃべっていないので、当てられたら魔法使いだ。

——『菩提樹荘殺人事件』。そうだろう？

大はずれだ、と答えたら、友人は苦笑した。

——あれ、違ったか。俺の直感もお粗末だな。

どういうことか説明を求めた。

——池の畔で樺田さんが『菩提樹荘殺人事件』という言葉を口にした時、お前は軽い衝撃を受けたように見えた。それで推測したのさ。今書いている作品のタイトルと見事にバッティングし、その偶然に驚いたのかな、と。

樺田の言葉はこうだった。〈有栖川さんがお書きになる小説風に言うと、菩提樹荘殺人事件ということになりますか〉。そう、自分の作品名と一致したので驚いた。ただし、執筆中の新作ではない。

火村に対してフェアであるために、私は真実を打ち明けることにした。

――直感はお粗末やけど、観察は鋭い。そういうタイトルの小説を過去に書いたことがあったんで、どきっとしたんや。

――ああ、未発表の小説なのか。その可能性を考慮しなかったのは失策だ。デビュー前の落選作か？

大学を卒業した後も、印刷会社の営業部に勤めながら投稿を繰り返し、目標に手が届くまで何年もかかった。新人賞を華々しく受賞したのではなく、佳作入選した作品でデビューというのが私らしい。

本が出ることを電話で伝えた時、火村は短いが心のこもった言葉で祝福してくれた。京都と大阪に別れ、すぐそばで見ていたのではないが、彼は私がもがいていたのを知っている。だから、デビュー前の落選作か、と訊いてきたのだろう。

そんな訊き方をされたから、本当のことをしゃべってしまった。

――いいや、もっと古い。生まれて初めて書いたミステリなんや。

――そりゃ記念すべき作品だ。俺が読ませてもらったのより古いんだな？

――あの三年前のやな。

十七歳。高校二年生だった。

生まれて初めてのミステリの前に、生まれて初めてのラブレターなるものを書いた。ありったけの勇気を掻き集め、相手に手渡したのが七月八日。彼女は驚くでもなくそれを受け取り、「バイバイ」と微笑して行ってしまったのだが――よき返事を期待している私に「バイバイ」以外の何も返してくれなかった。

返事がもらえなかったのは、いいとしよう。興味も関心もない相手からもらったラブレターが迷惑であることは、経験のない私でも想像がつく。

――ラブレターとミステリに何の関係があるんだ？

火村は当然のように訝《いぶか》った。

それを渡した翌日、彼女は学校を休んだ。前日の夜、つまり私が手紙を渡した夜に自殺を図っていたのだ。生に絶望する確たる原因もないまま、厭世《えんせい》感に苛《さい》なまれて手首を切った。若さゆえの悩みや苦しみと戦っていたのだろう。

――『生きていてもつまらないと思って』。親しい友だちにそう話したらしい。俺の手紙、つまらんものの象徴に思われたんかもな。

今だから笑いながら言えるが、その時は悲しんだ。その悲しみに黒い淵に引きずり込まれそうになったので、私は自分を救済するためにミステリを書いた。かねて考えていたトリックから即興的に物語を捻り出し、混沌が秩序に再編集される世界を創造し、精神のバランスを何とか保ったのだ。

――それが『菩提樹荘殺人事件』や。有栖川有栖《ありす》、永遠の未発表作品。

とんだ告白をしてしまった。こんな恥ずかしい話をしたのは、これまでに一回しかない。会社員時代、馬が合った広告会社の人間と飲みに行き、アルコールが言わせたことがあるだけ。素面《しらふ》でしゃべってしまうとは、弾みというのは恐ろしい。樺田警部もよけいなことを言ってくれたものだ。

――高校時代にそんなことがあったのか。きつい想い出だな。

火村が洩らしたのは、それだけ。

お前はどうなんや、と問いたかった。

彼がここまで犯罪、それも特に殺人の研究にのめり込むのには理由があるはずだ。それについて尋ねられた際、言うことは決まっていた。

――人を殺したい、と思ったことがあるから。

そうであるから殺人という行為の罪深さを普通でないほど憎み、それと分かちがたい人間の本質の一端に迫りたい、ということだろう。論理の飛躍やどこまで本当なのかという疑いもあるにせよ、理解できなくはない。

では、彼はいつ誰に真剣な殺意を抱いたのか？　それについては暗示しようともしない。二十歳で出会った時、すでに彼は禍々《まがまが》しい衝動を克服した上で、犯罪学を学んでいたようだ。だとすると、その大きな出来事は十代のうちに起きたことになる。私と出会うよりも前に、何があったのか？

悪夢を見ては悲鳴をあげて飛び起き、両手を食い入るように見ることさえあるのだから――彼は呪われている。

若い日のトラウマを吐き出すのなら今だ。聞いてやろう。

そう言いたかったのだが、火村は黙したままキャメルをくわえた。煙草を利用して、話すことを拒絶したのだ。

やはり彼の過去を知ることはできなかった。私たちは、いつも同じところで絶句する。謎を解くはずの探偵自身が謎になってしまってはお手上げだ。

自分の部屋に帰り着いたのは、零時をかなり過ぎてからだった。カレーの鍋を弱火で温めながらパソコンに届いているメールをチェックしていたら、テーブルに置いた携帯電話が鳴る。火村だった。

「ええタイミングでかけてくるやないか。捜査会議を思い返しながら、夜食を食べようとしてたところや」

「だったら悪いタイミングだろう。すまないな」

殊勝な態度ではないか。そう言われると私の心にも余裕が生まれ、コンロの火を消して、会議の模様を懇切丁寧に伝える気になろうというものだ。一部始終を話してから感想を求める。

「どういう事件なのか、まだ判らない。池の水を抜いて何が出てくるか、だな」

「地方整備局から借りたポンプ車で一気に水を汲み出してしまうそうや。そんな現場はめったに見られんから、明日は見学させてもらう」

見学という表現は暢気《のんき》すぎるか。

「面白いものが出たら報告を頼む。俺も夕方からなら自由に動けそうだ。——ゆっくり夜食を味わってくれ。ラーメンのいい匂いがしてるぜ」

今日の名探偵は調子が悪いようだった。

8

国土交通省の文字を車体に入れたポンプ車は、みるみる濁った水を吸い上げていった。ふだんは河川管理や水害時の復旧作業などに使用される特殊車両だ。発動発電機を搭載しているので、車が入る場所ならどこでも活動できる。

この車は、私が想像していたよりはるかに能力が高い。小学校の二十五メートルプールぐらいの水量なら、ものの十分ほどで空っぽにできると聞いて驚いた。これだけ高性能のポンプ車は日本にしかないらしい。汲み出された水は、百五十メートルほど離れた芦屋川に放水されていく。

「しきりに感心していますね、有栖川さん。私もですよ」

傍らで遠藤が言った。今日は制服に長靴という姿で、こういう場面に立ち会うのは彼も初めてだと言う。

作業が始まって三十分もたたないうちに、水位は大きく低下していた。この分なら、じきに底が見えてくるだろう。

「さて、どんなお宝が出てきますかね」

遠藤は揉み手せんばかりだ。見た目はよきパパだが、刑事が天職なのかもしれない。

「何かあるぞ！」

　離れたところで大きな声がした。一人の捜査員が、菩提樹の下を指差している。そのあたりはすっかり水が引き、底が露呈しかけていた。

〈何か〉は泥の上に落ちていたのではない。池の底近くの岸に窪みがあり、そこに押し込まれているようだ。ひと抱えほどの大きさで、ビニール袋でくるまれている。中身は黒っぽい鞄だ。

　と、スタンバイしていた野上が先陣を切って池に飛び降り、小さな水飛沫《しぶき》を上げた。釣られて降りる者はおらず、みんな野上に注目している。

　部長刑事は腰を屈め、「ふん」と息んでそれを抜き出す。ビニール袋でくるまれた鞄はアタッシェケースにしては分厚く、持ち手がついていないようだ。野上は、それを静かに岸に上げた。

　近くにいた捜査員たちが鞄を囲む。私もそちらに向かい、彼らの肩越しに覗き込んだ。ビニール袋から取り出された鞄はプラスチック製で、まだ真新しいもののようである。

「開けてみろ」

　樺田警部に言われるまでもなく野上は上蓋を開けようとしたが、うまくいかない。施錠されていたのだ。

　顔を突き出して、錠の部分を見た。鍵孔《かぎあな》の周囲に、釘か針金で引っ掻いたような瑕《きず》があった。この瑕も、どうやら新しい。

「よっぽど大事なものが入ってるんやな」

野上は、ぽんと鞄を叩く。ただ池に沈んでいただけではなく、窪みに収まっていたところからすると、隠してあったものと思われる。ビニール袋でくるんだぐらいでは充分な防水性は確保できないので、鞄自体が完全防水なのだろう。彼が軽く振ってみると、微かに音がした。書類の類が入っているようだ。

「本部に運べ。そこで開く」

この時点で、私は火村に第一報を入れたくなったが、彼は補講の最中だ。中身が判明してから連絡すればいいだろう。

野上は再び池に降りて、鞄を見つけたあたりを見分する。底近くには天然の窪みがいくつもあり、その一つを何者かが利用していたようだ。海や川ではないのだから、波の力で押し込まれたということはない。

「事件に関係があればいいんですけれどね」

遠藤は、そっけなく言った。どうしたことかテンションが下がっている。

「宝探しに成功しましたけれど、中に入っているのは脱税でこしらえた隠し財産かもしれませんよ。ポンプ車まで繰り出したのに、そうだとしたら税務署が喜ぶだけです」

その時だ。

「この袋も手掛かりになりそうやな」

ビニール袋の内側を調べていた樺田が言う。海老茶《えびちゃ》色の染みがついていた。

「もしかして、血痕ですか？」

私の目にはそう映った。

「そのようにも見えますね。水に沈めるから消えてしまう、と犯人が油断したんでしょう。血がついた手で触ったらしい。指紋が採れたら一発で解決やが……さすがにそれは虫がよすぎるか」

ビニール袋は鑑識に回されることになった。

「血痕は被害者のものかもしれません。もしそうやとしたら、税金逃れに隠した札束が入ってたとしても、事件と無関係ではなくなりそうですよ」

私が言うまでもなく、遠藤の目に輝きが甦っていた。

「隠し財産が目当ての犯行ということになりますね。その線は考えていませんでした」

そうこうしているうちに排水作業が完了し、池は水溜まりが点在する大きな穴と化す。その泥濘《ぬかるみ》に遠藤を含む捜査員たちが次々に降り立ち、あるかもしれない証拠品の捜索を開始した。金属探知機を手にした捜査員も腕まくりをして仕事にかかる。

風で運ばれてきたらしいゴミを取り除きながら作業は進んだ。池全体が調べられるが、犯行現場の周辺は重点的に人数が投入されている。岸から十メートルほどのところに転がっている拳《こぶし》大以上の石は、警部の指示ですべて収集された。凶器となった可能性があるからだ。

岸から三メートルほどの地点で、ある捜査員が小さなものを拾い上げた。それは陽光にきらりと光る。

大きさが違う四つの鍵がついたキーホルダーだった。そのうちの一つが菩提樹荘のドアの錠と合えば、被害者の所持品だと判明する。さっそく確かめられることになった。

「何や、これは⁉」

遠藤が叫ぶ。水溜まりに何かあるらしい。ピンセットを引っ掛けて彼がすくい上げたのは、防水の鞄より思いがけない品だった。

「そんなもんが出てくるか……」

樺田は、広げたハンカチでそれを受け取る。自動式拳銃だ。「どういう事件なのか、まだ判らない」と火村が言っていたが、ここで拳銃に出てこられては、ますます混迷が深まってしまう。

「ブローニングM1910か。三十二口径やな。ちゃんと銃口も開いてるけど……本物ではない」

やがて、低く唸《うな》りながら警部が言った。本物ではなくモデルガンだったらしい。私が首を伸ばしていると、ブツをこちらに向けてくれる。

「ほら、よく見てください。かなり精巧にできていますが、模造品ですよ。本物を持ち慣れていない有栖川さんでもお判りになるでしょう」

眼前で、しかと見た。

「ええ。……しかし、よくできていますね。違法性がありそうです」

「銃身をふさいでいないし、白もしくは黄色の塗装も施されていない。明らかに法に触れる。こういう趣味の玩具が許された時代もありますが、今では製造や販売どころか所持も禁じられています。……こいつはだいぶ古そうですね」

年代物なのかもしれないが、何年間も水に浸かっていたとは思えない。どこにも錆《さび》一つ浮いてないのだ。

「いつから池の底で眠っていたのか判りませんが、二日前に沈められたと見ることもできる。場所からして、事件と関係がありそうですね。桜沢友一郎にモデルガン蒐集《しゅうしゅう》の趣味があったかどうか、調べてみなくては。――これも鑑識へ」

そこへ、先ほど見つかったキーホルダーの鍵の一つが、菩提樹荘の玄関のものだという報《しら》せがもたらされる。発見が相次ぎ、現場の士気は盛り上がっていった。顔まで泥を撥《は》ね飛ばしながら、捜査員たちは次なる獲物を探す。

ビニール袋でくるまれた鞄、被害者のキーホルダー、精巧なモデルガンときたら、次は何だ？　とんでもない代物が現われるのではないか、と期待したのだけれど、根気のいる作業は延々と続き、時間だけが過ぎていく。

「本部に戻りましょうか」

樺田に声を掛けられた。例の鞄が開けられるというので、ぜひともその場に立ち会いたい。

「鍵を開ける手筈は整ったんですか？」

「メーカーに連絡して鍵を届けてもらうように計らったんですが、そんなことをしなくてもよかったかな」

警部の手には、証拠品収集用のビニール袋に入ったキーホルダーがあった。彼が言わんとすることが判った。

「その一番小さな鍵が、あの鞄のものかもしれませんね」

「ええ。こいつが先に見つかっていれば、この場で試せたのに。まぁ、何事もそう都合よくはいきません」

池の畔を離れ、車に向かう途中で警部は言った。

「あの鞄を池に沈めたのは、被害者本人でしょう。それもここ一週間以内に」

「どうして判るんですか？」

「今朝の朝会で、被害者のパソコンを調べていた捜査員から報告がありました。桜沢友一郎は、八日にネット通販を利用して防火防水機能がセールスポイントの鞄を購入しています。本宅にも別宅にもそれらしいものがなかったので、どうしたのかと気になっていました。あんなふうに使われていたとは」

中身が何なのか、猛烈に知りたくなってきた。

芦屋署に着くと、私たちは一号取調室に直行する。鞄はそこに運び込まれ、机の上に鎮座していた。そして、折しもメーカーの営業所から合鍵を持った男性社員が駆けつけたところだった。

「どういう鍵ですか？」

警部は、男性が持ってきた鍵とキーホルダーの鍵を照合する。どう見ても同じものだ。彼に無駄足を踏ませてしまった。

「これを使ってみてください」

警部からキーホルダーの鍵を渡された男は、それを鍵孔に差す直前に、言い訳するように言う。

「無理に開けようとなさった跡がございますね。鍵孔が破損していなければよろしいのですが」

鍵を捻ると、バチンという音とともに上蓋が開いた。任務を果たした男は、「ほっ」と安堵《あんど》の吐息をしてから退き、警部と入れ替わる。

「お忙しい中、ご足労いただいてありがとうございました。大助かりです」

男が退室するのを待って、警部は鞄を開く。中にあったのは、五つのビニール袋に小分けされた手紙類や写真の束など。封書はどれも開封ずみで、宛名は桜沢友一郎になっている。取り出して差出人を見ると、ある束は長束多鶴、別の束は北澄萌衣。他のも手紙の差出人は、すべて女性名という共通点があった。

警部は、「ふっ」と一通の封筒に息を吹き込んでから、手袋をした指先で慎重に便箋をつまみ出した。長束多鶴からの手紙で、ざっと目を走らせただけで熱烈なラブレターだというのが判る。日付は今年の一月六日。友一郎に急な仕事が飛び込み、デートの約束がキャンセルになった後で書かれたものらしかった。冗談めかした恨み言や世にも甘ったるい言葉が綴《つづ》られていて、第三者が読むことに罪悪感を覚える。

二通、三通と見ていったが、どれも熱い恋文であることに違いはなかった。中にはきわどい内容のものもある。問題にすべきは婀娜《あだ》めいた部分ではなく、殺人事件に結びつきそうないさかいだ。しかし、読み進めても肝心のそういう記述にぶつからない。

写真は、さらに見るに忍びなかった。芸術写真めかしたヌードもあったが、どうして閨《ねや》でこんなものを撮るのだ、というものがほとんどである。

「撮影したのが桜沢友一郎であることは間違いないでしょう。被写体は、彼の新旧の恋人たち。やれやれ」

警部は不快そうに言い、写真をもとに戻した。写真の束が入っていたビニール袋の中には、USBメモリーもある。どんなデータが保存されているのか、容易に想像がつく。

「計画的ですね。交際が順調なうちにこんなものを集めておいて、別れ話がこじれた時に備えていたんですよ。ただの趣味ではないと思います」

手紙のいくつかに、〈あなたが望むから〉という意味のフレーズが出てきた。あなたが情熱的に望むから、私は恥じらいを捨ててこんな手紙を書いている、と。まさに別れ話がこじれた時に備えて、友一郎が書くようねだっていたのだ。

双方がこういう手紙を書いていたわけではない。複数の女性が〈あなたはメールもろくにくれないのに〉と拗ねている。友一郎が、自分は恋の証拠物件を遺すまいとしていたのは明白だ。

「卑劣ですね」

思わず声が尖った。

「ええ、そう言うしかありません。――長束多鶴は、現に被害者から圧力を掛けられていたようですね。家宅捜索で何かが出てくることを覚悟していました。あれは、こういう手紙や写真を指していたんでしょう。その存在を彼女が知っていたことが問題です」

恋人同士の秘めやかなお楽しみ、ではなかった証拠だ。

「北澄萌衣はどうなんでしょう？」

「彼女については、何とも言えませんね。長束らとは逆のパターンで、『俺と別れるなんて勝手なことを言うな。そんなことをしたら、まずいものをばら撒《ま》くぞ』と恫喝していたとも考えられます」

警部は、ＵＳＢメモリーを取り出した。不愉快な仕事だが、ここに何が保存されているかも調べなくてはならない。

刑事部屋に移動して、パソコンに呼び出してみる。画面に現われたのは、やはり女性たちの露わな肢体だ。私は途中から見るのをやめたが、警部は最後まで確認した。

「こういうものが出てきたことを、有栖川さんから火村先生にご報告いただけますか」

「はい。そろそろ彼も補講を終えているでしょう」

部屋の隅で、携帯電話にかけてみる。准教授はすぐに出た。ほとんど質問を挟むことなく聴き終えたところで、彼は言う。

「やっと判ったよ。どういう事件だったのか」

すでに過去形でしゃべっている。

「解決した、と言わんばかりやな」

「もちろん、まだ先は長い。それでも出口が見えてきたじゃないか。鞄を包んでいたビニール袋に付着していたのが被害者の血なら、真相へのハイウェイが開通する」

「鞄を取り戻そうとした人物による犯行やとしたら、弱みを握られてた長束多鶴か北澄萌衣のどっちかが犯人なんやな？」

私は電話を持ち直して、火村の返事を待った。

9

「長束多鶴も北澄萌衣も、犯人ではないと考えます」

満座の捜査員たちから、ざわめきが起きた。樺田警部は静粛を命じてから、犯罪学者に言う。

「じっくりとご説明していただきましょうか。こちらにきてお話しください」

「では」

私の横に座っていた彼は、すっと腰を上げて進み出ると、ホワイトボードの前に立つ。これから講義を始めるかのように。

咳《しわぶき》が潮のように引き、静まり返った部屋に彼の声が響く。

「彼女らをシロと考える根拠を順序立てて話します。そのためには、この事件の全体像について確認しなくてはなりません」

一番後ろの席で、私は緊張に身を硬くしていた。ここからでは捜査員たちの後頭部しか見ることができないが、鋭い視線が火村に注がれているのを感じる。

「池の底、正確には底近くの窪みから発見された鞄が、事件の中心にあることは疑いありません。その鞄をくるんでいたビニール袋の内側に被害者の血が付着していたのですから」

夕方、鑑定結果が出ていた。

「犯人は、桜沢友一郎を殺害してから池に入り、あの鞄をいったん取り出し、そしてまたもとの場所に戻しておいたことになります。濁った水に身を浸してまで取った鞄ですが、鍵が掛かっていたため犯人は開くことができませんでした。歯嚙みをしたのではないでしょうか。鍵孔についていた瑕が苛立《いらだ》ちを物語っています。そのあたりに落ちていた釘か何かで、ガチャガチャとやってみた末に諦めたようですね。――どうかしましたか、野上さん？」

最前列の右端にいる野上が、何かいいたげなそぶりを見せたのだろう。名指しされた刑事は大きな声で返す。

「それは、つまり、犯人は鍵を持ってなかったわけですな。被害者のキーホルダーは、その時点で池に沈んでおった、と」

「そうです。鞄を手にした時、被害者がキーホルダーを身に着けたままならば、当然そこにあったものが合うか試してみたでしょう。いかにも合いそうな小さな鍵を」

「キーホルダーはどうして池に沈んだとお考えですか？」

「死の直前に、被害者が投げ捨てたものと思われます。断定できませんが、そうでなければ岸から三メートルも離れた地点で見つかった説明がつかない。それを必要としていた犯人が捨てたわけがありません」

「了解しました。続きを」

火村は正面を向く。

「犯人は、友一郎を殴打して死に至らしめますが、被害者は絶命するまで、鍵を池に投げるだけの時間はあった。それが犯人にとっては悲運でした。苦労して手にした鞄を開けなくなったのみならず、重要な手掛かりを私たちに与えてしまった。──まだ野上さんは何かおっしゃりたそうですね。ええ、判ります。こうおっしゃりたいのでしょう？『鍵がなくて鞄が開けられなかったとしても、その中身が欲しかったのなら、鞄を持ち去ればよかったではないか』」

あちらでもこちらでも頷く者がいた。野上は言う。

「そう、鞄をもとに戻したのが不可解です。合理的な説明をつけようとしたら、いくつか浮かびますがね」

「たとえば？」

火村に促され、野上は答える。

「第一に、鞄を手にしただけで中身が自分の望んでいたものではないことが判った。第二に、嵩張《かさば》るので持ち去れない事情があった。第三に、邪魔が入った。第四に、泣く泣く諦めた。——他にも考えられますかな？」

「もう一つあります」

「ほぉ。どんな理由です？　伺いましょうか、第五の理由を」

「それが不要になった」

ざわざわと、部屋が騒がしくなる。

「それは私が言った第一の理由と同じことではないんですか？」

「野上さんがおっしゃったのは、鞄を持ってみた犯人が『おや、こんなに軽いのか。ならば札束が入っているのではないんだな。いいや。畜生め』といったケースでしょう。私が提起したのは、別の可能性です。じゃあ、いいや。犯人は目的の鞄を前にして、それが開けられないことを知り、こう考えた。『まぁ、いいや。この中身はもう不要になった』。鞄の中身は何でしたか？　そう、脅迫の材料です。脅されていた犯人がその鞄を手にしたら、中身を処分したいのは山々ながら、無理をして持ち去らなくてもよくなったことに気づきます。脅迫者は自分が殺し、いなくなったのですから」

「……しかし、とはいえ不都合なものが詰まってるんやから、持ち帰ってどこかに廃棄したくなるのでは？」

「野上さんも先ほどおっしゃったとおり、携帯電話と違ってあの鞄は嵩張ります。持ち手もなくて運びにくい。どこかに廃棄するとなると、場所探しにも苦労しますよ。下手なところに捨てて警察に渡ったら、中身を見られて『これを持ち出すための犯行だったのか』と墓穴を掘ることになりかねない。そっと戻しておくのがいい、と考えても何の不思議もありません」

「ところが、われわれは池を浚《さら》って鞄を見つけた。持ち去っていた方が賢かったわけや」

「結果論としては、そうなります。しかし、他の場所に捨てていたら、もっと早く見つかってしまったかもしれないし、処分するところを目撃されたり、あるいは処分方法を考えているうちに警察の家宅捜索に遭ったりする恐れもありました。何が最善の策だったかは、決定しかねます」

野上は、ひとまず納得したらしい。

「判りました。で、先生はその第五の理由を採用するんですな？」

「他の四つよりは蓋然《がいぜん》性が高いと見ています」

ここで遠藤が挙手をした。そちらを火村が指差す光景は、ゼミのひとコマのようである。

「しかしですね、先生がおっしゃるとおりだとしたら、長束多鶴と北澄萌衣はいよいよ怪しくないですか？　当人たちは口を噤《つぐ》んでいますが、あの二人こそ桜沢友一郎に脅迫されているところだったと考えられます。友一郎を殺害し、秘密が詰まった鞄を奪おうとしたら鍵が掛かっていて開かない。『まぁ、いいや。脅迫していた友一郎は死んだんだから、この中身が公表される恐れはない』と思い、鞄を置いて逃げた。先生が描く犯人像と矛盾しません。アリバイも不成立で、犯行の機会もありました」

話がぐるりと回って、最初に戻った。

二日間にわたる捜査の結果、友一郎を殺害する動機がありそうな人物は、桜沢亜紗子、鬼怒川正斗、長束多鶴、北澄萌衣の四人に絞られかけていた。それ以外にも嫌疑を向けられそうな人物もいたが、首都圏など遠隔地にいて疑いようのないアリバイがあり、容疑者リストから抹消されていた。四人の中でも、とりわけ疑わしいのは長束と北澄である。彼女らが弱みを握られていたことは実証ずみなのだから。そこで火村が、彼女らはシロだ、と発言したために、警部に前に引っぱり出されたのである。

「そう、拳銃のこともあります」遠藤の声が高くなる。「被害者にモデルガン集めの趣味はありませんでした。少なくとも、あったという証言は出ていません。とすると、犯人が現場に持ち込んだ公算が高い。モデルガンで被害者を脅し、鞄の在処《ありか》を吐かせたものと思われます。大胆な芝居ではありますが、その手口も腕力で劣る女ならでは、と見ることもできますよ」

犯人がモデルガンを使って被害者を脅したという見方については、火村も同意見だった。

「その時の様子を録画していたビデオはなく、目撃していたのは菩提樹だけですが、遠藤さんのおっしゃったままのことが起きたのだろう、と私も考えています。被害者は顫《ふる》え上がったものの、次第に冷静さを取り戻し、月明かりの池の畔でそれが本物の拳銃でないことに気づく。ふざけやがって、と、モデルガンをもぎ取って池に捨てますが、その間に犯人は転がっていた石を拾い上げ、側頭部を殴りつけた——というところでしょう」

「ええ。モデルガンという小道具も、女が犯人だということを臭わせていませんか？」

「そこで見解が分かれますね。同じことを男がしたって不思議はないし、モデルガンを思いついたり調達できたりしたことは犯人が男だからかもしれませんよ」

樺田警部の隣の芦屋署長が、閉口した口調で言う。

「話が進みませんね。質問は控えて、しばらく先生の推理を伺いましょう」

かくして、捜査会議の場は火村の独擅場となる。

「池の畔で何があったのか、事件の全体像は見えてきましたが、犯人の顔は黒いベールに覆われたままです。そいつを剝ぐと、長束多鶴あるいは北澄萌衣の顔が出てくるとお考えの方もいるようです。しかし、その二人は犯人たり得ません」

ホワイトボードの右半分は白いままだった。火村はフェルトペンを取って、そこにまず犯行推定時刻＝七時半〜八時半の間と書いてから、容疑者二人のアリバイを並べる。

「彼女らの当夜の行動について、信じるに値する証人によって確認ずみなのはこれらの点です。長束多鶴は、八時十五分に芦屋市内のレストランに現われ、以降はそこでディナーを楽しんだ。北澄萌衣は、七時四十五分に元町のレストランを出て、八時四十分に夙川手前の喫茶店に入った。——なるほど、これだけを見れば犯行は可能のようにも思えます」

火村はペンを置く。

「しつこいようですが、もう一度だけおさらいです。とてもスピーディーに犯行がなされたと仮定してみましょう。——犯人は、被害者に会うなりモデルガンで脅し、目的のものがある場所へと案内させました。そして、菩提樹のそばで『このあたりで池に沈めた』と聞き出した直後に事件が起きます。犯人は、相手を殺害してしまったことに動揺したかもしれませんが、それでも目的のものを手に入れずにおくものか、と池の中を探り、鞄を手にするところまではいったものの、鍵がないために断念して逃走した。どれだけの時間を要したか？　二、三十分はかかったでしょうね」

ホワイトボードを指して、彼は言う。

「長束多鶴には、アリバイのない時間が約四十五分ある。犯行現場からレストランへ移動する時間を引けば、約三十分。北澄萌衣には、アリバイのない時間が約五十五分ある。

元町のレストランから犯行現場に移動する時間と現場から喫茶店に移動する時間を引くと、約二十分。からくも犯行が可能にも思えますが、殺して鞄を手に取る時間があった、というにすぎません」

「『というにすぎません』で片づけられることでしょうか？　非常に大きな意味を持つと思いますが」

黙っていられなくなったのか、遠藤が挙手もせずに発言する。

「先生が長束と北澄をシロだとする根拠は、要するにこういうことですか？　目的のものが池に沈めてあることを知った犯人は、隣家が離れているとはいえ月明かりの下で裸になり、池に入っている。そんな行為は女には過酷すぎる、と。――しかし、裸で濁った水に浸かるぐらいは思い切ればできます。殺す機会も鞄を手に取る機会もあったのなら、二人の女は犯人の条件を満たしているでしょう。違いますか？」

火村はきっぱりと答えた。

「満たしていません。――ずぶ濡れになった長い髪を乾かし、化粧を直す時間がない」

昨今は女性の刑事も増えてきたが、この捜査会議に出ているのは全員が男性だった。

火村の指摘に、今さらのように「ああ……」という声が洩れる。

「鞄は池の底近くに隠してありました。それをいったん引き揚げたのは犯人自身であり、被害者に『あなたが取り出しなさい』と命じたわけではありません。被害者の体は濡れていませんでしたからね。あの池は、岸からすぐの地点でも水深が一メートルありました。底近くの窪みに隠してあった鞄を引き出そうとしたら、頭のてっぺんまで水面下に沈めなくてはならず、それがロングヘアの女性にとってどれだけ厄介だったことか想像してみてください」

野上がバンと机を叩いた。

「ということは、姉の亜紗子もシロということか。高速を飛ばして八時半までに現場に着いていたとしても、犯行をすませた後、消防や警察がくるまでにあの厚い化粧を直す余裕はなかった」

「ええ、あるわけがない。——犯人は男です。関係者に一人だけいましたね。しかも、並外れて頭髪の短い男が。桜沢友一郎を殺害したのは、鬼怒川正斗です」

その結論を聞いて、樺田が言う。

「鬼怒川は被害者とうまくいってなかった、と見る者もいました。しかし、彼にはあの鞄を奪おうとする動機がないではありませんか」

「何か弱みがあって、証拠の品を握られていると勘違いしていたのかもしれません。あるいは、被害者が勘違いをさせていたのかも。今後の捜査ではっきりすると思います」

警部は唸ってから、別の疑問を口にする。

「池に被害者の衣類が投げ捨てられていたのは何故でしょう？　そこが不可解なままです」

「いたって簡単な説明がありますよ。スキンヘッドであろうがノーメイクであろうが、全裸で濁った水に潜ってから岸に上がれば、ずぶ濡れになった体を拭きたくなるでしょう。気持ちが悪いのは我慢できたとしても、服やズボンを濡らしてしまうと異様な風体になり、そんな姿を誰かに目撃されてはまずい。すぐそこの菩提樹荘にバスタオルを取りに行こうにも鍵は池に沈んでしまった。そこで、被害者の衣類を脱がせて代用したのでしょう。自分の体毛を付着させないように注意しつつ。使い終わってから池に投げ捨てれば、それをバスタオル代わりにした痕跡は消えます」

「どんな理由かと思えば、ただそれが目的で死体をトランクス一枚にしたわけですか。体を拭くためとは……。考えすぎていました」

警部は悔しげな顔をする。納得した、ということだろう。なりゆきを見守っていた私は、ふうと息を吐く。

「ご質問のある方は？」

いくつもの手が挙がった。

「圧倒されそうな迫力ですね。学生たちに見習ってもらいたいものです」

火村の推理をそのまま受け容れたのか、懸命に粗《あら》を探しているのか、最前列端の野上は腕組みをしたままだ。どんな顔をしているのか見えないのが残念だった。

10

被害者のワイシャツから採取された微細な体毛や、鬼怒川の下着に残存していた池の水の成分など、捜査員たちは執念で見つけ出した証拠を容疑者に突きつけ、事件を解決に導いた。あの夜、菩提樹が立つ池の畔で起きたことは、火村が見抜いたとおりだった。

「北澄萌衣さんを菩提樹荘に呼んでいたとは知りませんでした。あの人も疲れているようだったので、さすがに今夜は独りでのんびり過ごすのだろう、と思っていたんです。だから、談判をするのにいい機会だ、と出向いてあんなことに……。あちらに着いたのは七時半過ぎ。電話に邪魔されたくなかったので、携帯の電源は切ってもらいました。モデルガンは、高校時代に友人が『親戚の叔父さんからもらったものだけど、やばいから捨てる』と言うのを面白がってもらったものです。亜紗子さんから急な連絡が入るとは予想外でした。際どいタイミングですれ違ったんですね」

動機について、彼は語った。

「仕事の手順がよくないと叱る際の陰険な物言いに腹が立っていました。顔立ちがよく、若く見える家系に生まれたこと。弁舌の巧みなこと。それをフルに利用したアンチエイジング人生の勧めにもうんざりしたし、女性を粗末に扱うことも不愉快でした。僕は、父の横暴に泣かされる母を見ながら育ったので、そういうことには生理的に抵抗を覚えるんです」

友一郎への殺意は、時間をかけて形成されていったという。

「秘書なんて、もうたくさんだと思いました。さっさと辞めていればよかったんでしょうね。でも、機を逸してしまったのか、『ただ辞めるだけでは不本意だ。最後にひと泡吹かせてやりたい』という望みを抱くようになります。あの人は、付き合う女性の弱みを握り、いざとなったらそれを駆使するのを〈コツ〉と称していました。黙っていればいいことを口走ってしまう愚かな人でした。『あなたがテレビに生出演している間に、あれもこれも盗み出してやる』なんて長束さんが言ったことも、ぼやいていましたね。警備システムが入っている家の中に置いておけばよさそうなものですが、ああいうシステムで守られた家にも空き巣は入ります。だから、完全防水の鞄に詰め替えて池に沈めたりしたくなったんでしょう。そんなことをしたら中身を取り出すのもひと苦労のはずですが、もっぱら脅しの道具にするだけで、実際にあれらを使うことはなかったんでしょうね」

ひと泡吹かせるだけなら、ああまで鞄に拘《こだわ》らなくてもよさそうなものだが——

「携帯で撮った恋人の写真を自慢げに見せられた、と言いましたよね。北澄萌衣さんの写真も見た、と。会ったこともありませんが、僕は彼女が好きになったんです。もちろん、本気で恋をしたのではありませんが、『ああ、こんな可愛いお嬢さんを苦しめているのか。罰を下すべきだな』と憤りました。それだけなんですが……自分でも不思議なほど激しい怒りでした」

そういう動機だったので、鞄が開けられないと知った時も、危険を冒してまで厄介なものを持ち去ろうとはしなかった。

「いずれ警察の方が見つけるかもしれないけれど、刑事さんの目に触れるだけですむなら北澄さんにも辛抱してもらおう、と思いました。携帯は持ち去って処分しましたが……。あの嵩張る鞄、僕はどうすればよかったんでしょうね。いえ、逮捕されたことを後悔しているわけではないんですが。——火村先生でも同じようにしただろう、ですって？　持ち去ればよかったというのは結果論？　……そうですか」

そこで彼は微笑みかけ、慌てて口許を引き締めたそうだ。

「犯行後、ダーツバーに行ったのはアリバイ工作ではないんです。そう取られても仕方がないかもしれませんけど、自分が実際にやったんですからアリバイが成立するわけがないと承知していましたよ。じゃあ、どうして行ったのか？　独りになるのが怖かったんですよ。よけいなことを考えないようにするため、人のぬくもりがあるところへ逃げ込もうとしたんです」

野上や火村に対して必死で無実を訴え、捜査を誤導しようとしていた。犯行後、独りになるのが怖かったなどと言われても空々しかったが——

「あの人の秘書をしているうちに、つまらない癖が伝染したんでしょう。自分の出任せに酔って、演技を楽しんでいました。楽しむことで恐怖を紛らわそうとしていたんです。

——もうお手数は掛けさせません。すべてを話します」

事件は解決した。

梅雨が明け、夏がくる。

空っぽになった池の底に、じりじりと陽が照りつけているのだろう。

その傍らでは、風が吹けば菩提樹がそよいでいるのだろう。

美しい水面に、逆さになった木の影が落ちる日がくるかどうか。

私の心にも、人知れず菩提樹が立っている。

かつてその幹にある少女の名前を刻んだ。もうその名は判読するのが難しいが、掠れてぼんやりとしたものになっても、消えてはしまわないようだ。

火村英生の心にも、ぽつんと木が立っているのだと思う。菩提樹だということにしておこう。

その梢《こずえ》が風に騒ぐことは、もうないのだろうか?

若い日、鋭いナイフを手にした彼は、幹に誰の名前を刻んだのだろうか?

聞いてみたいが、ついに知ることがないままになってもかまいはしない。

私の拙《つたな》い『菩提樹荘殺人事件』も永遠の未発表作品なのだから。

あとがき

本書に収録した四編には、〈若さ〉という共通のモチーフがある。当初から意図していたわけではなく、少年犯罪を扱った「アポロンのナイフ」に続いて書いた「探偵、青の時代」で、火村英生の大学生時代を書いたところで思いついた。〈若さ〉を物語に織り込むことで作品集を淡く彩色した、という感じなのだが、それをモチーフにした途端にクローズアップされてしまう問題があった。

このシリーズに長く付き合ってくださっている読者ならご承知かと思うが、火村・アリスのコンビはある時点から齢をとらなくなり、いつも三十四歳で登場する。いわゆるサザエさん方式で、シリーズものでは珍しくない。時代だけが移り変わり、彼らは超越的に常に〈現代〉を生きるわけだ。

そこにフィクションならではの面白さを盛ることもできる反面、この方式を選んだことで、リアリティを筆頭に失われるものも多い。年齢を重ねて何を得ていくのか、どう変化していくのかは人間にとって大切なことなのに、サザエさん化したキャラクターたちはその課題に直面することがないからだ。

同じ齢のままで、キャラクターの成長や変化を描く手もないではない。しかし、生年不明の彼らの世代を描くことはできず、時代背景が空白だから生い立ちを克明に書くことも困難だ。その不自然さに耐えられないがために、サザエさん化を拒否する作者も多いだろう。

私自身、このシリーズ以外に二つのシリーズを現在も書き続けているが、そちらではキャラクターに齢をとらせている。そうしなければ書けないことを書くためである。

火村&アリスのシリーズにしても、いつまでも同じ状態が続くという絶対の保証はないのだが、今のところ彼らに齢をとらせるつもりはない。時々、昔からお読みいただいている方に「二人の年齢に追いつき、追い越してしまいました」と言われることがある。つつがなく追い越せたことを喜んでいただけたら幸いだ。

大家族の時代が遠い過去となった昨今、有名人（特に芸能人）の社会的効用の一つは、みんなの前で老けていってくれることではないか。時代の顔になったり、その世代の代表になったりするスーパースターに限らず、テレビ等のマスメディアで活躍する人たちの成長・成熟や老いを目撃・観察することで、私たちは時間が確実に流れていることを感じ、自分の人生の長さを推し量る材料にする。その効用がなければ、芸能人に対する関心というのは、もっと薄いものになりそうだ。

と同時に、不老の人を見たいという欲望も人間は持っており、そのためサザエさん化したキャラクターが存在するのかもしれない。自らが創造した火村やアリスたちが、次第に自分の実年齢から遠ざかっていくことについて、私自身「これでよい」と楽しんでいる。

収録作品すべてにコメントを付す紙幅はないから、表題作について少し。

作中のアリスの体験は純然たるフィクションなのだが、私は十六歳で「ぼだい樹荘殺人事件」という小説を書いたことがある。海辺の別荘で殺人事件が起き、浜辺に犯人の足跡が遺っていないという密室ものの短編ミステリで、内容は「菩提樹荘の殺人」とはまったくの別物だ。探偵小説専門誌「幻影城」の第一回新人賞に応募するために書いた。

アリスの悲恋物語については別の作品で二度言及したことがあるのだが、〈若さ〉をモチーフにした本書の中で、あらためて彼自身の青春時代のフラッシュバックを入れた。その時に彼が生まれて初めて書いた小説はどういうものだったのか、私はこれまで知らなかった（必要がないので考えていなかった）。何というタイトルだったんだろうな、と思った時に、脳裏に飛来したのが「ぼだい樹荘殺人事件」で、たちまち「ああ、きっとそれだ」と確信した。ただ、私は作中のアリスとは別人格なので、「ぼだい樹荘」ではなく「菩提樹荘」と表記を変えた。

このように、私は作中人物たちについて知らないことだらけなのだが、たまに「ああ、そうだったのか」と知る（考え出すのではない）瞬間がある。火村英生の語られぬ過去についても、今はまだ知らないが、いつか突然に知る瞬間がくるかもしれない。

謝辞です。

いつも拙著を美しい装幀で飾ってくださる大路浩実さん、それぞれの作品の発表時にお世話になった編集部の石井一成さん、『火村英生に捧げる犯罪』に続いて今回も単行本化をご担当いただいた加藤はるかさんに深甚な感謝を捧げます。

そして、最後になりましたがお読みいただいた皆様、ありがとうございます。

二〇一三年七月五日

有栖川有栖

文庫版あとがき

単行本のあとがきで、火村やアリスたちがサザエさん化して齢を取らないことについて色々と書いているのを読み返し、どうにも弁解めいているのに苦笑した。そんなのはシリーズものにはありふれたことで、ミステリに登場する名警部・名刑事たちも定年にならずいつまでも現役で活躍しているのに。

「探偵、青の時代」を書いた時に、「これはいつ頃の大学生なんだ？　ぼかして書くけれど、車種がたくさん出てくるから、おのずと幅が特定される。それは仕方がないか」などと思ったため、言い訳っぽくなったようだ。

そして、肝心なことを書いていなかった。サザエさんの名前を出すことで生じる誤解がある。

私が主人公たちに齢を取らせないのは、彼らに常に現代に生きてもらいたいからであって、時間が静止したファンタジー空間に浮かんでいて欲しいからではない。だから、これまでずっと現実の事象（事件や世相など）を作中に取り込んできたつもりだ。『サザエさん』は作者が故人となっているせいもあり、オリジナルの作品世界を守るためにアニメで描かれる磯野家はいまだにパソコンもスマートフォンも導入していないようなので、そこが大きく違う。

本格ミステリの中心にある謎解きについては、うまく書けばその面白さはなかなか古びないもので、シャーロック・ホームズの物語を読んだ小学生が、「電話もないような時代の謎解きに付き合えない」とは思わない。明日もどこかで少年少女が、あるいは初めてミステリを手に取った大人の読者が、「シャーロック・ホームズの推理って、すごいな」と感嘆することだろう。そして、作品の背景となったヴィクトリア時代のイギリスに想いを馳せる。

ホームズものと自作を同列にするのはおこがましいが、謎解きの面白さはいつまでも古びず、物語の背景は時間を経るほどにセピア色に変わっていくようなミステリが書けたら本望だ。

収録した四編のうち、大学生の火村が登場する「探偵、青の時代」のみ過去の物語だから、同時代的ではない普遍的な若さが描かれている。読み返してみて、「火村よ、それではあかんやろ。若いなぁ」とここでも苦笑した。

文庫化にあたり、円堂都司昭さんには最新刊から他のシリーズまでを射程に入れた解説をお書きいただき、作者として刺激を受けました。

大路浩実さんの文庫バージョン装丁もとても気に入っています。

文春文庫部の加藤はるかさんには、単行本に引き続いて大変お世話になりました。感謝申し上げます。
そして、お読みいただいた皆様、ありがとうございます。

二〇一五年十一月二十五日

有栖川有栖

解説

円堂都司昭

　二〇一五年に出版された『絶歌　神戸連続児童殺傷事件』は、物議を醸した。一九九七年に十四歳の少年が「酒鬼薔薇聖斗」を名乗り、小学生を殺傷した。その加害少年が三十二歳になり、「元少年A」名義で事件の回顧手記『絶歌』を発表したのだ。少年犯罪であるため匿名報道された事件について、成人後の加害者が匿名のまま本にして売る。彼の行動に関し、表現の自由は尊重されるべきとする意見もあったが、批判は多かった。この件に限らず、少年犯罪の扱いは、何度も議論の的になってきた。

　二〇一三年に単行本で刊行され、二〇一六年にこうして文庫化される有栖川有栖著『菩提樹荘の殺人』には、四編が収められている。臨床犯罪学者・火村英生と作家・有栖川有栖（登場人物のほうは以後アリスと表記）が難事件の謎を解くシリーズの短編集であり、著者が親本のあとがきで書いていた通り、四編に共通するモチーフは「若さ」だ。冒頭収録の「アポロンのナイフ」では、連続殺傷犯とされ「アポロン」のあだ名がつけられた高校生が逃走中に、未成年が被害者となる新たな事件が発生する。同作では、少年犯罪がテーマになる。

注目したいのは、火村がなぜ犯罪学の道を選んだのか。理由についてシリーズでは、「人を殺したいと本気で思ったことがあるからだ」と語られてきた。かつて同じ大学に通ったアリスは火村と二十歳で知りあい、そのことを聞かされた。火村の殺意は十代の時のものであり、実行していれば彼も「少年A」になっていただろう。幸いなことに三十代の火村は「元少年A」ではなく、大学の先生になっている。彼の殺意がどのようなものであったか、シリーズ内で詳しく書かれたことはない。だが、正義を追求する犯罪学者の名探偵が、かつて殺意を抱えていたという設定は、火村にある種の陰影を与えている。このことが「アポロンのナイフ」の緊張感に結びついてもいる。

また、「雛人形を笑え」では人気上昇中の漫才コンビ「雛人形」の一人が殺され、「探偵、青の時代」では、学生時代に火村が名推理で友人たちを驚かせたエピソードが披露される。一方、「菩提樹荘の殺人」では、アンチエイジングの旗手として人気だった五十三歳男性が庭で殺害され、なぜかトランクスだけの裸で発見された。

「アポロンのナイフ」では少年法に関連した年齢による線引きが語られ、「菩提樹荘の殺人」では若々しさを固定したがるアンチエイジングの旗手が被害者になる。二作は、「若さ」をめぐる制度や願望を題材にしている。これに対し、「雛人形を笑え」と「探偵、青の時代」は、「若さ」のただなかにいる人間の夢への情熱や短慮を描いている。「若さ」というものにどう対処するかと、「若さ」のなかでどう過ごすか。外側と内側から、それぞれ異なった形で「若さ」にアプローチしたのも、本短編集の妙だ。

そして、本書では、若き日の火村が描かれるだけでなく、アリスの過去にも触れられている。「菩提樹荘の殺人」では、アリスが十七歳で初めて書いた小説が、「菩提樹荘殺人事件」と題されていたと語られる。これは、著者の有栖川が十六歳で「ぼだい樹荘殺人事件」を書き、雑誌「幻影城」に応募したことに由来する。だが、有栖川自身の最初の小説は同作ではなく、十一歳の時の「虹色の殺人」だった。彼のジュブナイル・ミステリ『虹果て村の秘密』（二〇〇三年）で、推理作家志望の十二歳・上月秀介《こうづきしゅうすけ》が「虹色の殺人」を書きかけていたのも、自身の経験に基づく。

有栖川は、小説やエッセイでデビュー前の習作にしばしば触れてきた。エッセイ集『本格ミステリの王国』（二〇〇九年）では、それら習作の数々がふり返られただけでなく、同志社大学推理小説研究会の機関誌に寄稿した「蒼ざめた星」、スポーツ紙の犯人当て企画用に書いた「殺刃の家」が収録されている。

有栖川は、一九八九年に『月光ゲーム　Yの悲劇'88』で単行本デビューした。だが、それ以前に同作でも活躍した江神二郎《えがみじろう》を探偵役とする「やけた線路の上の死体」が、鮎川哲也編アンソロジー『無人踏切』に採用され、短編デビューしていた。現時点で『月光ゲーム』から『女王国の城』（二〇〇七年）まで長編は四作が発表されている江神二郎と学生アリス（著者の有栖川有栖、火村シリーズの作家アリスとは別の存在）のシリーズは、長編五作と短編集二冊が計画されている。そのうち「やけた線路の上の死体」を含む第一短編集『江神二郎の洞察』は、『菩提樹荘の殺人』の前年の二〇一二年にまとめられた。

江神二郎と火村英生は、有栖川が生んだ二大名探偵だが、両者には違いがある。英都大学推理小説研究会に所属する江神とアリスは学生であり、事件に遭遇し、様々な感情を引きずりながら成長していく。一方、シリーズ第一作『46番目の密室』(一九九二年)で三十二歳だった火村とアリスは、初登場時から犯罪学者、推理作家という職についた大人だった。そして、ある頃から二人は三十四歳のまま、年をとらなくなった。助教授だった火村は教授にならず、職階制度変更で准教授になっただけ。エンタテインメント作品にはよくあることだが、火村は不老のキャラクターなのだ。

若者の成長を描く江神シリーズは、主人公たちが学生であるから、何度も事件に遭遇するにしても頻度には限界がある。それに対し、研究のフィールドワークとして警察捜査に協力する火村は、多数の事件に関わって当然の立場である。有栖川は書きたいことがらによって、シリーズの作品世界を変えている。加えて二〇一〇年の『闇の喇叭』から、空閑純《そらしずじゅん》という少女を主人公とする探偵ソラ・シリーズをスタートした。

江神シリーズの場合、推理小説研究会の部員たちがレギュラーになっていた。火村シリーズでは、学者の協力を苦々しく思う警察関係者もなかにはいるが、大部分からは歓迎されており、助手的な立場で作家アリスも現場への同行や捜査会議への出席が認められている。江神シリーズも火村シリーズも、ミステリ小説やミステリ作家に親和的な世界が設定されているのだ。それに対し、探偵ソラ・シリーズは、第二次世界大戦後、南北に分断されたパラレルワールドの日本を舞台にしており、私的探偵行為が禁止され、探偵狩りが行われている設定である。

ミステリに非親和的な世界をあえて舞台にして、従来とは異なる角度からミステリをとらえようとするチャレンジだ。過酷な世界でソラは、名探偵と呼ばれた両親に続き、自らも探偵になろうとする。このシリーズもまた、江神シリーズとは違った形で成長を描いている。いずれもミステリ小説であると同時に青春小説なのだ。

一方、成長をテーマとしない火村シリーズは、フィールドワークを行う犯罪学者というキャラクターを活かし、難事件の謎を解くというエンタテインメント性に特化したシリーズだと思われた。ところが、『菩提樹荘の殺人』では、成長にかかわる「若さ」をモチーフにした。学生アリスと江神の出会いからシリーズのヒロイン・有馬《ありま》麻里亜《まりあ》が推理小説研究会に入るまで、彼らの成長を意識した短編集『江神二郎の洞察』をまとめるのと『菩提樹荘の殺人』収録作の執筆時期は、前後していた。このことが、著者の思考に影響したのではないかと想像する。

江神シリーズでは、留年を繰り返し、アリス入学時に二十六歳だった江神が「長老」と呼ばれていた。これは、親との関係や本人の性格などに起因する、「若さ」のひとつのありかただ。成長過程で、他人より早くものごとを悟ったような状態になる例がある。それが「長老」と表現されている。

一方、本書では火村に若白髪が目立つと書かれている。「サザエさん」のように、三十四歳のまま年をとらないが、若白髪は成熟の過程にあることを示す描写だし、学生時代のエピソードも紹介される。火村英生にも、時間的な厚みは与えられている。だから「俺は万年青年なんかよりも老いに寄り添えている人間を見る方が心が安らぐんだ」という彼のセリフも、さほど不自然にならない。年をとらないキャラクターを主人公にして「若さ」という時の移ろいを語ることもできる。小説のマジックだ。

そのマジックが存分に発揮されたのが、火村シリーズ最長の作品『鍵の掛かった男』（二〇一五年）だろう。梨田稔《なしだみのる》という六十九歳の男が、五年も暮らしたホテルのスイートで縊死していた。殺人を疑わせる点はなく、警察は自殺と判断する。だが、同宿していた作家・影浦浪子《かげうらなみこ》は、納得しない。「今まさに警察の不手際によって完全犯罪が成立しかけているのです」とアリスに訴え、火村をも捜査へと動かすことになる。密室、クローズド・サークル、見立て、ダイイング・メッセージといった本格ミステリ的な派手さのある現場ではない。老いた男の死の現場に奇矯さはなく、特に手がかりがあるわけでもないし、影浦の思い込みとも考えられる。二億円以上も預金を残したとはいえ、ボランティアに勤しんでいた梨田は、華やかな性格ではなかった。事件自体は地味なのである。

しかし、身寄りがなく、周囲が知らない彼の過去になにがあったのか。多忙な臨床犯罪学者に代わってアリスがそれを地道に掘り起こし、やがて火村に推理をバトンタッチして意外な展開になる同作は、シリーズ最長になった。被害者の人生という時の移ろいへの興味が、この長編を牽引している。本格ミステリの多くは、事件がなぜ奇妙な形になったかが最大テーマだが、本作では被害者がどんな人間だったかが焦点になる。『江神二郎の洞察』所収の短編「除夜を歩く」では、ゲーム空間であるミステリを「閉じた城」として語る学生アリスに対し、江神が現実のほうが「閉じた城」だと応じる。世界という有限の空間、そして肉体に人間は閉じ込められているのだと。それに対し、『鍵の掛かった男』が扱う被害者の過去という「閉じた城」は、学生アリスがいう意味と、江神のいう意味の両方をあわせ持っているように思う。

不老のキャラクターにふさわしいとは考えられないテーマに対峙した点で、『鍵の掛かった男』を『菩提樹荘の殺人』の発展として読むことも可能である。火村英生のフィールドワークの範囲は、思いのほか広いのだ。

（文芸・音楽評論家）

初出
アポロンのナイフ　「オールスイリ」（二〇一〇年十一月）
雛人形を笑え　「つんどく！」vol.1（二〇一三年四月）
探偵、青の時代　「オールスイリ2012」（二〇一一年十二月）
菩提樹荘の殺人　「別冊文藝春秋」二〇一三年九月号

単行本　二〇一三年八月　文藝春秋刊

DTP制作　萩原印刷

文春文庫

菩提樹荘《ぼだいじゅそう》の殺人《さつじん》

定価はカバーに表示してあります

2016年1月10日　第1刷

著　者　有栖《ありす》川《がわ》有栖《ありす》
発行者　飯窪成幸
発行所　株式会社 文藝春秋

東京都千代田区紀尾井町 3-23　〒102-8008
TEL 03・3265・1211
文藝春秋ホームページ　http://www.bunshun.co.jp

落丁、乱丁本は、お手数ですが小社製作部宛お送り下さい。送料小社負担でお取替致します。

印刷・凸版印刷　製本・加藤製本

Printed in Japan
ISBN978-4-16-790525-5

（　）内は解説者。品切の節はご容赦下さい。

青柳碧人
西川麻子は地理が好き。
「世界一長い駅名とは」『世界初の国旗は？』などなど、世界地理のトリビアで難事件を見事解決。地理マニア西川麻子の事件簿。読めば地理の楽しさを学べる勉強系ユーモアミステリー。
あ-67-1

石田衣良
ブルータワー
悪性脳腫瘍で死を宣告された男が二百年後の世界に意識だけスリップ。そこは殺人ウイルスが蔓延し、人々はタワーに閉じ込められた世界。明日をつかむため男の闘いが始まる。（香山二三郎）
い-47-16

池井戸　潤
株価暴落
連続爆破事件に襲われた巨大スーパーの緊急追加支援要請を巡って白水銀行審査部の板東は企画部の二戸と対立する。日本経済の闇と向き合うバンカー達を描く傑作金融ミステリー。
い-64-1

乾《いぬい》　くるみ
イニシエーション・ラブ
甘美で、ときにほろ苦い青春のひとときを瑞々しい筆致で描いた青春小説――と思いきや、最後の二行で全く違った物語に！「必ず二回読みたくなる」と絶賛の傑作ミステリ。（大矢博子）
い-66-1

乾　くるみ
セカンド・ラブ
一九八三年元旦、春香と出会った。僕たちは幸せだった。春香とそっくりな美奈子が現れるまでは。『イニシエーション・ラブ』の衝撃、ふたたび。恋愛ミステリ第二弾。（円堂都司昭）
い-66-5

乾　ルカ
プロメテウスの涙
激しい発作に襲われる少女と不死の死刑囚。時空を超えて二人をつなぐものとは？　巧みなストーリーテリングと独特のグロテスクな美意識で異彩を放つ乾ルカの話題作。（大槻ケンヂ）
い-78-2

石持浅海
ブック・ジャングル
閉鎖された市立図書館に忍び込んだ昆虫学者の卵と友人、そして高校を卒業したばかりの女子三人。思い出に浸りたいだけだった罪なき不法侵入者達を猛烈な悪意が襲う。（円堂都司昭）
い-89-1

（　）内は解説者。品切の節はご容赦下さい。

内田康夫
しまなみ幻想
しまなみ海道の橋から飛び降りたという母の死に疑問を持つ少女と、偶然知り合った光彦。真相を探るべく二人は、小さな探偵団を結成して母の死因の調査を始めるが……。（自作解説）
う-14-14

内田康夫
神苦楽島《かぐらじま》（上下）
秋葉原からの帰路、若い女性が浅見光彦の腕の中に倒れ込み、絶命してしまう。そして彼女の故郷・淡路島へ赴いた光彦は、事件の背後に巨大な闇が存在することに気づく。（自作解説）
う-14-15

内田康夫
平城山《ならやま》を越えた女
奈良坂に消えた女、ホトケ谷の変死体、50年前に盗まれた香薬師仏。奈良街道を舞台に起きた三つの事件が繋がるとき、浅見光彦は、ある夜の悲劇の真相を知る。（山前　譲）
う-14-17

内田康夫
還らざる道
「帰らない」と決めたはずの故郷への旅路に出た老人が他殺体となって見つかった。その死の謎を追う浅見光彦は、事件の背景に木曾の山中で封印された歴史の闇を見る。（自作解説）
う-14-18

歌野晶午
葉桜の季節に君を想うということ
元私立探偵・成瀬将虎は、同じフィットネスクラブに通う愛子から霊感商法の調査を依頼された。その意外な顚末とは？　あらゆる賞を総なめにした現代ミステリーの最高傑作。
う-20-1

歌野晶午
春から夏、やがて冬
スーパーの保安責任者・平田は万引き犯の末永ますみを捕まえた。偶然の出会いは神の導きか、悪魔の罠か？　動き始めた運命の歯車が二人を究極の結末へと導いていく。（榎本正樹）
う-20-2

逢坂　剛
禿鷹狩り　禿鷹Ⅳ（上下）
悪徳刑事・禿富鷹秋の前に最強の刺客現わる！　同僚にして屈強でしたたかな女警部・岩動寿満子に追い回されるハゲタカを衝撃のラストが待つ。息飲む展開のシリーズ白眉。（大矢博子）
お-13-11

（　）内は解説者。品切の節はご容赦下さい。

逢坂 剛
兇弾
禿鷹Ｖ
悪徳警部・禿富鷹秋が、死を賭して持ち出した神宮署裏帳簿。その隠蔽を企む警察中枢、蠢動するマフィアの残党。暗闘につぐ暗闘の、暗黒警察小説。（池上冬樹）
お-13-15

奥泉 光
桑潟幸一准教授のスタイリッシュな生活
やる気もなければ志も低い大学教員・クワコーを次々に襲うキャンパスの怪事件。奇人ぞろいの文芸部員女子とともにクワコーが謎に挑む。ユーモア・ミステリー3編収録。（辻村深月）
お-23-3

折原 一《いち》
漂流者
荒れ狂う洋上のヨットという密室。航海日誌、口述テープ、新聞記事などに仕組まれた恐るべき騙しのプロットをあなたは見抜くことができるか。海洋サバイバルミステリの傑作。（吉野 仁）
お-26-11

折原 一
逃亡者
殺人を犯し、ＤＶの夫と警察に追われる友竹智恵子。彼女は顔を造り変え、身分を偽り、東へ西へ逃亡を続ける。時効の壁は十五年——。サスペンスの末に驚愕の結末が待つ！（江上 剛）
お-26-12

折原 一
追悼者
浅草の古びたアパートで見つかった丸の内ＯＬの遺体。「昼はＯＬ、夜は娼婦」とマスコミをにぎわしたが、ノンフィクション作家の取材は意外な真犯人へ辿りつく。（河合香織）
お-26-13

折原 一
遭難者
春山で滑落死を遂げた青年のために編まれた2冊組み追悼文集。そこにこめられていた、おぞましき真実とは？　鬼才の手腕が冴える傑作ミステリーを、1巻本にて復刊する！（神長幹雄）
お-26-14

折原 一
毒殺者
Ｍの妻に対する保険金殺人は完璧なはずだった。しかしある日、脅迫電話がかかってきた。実在の事件をモチーフにする鬼才の「——者」シリーズの原点『仮面劇』を改題改訂。
お-26-15

（　）内は解説者。品切の節はご容赦下さい。

大沢在昌
心では重すぎる（上下）
失踪した人気漫画家の行方を追う探偵・佐久間公の前に立ちはだかる謎の女子高生。背後には新興宗教や暴力団の影が……。渋谷を舞台に現代の闇を描き切った渾身の長篇。（福井晴敏）
お-32-1

大沢在昌
闇先案内人（上下）
「逃がし屋」葛原に下った指令は、「日本に潜入した隣国の重要人物を生きて故国へ帰せ」。工作員、公安が入り乱れ、陰謀と裏切りが渦巻く中、壮絶な死闘が始まった。（吉田伸子）
お-32-3

恩田　陸
夏の名残りの薔薇
沢渡三姉妹が山奥のホテルで毎秋、開催する豪華なパーティ。不穏な雰囲気の中、関係者の変死事件が起きる。犯人は誰なのか、そもそもこの事件は真実なのか幻なのか――。（杉江松恋）
お-42-2

恩田　陸
木洩れ日に泳ぐ魚
アパートの一室で語り合う男女。過去を懐かしむ二人の言葉に、意外な真実が混じり始める。初夏の風、大きな柱時計、あの男の背中。心理戦が冴える舞台型ミステリー。（鴻上尚史）
お-42-3

太田忠司
月読《つくよみ》
「月読」――それは死者の最期の思い「月導《つきしるべ》」を読みとる能力者。異能の青年が自らの過去を求めて地方都市を訪れたとき、次々と不可解な事件が……。慟哭の青春ミステリー。（真中耕平）
お-45-1

太田忠司
落下する花　―月読《つくよみ》―
校舎の屋上から飛び降りた憧れの女性。彼女が残した月導には殺人の告白が!?　人が亡くなると現れる〝月導〟の意味を読み解く異能者「月読」が活躍する青春ミステリー第二弾。（大矢博子）
お-45-2

垣根涼介
ギャングスター・レッスン
ヒート アイランドⅡ
渋谷のチーム「雅」の頭、アキは、チーム解散後、海外放浪を経て、裏金強奪のプロ、柿沢と桃井に誘われその一員に加わる。『ヒート アイランド』の続篇となる痛快クライムノベル。
か-30-4

（　）内は解説者。品切の節はご容赦下さい。

垣根涼介
ボーダー　ヒート アイランドⅣ
〈雅〉を解散して三年。東大生となったカオルは自分たちの名を騙ってファイトパーティを主催する偽者の存在を知る。過去の発覚を恐れたカオルは、裏の世界で生きるアキに接触するが。
か-30-5

香納諒一
贄《にえ》の夜会（上下）
《犯罪被害者家族の集い》に参加した女性二人が惨殺された。容疑者は少年時代に同級生を殺害した弁護士！　サイコサスペンス＋警察小説＋犯人探しの傑作ミステリー。（吉野　仁）
か-41-1

門井慶喜
天才までの距離　美術探偵・神永美有
黎明期の日本美術界に君臨した岡倉天心が、自ら描いたという仏像画は果たして本物なのか？　神永美有と佐々木昭友のコンビが東西の逸品と対峙する、人気シリーズ第二弾。（福井健太）
か-48-2

門井慶喜
悪血《あくのち》
高名な画家の家系に生まれながらペットの肖像画家に身をやつす時島一雅は、怪しげなブリーダーに出資を申し出る。血の呪縛に悩み、かつ血の操作に手を貸す男を、神は赦し給うか？
か-48-3

紀田順一郎
古本屋探偵登場
世界最大の古書店街・神田に登場した探偵は古本屋の主人。蔵書家、愛書家、収集家の過去、愛憎綾なす古書界に展開する推理とペダントリー。「殺意の収集」「書鬼」も収録。（瀬戸川猛資）
き-5-1

北方謙三
擬態
四年前、平凡な会社員立原の躰に生じたある感覚……。今や彼にとって人間性など無意味なものでしかなく、鍛え上げた肉体は凶器と化していく。異色のハードボイルド長篇。（池上冬樹）
き-7-7

北村　薫
街の灯
昭和七年、士族出身の上流家庭・花村家にやってきた若い女性運転手〈ベッキーさん〉。令嬢・英子は、武道をたしなみ博識な彼女に魅かれてゆく。そして不思議な事件が……。（貫井徳郎）
き-17-4

（　）内は解説者。品切の節はご容赦下さい。

北村　薫
玻璃《はり》の天
ステンドグラスの天窓から墜落した思想家の死は、事故か殺人か――表題作「玻璃の天」ほか、ベッキーさんの知られざる過去が明かされる、『街の灯』に続くシリーズ第二弾。（岸本葉子）
き-17-5

北村　薫
鷺《さぎ》と雪《ゆき》
日本にいないはずの婚約者がなぜか写真に映っていた。英子が解き明かしたそのからくりとは――。そして昭和十一年二月、物語は結末を迎える。第百四十一回直木賞受賞作。（佳多山大地）
き-17-7

桐野夏生
柔らかな頬（上下）
旅先で五歳の娘が突然失踪。家族を裏切っていたカスミは、必死に娘を探し続ける。四年後、死期の迫った元刑事が、事件の再調査を……。話題騒然の直木賞受賞作にして代表作。（福田和也）
き-19-6

北森　鴻
深淵のガランス
画壇の大家の孫娘の依頼で、いわくつきの傑作を修復することになった佐月恭壱。描かれたパリの街並の下に隠されていたのは!?　裏の裏をかく北森ワールドを堪能できる一冊。（ピーコ）
き-21-6

北森　鴻
虚栄の肖像
銀座の花師にして絵画修復師の佐月恭壱が、絵画修復に纏わる謎を解く極上の美術ミステリー。肖像画、藤田嗣治、女体の緊縛画……絵に秘められた思いが切なく迫る傑作三篇。（愛川　晶）
き-21-7

北川歩実
猿の証言
類人猿は人間の言葉を理解できると主張する井手元助教授が失踪。井手元は神の領域を侵す禁断の実験に手を染めたのか？　先端科学に材をとった傑作ミステリー。（金子邦彦・笠井　潔）
き-32-1

貴志祐介
悪の教典（上下）
人気教師の蓮実聖司は裏で巧妙な細工と犯罪を重ねていたが、綻びから狂気の殺戮へ。クラスを襲う戦慄の一夜。ミステリー界の話題を攫った超弩級エンターテインメント。（三池崇史）
き-35-1

（　）内は解説者。品切の節はご容赦下さい

木下半太
女王ゲーム
女王ゲームとは命がけのババ抜き。優勝賞金10億円、イカサマ自由、但し負ければ死。さまざまな事情を背負った男女8人の死闘がはじまる。一気読み必至のギャンブル・サスペンス。

き-37-1

黒川博行
蒼煌
芸術院会員の座を狙う日本画家の室生は、選挙の投票権を持つ現会員らへの接待攻勢に出る。弟子、画商、政治家まで巻き込み、手段を選ばぬ彼に周囲は翻弄されていく。（篠田節子）
く-9-8

黒川博行
煙霞《えんか》
学校理事長を誘拐した美術講師と音楽教諭。馘首の噂に踊らされ、正教員の資格を得るための賭けに出たが、なぜか百キロの金塊が現れて事件は一転。ノンストップミステリー。（辻　喜代治）
く-9-9

黒川博行
国境（上下）
「疫病神コンビ」こと二宮と桑原は、詐欺師を追って北朝鮮に潜入する。だがそこで待っていたものは……。ふたりは本当の黒幕に辿り着けるのか？　圧倒的スケールの傑作！（藤原伊織）
く-9-10

黒田研二
キュート&ニート
引きこもりニートの鋭一は、ひょんなことから姪のリサの面倒を見るはめに。幼稚園で起る様々な事件をリサと一緒に解決するうち、縮こまった鋭一の心も開かれていく。（佳多山大地）
く-31-2

今野　敏《びん》
曙光の街
元KGBの日露混血の殺し屋が日本に潜入した。彼を迎え撃つのはヤクザと警視庁外事課員。やがて物語は単なる暗殺事件から警視庁上層部のスキャンダルへと繋がっていく！（細谷正充）
こ-32-1

今野　敏
凍土の密約
公安部でロシア事案を担当する倉島警部補は、なぜか殺人事件の捜査本部に呼ばれる。だがそこで、日本人ではありえないプロの殺し屋の存在を感じる。やがて第2、第3の事件が……。

こ-32-3

（　）内は解説者。品切の節はご容赦下さい。

近藤史恵
モップの精は深夜に現れる
大介と結婚したキリコは短期派遣の清掃の仕事を始めた。ミニスカートにニーハイブーツの掃除のプロは、オフィスの事件を引き起こす日常の綻びをけっして見逃さない。（辻村深月）
こ-34-5

近藤史恵
ふたつめの月
契約から社員本採用となった途端の解雇。家族の手前、出社のフリで街をさまよう久里子に元同僚が不審な一言を告げる。まさか自分から辞めたことになっているとは。（松尾たいこ）
こ-34-4

五條 瑛《あきら》
エデン
ストリートギャングの柾人は、なぜか政治・思想犯専用の刑務所に入れられる。K七号施設と呼ばれるそこに、柾人は陰謀のにおいを感じるが……。ノンストップ近未来サスペンスの傑作。
こ-39-2

佐野 洋
事件の年輪
老境にさしかかり、みずからの人生を振り返る男たちの前に、かつての出来事が謎をまとってよみがえる。軽妙な筆致で老いがもたらす災厄を描く傑作短篇ミステリー全十話。（阿部達二）
さ-3-25

笹本稜平
時の渚
探偵の茜沢は死期迫る老人から、昔生き別れになった息子を捜し出すよう依頼される。やがて明らかになる「血」の因縁と意外な結末。第18回サントリーミステリー大賞受賞作品。（日下三蔵）
さ-41-1

笹本稜平
フォックス・ストーン
あるジャズピアニストの死の真相に、親友が命を賭して迫る。そこには恐るべき国際的謀略が。「フォックス・ストーン」の謎とは？　デビュー作『時の渚』を超えるミステリー。（井家上隆幸）
さ-41-2

佐々木 譲
勇士は還らず
米サンディエゴで日本人男性が射殺され、遺留品には、六九年サイゴンで起きた学生の爆死事件の切り抜きが……。だが、被害者の妻はなぜか過去のことについて口を閉ざす。（中辻理夫）
さ-43-4

（　）内は解説者。品切の節はご容赦下さい。

佐々木　譲
廃墟に乞う
道警の敏腕刑事だった仙道は、ある事件をきっかけに休職中。だが、心身ともに回復途上の仙道には、次々とやっかいな相談事が舞い込んでくる。第百四十二回直木賞受賞作。（佳多山大地）
さ-43-5

佐々木　譲
地層捜査
時効撤廃を受けて設立された「特命捜査対策室」。たった一人の専従捜査員・水戸部は退職刑事を相棒に未解決事件の深層へ切り込む。警察小説の巨匠の新シリーズ開幕。（川本三郎）
さ-43-6

島田荘司
溺れる人魚
ポルトガル・リスボン。ほぼ同時刻に二キロ離れた場所で同じ拳銃により死亡した二人。不可能犯罪の裏には、稀代の名女性スウィマーを襲った悲劇が。表題作などロマン溢れる四篇。
し-17-8

島田荘司
最後のディナー
石岡と里美が英会話学校で知り合った孤独な老人は、イヴの夜の晩餐会の後、帰らぬ人となった。御手洗が見抜いた真相とは？「龍臥亭事件」の犬坊里美が再登場！　表題作など全三篇。
し-17-9

篠田節子
ホーラ
―死都―
十数年の不倫関係を続ける女性ヴァイオリニストの亜紀と建築家の聡史。エーゲ海の孤島を訪れた二人に次々と襲い掛かる恐怖は、罰なのか。華麗なるゴシック・ホラー長篇。（山本やよい）
し-32-10

柴田よしき
桃色東京塔
警視庁捜査一課の岳彦がやってきたI県縹村。捜査のパートナーは夫が殉職したばかりの地元の警官・日菜子。迫る事件が二人の距離を変えていく「遠距離恋愛」警察小説。（新津きよみ）
し-34-14

柴田よしき
恋雨《こいさめ》
恋も仕事も失った茉莉緒は、偶然の出会いから若手俳優・雨森海のマネージャーに。だが海の周辺で殺人事件が起き、茉莉緒は真相を追う。芸能界を舞台にした傑作恋愛ミステリー。（畑中葉子）
し-34-15